Ingo Schulze

Die rechtschaffenen Mörder

Bücherliebhaber steigen die Treppen hinauf in das Reich des berühmten Antiquars Norbert Paulini. Der beliebte und höfliche Herr lebt mit den Büchern, die sich von den Ladenräumen in seine Wohnung ausgebreitet haben. Als Hüter der Literatur versucht er, einen Gegenentwurf zur Gesellschaft zu verkörpern. Ist das ein fataler Irrweg?

»Ich wollte eine Erzählung schreiben über das Lesen und die Leser, und ich wollte fragen, ob man durch Lesen sein Leben verfehlen kann oder warum es Leser gibt, die plötzlich zu verraten scheinen, was ihnen ihr Leben lang wichtig war. Vor allem aber wollte ich auch eine Liebeserklärung an das Papierbuch schreiben. Gerade durch Literatur können wir besser erkennen, in welcher Zeit wir leben.« Ingo Schulze

Ingo Schulze, 1962 in Dresden geboren, lebt in Berlin. Seine Bücher wurden in 30 Sprachen übersetzt und vielfach national und international ausgezeichnet. ›Die rechtschaffenen Mörder‹ stand monatelang auf der SPIEGEL-Bestsellerliste. 2021 erhielt er den Preis der Literaturhäuser und den Dresdner Kunstpreis. Zuletzt erschien sein Erzählband ›Tasso im Irrenhaus‹ bei dtv.

Ingo Schulze

Die rechtschaffenen Mörder

Roman

dtv

Von Ingo Schulze ist bei dtv außerdem lieferbar:
33 Augenblicke des Glücks
Simple Storys
Neue Leben
Handy
Adam und Evelyn
Was wollen wir?
Orangen und Engel
Peter Holtz. Sein glückliches Leben
erzählt von ihm selbst
Tasso im Irrenhaus

FSC
www.fsc.org
MIX
Papier aus verantwortungsvollen Quellen
FSC® C019821

2021 dtv Verlagsgesellschaft mbH & Co. KG, München

Umschlaggestaltung: dtv nach einem Entwurf und mit einer
Illustration von Agentur Kosmos, Gestaltung + Illustration
Satz: C.H.Beck.Media.Solutions, Nördlingen
(Satz nach einer Vorlage von Dörlemann Satz, Lemförde)
Druck und Bindung: Druckerei C.H.Beck, Nördlingen
Printed in Germany · ISBN 978-3-423-14804-7

Meiner Mutter
Christa Schulze

Wer kann denn das Ende eines Buches auch nur erahnen, wenn er darangeht?

Vilem Flusser, »Die Geschichte des Teufels«

Teil I

Kapitel I

Im Dresdner Stadtteil Blasewitz lebte einst ein Antiquar, der wegen seiner Bücher, seiner Kenntnisse und seiner geringen Neigung, sich von den Erwartungen seiner Zeit beeindrucken zu lassen, einen unvergleichlichen Ruf genoss. Nicht nur Einheimische suchten ihn auf, nicht allein in Leipzig, Berlin oder Jena wurde seine Adresse eifersüchtig gehütet, sogar von den Ostseeinseln Rügen und Usedom reisten Lesehungrige an. Sie nahmen stundenlange Zug- oder Autofahrten in Kauf, schliefen auf Luftmatratzen bei Freunden oder ertrugen billige Quartiere, nur um am folgenden Tag Punkt zehn ihre Entdeckungsreise zu beginnen, die, unterbrochen von einer zweistündigen Mittagspause, bis achtzehn Uhr währte, mitunter aber auch bis in die Nacht. Auf Leitern erklommen sie die Höhen der obersten Regalreihen, lasen auf den Sprossen ganze Kapitel, bevor sie wieder hinabstiegen, um auf Knien, als horchten sie das Linoleum ab, die Buchrücken im untersten Fach zu inspizieren. Gerade in den extremen Zonen vermuteten die Suchenden jene Werke, die ihnen zum Mittelpunkt der Welt werden könnten.

Andere Antiquariate verfügten vielleicht über ein breiteres Angebot mit mehr Raritäten in größeren Räumen. Doch wer nach Dresden-Blasewitz in die Brucknerstraße kam, das eiserne Gartentor aufschob, an Hecken und Mülltonnen vorbei die Haustür erreichte, den weißen, wackligen Knopf neben dem Schild »Antiquariat« drückte, sich geduldete, bis die Tür mit einem Klack aufsprang, über die Sandsteinstufen in den ersten Stock stieg und endlich die aluminiumhelle Klingel mit der Aufschrift »Bitte drehen« betätigte, erstrebte mehr, nämlich Einlass in das Reich des berühmten Antiquars Norbert Paulini.

Norbert Paulini ähnelte einem Kirchendiener oder Museumspförtner, wenn er, den Türspalt mit seinem Körper schützend, den Besucher über die Brille hinweg musterte und durch sein »Sie wünschen?« in Verlegenheit brachte oder gar zum Unbefugten degradierte, der die Parole nicht wusste. Erkannte der Herrscher über die Bücher einen denn nicht wieder? Hatte er die gemeinsamen Gespräche vergessen?

Wer ihm antwortete, durfte eintreten! Sowohl jene, die den Wunsch hegte, »nur mal herumstöbern« zu wollen, als auch jener, der wissen wollte, ob vielleicht diesmal eine Übersetzung des Thukydides hereingekommen sei.

»Ich grüße Sie«, erwiderte Norbert Paulini dann, nannte seine Gäste beim Namen oder bot zumindest ein zögerndes »Frau ...« oder »Herr ...« an, woraufhin seine Besucher ihm auf die Sprünge halfen. Nickend wiederholte der Antiquar den Namen wie eine Vokabel, die ihm unbegreiflicherweise für einen Moment entfallen war.

Je nach Wetter und Jahreszeit wies er auf Garderobe und Schirmständer hin und enteilte mit großen Schritten, nur um kurz darauf mit einigen Büchern zurückzukehren, die ein Einweckgummi umspannte, obenauf der Zettel mit dem Namen seines Gegenübers.

»Womöglich ist etwas dabei, das Sie interessiert«, sagte er, ließ den Gummi auf sein linkes Handgelenk wechseln und den Zettel in der Seitentasche des blaugrauen Kittels verschwinden. Umgehend referierte Norbert Paulini die Beweggründe, die ihn veranlasst hatten, dieses oder jenes Werk dem gesuchten Titel hinzuzufügen. Dabei liebkosten seine Handflächen und Finger die Bücher, schmiegten sich an sie oder strichen sanft über deren Verletzungen, seien es Risse im Schutzumschlag, abgestoßene Rücken oder eingedrückte Ecken. Ein Buch nach dem anderen legte er vor sich ab, wobei die Fingerkuppen seiner Rechten unermüdlich daran arbeiteten, sie im gleichen Abstand zur Tischkante auszurichten. »Vielleicht findet eines davon Ihr Interesse«, wiederholte er abschließend und empfahl sich. Allein gelassen mit den Büchern geschah es selten, dass jemand die Anregungen ausschlug. Zu wenig Geld dabei zu haben schied als Grund aus. Ein jeder durfte seine Bücher gleich mit nach Hause nehmen, nachdem die Kurbel an der Registrierkasse betätigt und der ausstehende Betrag auf einem Zettel vermerkt worden war. Nicht selten aber zerknüllte Norbert Paulini den eben erst erstellten Schuldschein vor den Augen seines Gastes und legte stillschweigend das ersehnte Buch auf die bezahlten. Er war taub für die Proteste derer, die sich so viel Großzügigkeit nicht gefallen lassen wollten. Norbert Paulini wusste, was gut für jeden und jede war. Welche Rolle spielten da ein paar Mark mehr oder weniger?

Ob die Bücher in den drei schönsten Zimmern Norbert Paulinis wohnten oder ob er sich bei den Büchern niedergelassen hatte, blieb unentschieden. Die Bücher und der Antiquar lebten zusammen, am Tag und in der Nacht, und da vor den Fenstern zur Straße Ahornbäume standen und vom Hof aus eine große Kastanie das Haus beschirmte, verloren sich die Tages- und die Jahreszeiten in einem Halbdunkel, das jederzeit das Licht einer Leselampe rechtfertigte.

Norbert Paulini konnte aber auch streng, ja unerbittlich werden, wenn Besucher ein Buch, das sie durchblättert hatten, falsch zurückstellten oder quer auf den anderen liegen ließen. Er bestand unter allen Umständen auf der Einhaltung seiner Ordnung. Allein die Ordnung bewahrte die Bücher vor der Unauffindbarkeit, also vor dem Verschwinden. Ordnung war auch die Voraussetzung für Norbert Paulinis sechsten Sinn. Er besaß die Gabe, Veränderungen in der Abfolge der Buchrücken aus den Augenwinkeln zu gewahren. War das Muster der Buchrücken verletzt, fand er umgehend die Stelle und hätte Autor und Titel nennen können, noch bevor das Buch auf seinem Kassentisch landete. Mitunter wartete Norbert Paulini bereits mit weiterführenden Empfehlungen auf. Zweimal hatte er einen Dieb unter Nennung der vollständigen bibliographischen Angaben aufgefordert, das Buch wieder herauszurücken. Manche schrieben ihm übernatürliche Kräfte zu oder sahen sich klammheimlich nach geheimnisvollen Spiegeln um.

Es lag nahe, Norbert Paulini für einen älteren Mann zu halten. Wer sich aber nicht an seinem vorsintflutlichen Brillenmodell störte oder an jener unfreiwilligen Tonsur, die auf seinem Hinterkopf leuchtete, eingehegt von dunklem lockigen Haar, wer seine breiten Schultern und starken Arme nicht der unter dem graublauen Kittel getragenen Strickjacke zuschrieb, wer weder Anstoß nahm an den Bügelfalten der Hosenbeine noch an dem schweren, orthopädisch anmutenden Schuhwerk, in dem er tagtäglich die Räume durchquerte, wer sich auch nicht von seiner dem Schriftlichen verpflichteten und vom sächsischen Dialekt eingefärbten Sprechweise in die Irre führen ließ, sondern Norbert Paulini so wie ich damals ins Gesicht sah, erblickte inmitten der Kostümierung einen jungen Mann, von dem sich niemand vorstellen konnte, dass er jemals anders gewesen war noch jemals anders werden würde.

Kapitel II

Schon als Neugeborener wurde Norbert Paulini auf Bücher gebettet. Seine Mutter, Dorothea Schuller, die aus Kronstadt in Siebenbürgen stammte, in den Kriegswirren mit ihrer Familie geflohen und allein in Bad Berka bei Weimar gestrandet war, wo sie in der Hoffnung auf eine Wiederbelebung der Bauhausidee in einem Zimmer ohne Ofen ausharrte, begegnete 1949 ihrem späteren Mann Klaus Paulini im Park an der Ilm. Die Bestimmtheit, mit der er auf sie zutrat, seine guten Manieren, sein angenehm fester Händedruck wie auch sein Name bewogen sie, seinetwegen nach Dresden zu ziehen und ihn zu heiraten. Klaus hatte eine Lehre als Dreher beendet und arbeitete in einem Betrieb in Dresden-Reick. Dorothea Paulini erhielt im März 1951 die Erlaubnis, eine Buchhandlung mit antiquarischer Abteilung zu eröffnen. Das Angebot ihres Schwiegervaters, der sich vom Schlosser zum Lokführer qualifiziert hatte, ihr finanziell unter die Arme zu greifen, schlug sie aus und brachte ihn damit gegen sich auf. Allerdings verschwand der alte Paulini, ein seinen Launen unterworfener Mensch, wenig später aus Dresden, ohne die Familie wissen zu lassen wohin.

Die Buchhandlung von Dorothea Paulini in der Hüblerstraße, nur einen Steinwurf vom Schillerplatz und jener »Blaues Wunder« genannten Elbbrücke entfernt, florierte vom ersten Tag an. Ihr Mann hatte für sie einen zweirädrigen Fahrradanhänger erstanden, mit dem sie nun ihre Erwerbungen tätigen konnte. Kein Weg war Dorothea Paulini zu weit, wenn man sie rief und ihr die richtigen Bücher anbot. Mitunter übernahm auch Klaus Paulini, der zum Leidwesen seiner Frau kein Leser war, abends oder sonntags die Touren für sie und steuerte von seinem Lohn etwas bei, wenn das Geld knapp wurde.

Dorothea und Klaus Paulini waren zuversichtlich. Einen neuen Krieg sollte es nicht geben. Ihr Beitrag dazu war, in Bücher zu investieren. Jeden Pfennig, den sie erübrigen konnten, steckten sie in Ankäufe. Und selbst als Dorothea schwanger wurde, änderte sich daran nichts.

Im Juni 1953 brachte Dorothea Paulini einen Knaben zur Welt – und verstarb wenige Tage später an einer nicht erkannten Sepsis. Agnes Paulini, geborene Abel, nahm sich ihres Enkels an, wie sie es ihrer Schwiegertochter versprochen hatte. Allerdings weiß niemand, warum Klaus Paulini keinen Nachfolger für die Buchhandlung suchte und sich stattdessen bereit erklärte, den Kredit seiner Frau abzubezahlen und die erworbenen Bücher, die zum Großteil noch in Kisten und Kartons lagerten, zu behalten.

Hätte er es nicht ertragen, einen Fremden hinter Dorotheas Registrierkasse zu sehen? Konnte er nicht von dem Traum lassen, als Gehilfe einer stillen und sauberen Arbeit nachzugehen, statt sich einer lärmenden Maschine zu verschreiben, die seinen Körper Tag für Tag von den Sohlen bis in die Haarwurzeln durchdrang und ihm den verbrauchten Odem einer von Schmieröl gesättigten Luft ins Gesicht blies? Oder wollte er tatsächlich, wie manche später behaupteten, die Bücher seiner geliebten Frau für ihr Kind bewahren? Mit der Hilfe von Arbeitskollegen verfrachtete Klaus Paulini die vielen Bücher und wenigen Regale in die Brucknerstraße, wo Agnes Paulini zwei Zimmer in der ersten Etage eines von der Vermieterin »Stadtvilla« genannten Hauses bewohnte. Die Bücher, die weder in den Keller noch in die Zimmer passten, schichteten sie in der großen Diele zu quadratischen Blöcken auf. Ein Tischler war bereits beauftragt worden, Holzplatten anzufertigen. Sie sollten die Bücherstapel in Tische verwandeln. Aber diese »Altäre« mussten umgehend unter Hinweis auf die statischen Gegebenheiten des Hauses und unter dem Beifall der schlesischen Flüchtlingsfamilie, die drei Zimmer der Etage bewohnte, wieder abgetragen werden. Klaus Paulini verkaufte zum Leidwesen seiner Mutter die Bettgestelle. Fortan lagerten die Matratzen auf Büchern. Auch der Korb mit dem Neugeborenen ruhte auf einem Unterbau gleichen Materials. Was die Regale nicht fassen konnten, wuchs an den Wänden dicht an dicht in Stapeln empor. Es sah aus, als hätten die Bewohner Hamsterkäufe getätigt. Doch anstelle von Konserven, Zucker- oder Mehltüten horteten sie Bücher. Die Registrierkasse thronte auf dem Nähmaschinentisch wie ein selbstherrlicher Bonze.

Kapitel III

Klaus Paulini hatte sich bereit erklärt, im Schichtbetrieb zu arbeiten, was ihn zermürbte. Tagsüber fand er zu Hause kaum Schlaf. Die Schuld daran gab er seinem Sohn, der, wie er behauptete, alles immer nur laut machen könne. Agnes Paulini lehnte es jedoch ab, ihren Enkel in die Kinderkrippe zu geben, wie es ihr Sohn verlangte. Stattdessen unternahm sie lange Ausfahrten mit dem Kinderwagen, später, als Norbert laufen konnte, Spaziergänge durch Blasewitz und Loschwitz oder entlang der Elbe. Manchmal führten sie ihre Ausflüge bis in die Innenstadt, wo auf den großen Wiesen zwischen Altmarkt und Hauptbahnhof Schafherden weideten. Norbert Paulini konnte nicht genug davon bekommen, wenn seine Großmutter das schmutzig-klebrige Fell der Tiere wie Grasbüschel auseinanderbog, damit er sehen und fühlen konnte, wie sauber, hell und weich es darunter wurde. Sie lehrte ihn, vor dem Einschlafen zu beten, und wollte ihn taufen lassen, aber das verbat sich sein Vater. Es heimlich zu tun, fehlte ihr der Mut.

Als Agnes Paulini eines Tages beim Bettenmachen aus Versehen gegen den Unterbau der Matratze trat, fielen ihr etliche Bücher vor die Füße. Sie wollte sie wieder einfügen, allerdings blieb eines übrig, als hätten sich die

Bausteine wie durch ein Wunder vermehrt. Eher aus Verlegenheit denn aus Absicht öffnete sie es, sah hinein und hatte auch schon zu lesen begonnen. Die Namen hätte Agnes Paulini nicht auszusprechen vermocht, verstand jedoch bald, dass es um die Liebe zwischen einem ehemaligen Hauslehrer, der jetzt Priester werden sollte, und der Mutter der ihm einst anvertrauten Kinder ging, eine Geschichte aus grauer Vorzeit. Als ihr Sohn nach Hause kam, traf er seine Mutter laut lesend an. Natürlich verstehe der Junge nichts davon, erwiderte sie auf seine Frage, aber ihre Stimme übe einen beruhigenden Einfluss auf Norbertchen aus. Als Agnes Paulini das Buch drei Tage später beendete – mitunter hatte sie einige Seiten überblättert, auf denen es nicht recht vorangegangen war –, bemerkte sie, dass sie mit dem zweiten Band begonnen hatte. Sie zog die Matratze weg und ließ kein Buch auf dem anderen, bis sie den ersten Band in Händen hielt.

Von jener Zeit an las sie langsam und laut, was ihren Enkel bald dazu brachte, ihre Satzmelodien mit einem Gesumm zu begleiten oder einzelne Wörter nachzusprechen und zu wiederholen, mitunter so lange, bis Agnes Paulini verstummte und der Sinn der Wortsilben zu Lauten zerrann. Oft zeigte Norbert Paulini beim Spaziergang nun auf ein Haus, ein Verkehrsschild, einen Strauch und sagte: Glockenschlag, Föhrenwald, Mistgabel. Agnes Paulini korrigierte ihn, musste aber einsehen, damit zu spät zu kommen. Am nächsten Tag wies er sie erneut auf das Vorfahrtsschild hin und wiederholte »Föhrenwald«.

Es kam sogar vor, dass Agnes Paulini auf etwas deutete und »Portemonnaie« flüsterte, was Norberts Bezeichnung für den Hut war, den Frau Helene Kate, die Vermieterin, trug. Dieser Begriff wiederum blieb nicht auf Frau Kate beschränkt, ließ sich aber auch nicht auf Damenhüte im Allgemeinen anwenden.

Die einzigen Ausflüge, die Klaus Paulini allein mit seinem Sohn unternahm, führten zum Grab seiner Frau. Vater und Sohn gingen zwar Hand in Hand, aber sie schwiegen. Nachdem sie am Grab Unkraut gezupft und die Blumen gegossen, dann eine Weile dagestanden und sich nicht gerührt hatten, hob Klaus Paulini an zu sprechen. Wie schwer ihm das Leben ohne sie falle, wie ihm die Nachtschichten zusetzten, sie aber das Geld brauchten, wie Frau Kate jedes Mal, wenn sie ihm die Karten legte, eine Frau an seiner Seite zu erkennen meinte, eine, die bereits in der Nähe sei. Doch ganz gleich, was er über Norbert sagte, ob er ihn lobte, weil er stundenlang still einer Malerbrigade bei der Renovierung des Treppenhauses der »Villa Kate« zugesehen oder beim Friseur nicht geweint habe, oder ob er ihn tadelte, weil er ein Frühaufsteher sei und die Fähigkeit des leisen Sprechens nicht besitze – Norbert Paulini brach regelmäßig in Tränen aus, sobald sein Name fiel. Und regelmäßig kehrten beide Paulinis missmutig zurück.

Einige Monate vor Norberts Einschulung musste Agnes Paulini ins Krankenhaus. Ihr Enkel lebte von Besuchstag zu Besuchstag, notdürftig betreut von Frau Kate und seinem Vater. Als dieser sich weigerte, ihn mit ins Krankenhaus zu nehmen, rannte Norbert mit Anlauf gegen ihn an, was Klaus Paulini so unerwartet traf, dass er stolperte und hinfiel.

Da Norbert Paulini es nicht gewohnt war, allein zu schlafen, lag nachts, wenn er nicht im Betrieb sein musste, sein Vater auf der Matratze der Großmutter. In einer dieser Nächte wurde Norbert Paulini von einem Knall geweckt und glaubte, seine Großmutter wäre zurückgekehrt. Aber der Atem neben ihm ging anders. Es war nicht das leise Schnarchen, das einem Surren, fast Schnurren ähnelte und in Abständen Schnalzer produzierte. Einen Augenblick später war Norbert am Lichtschalter.

Klaus Paulini schreckte auf. »Verschlafen?«, fragte er blinzelnd, sah auf den Wecker, dann zu seinem Sohn. Ohne Großmutter erschien Norbert Paulini selbst sein Vater fremd.

Nacht für Nacht wurde Norbert nun aus dem Schlaf gerissen, ohne zu wissen, was da zwischen seinen Ohren und den Wänden hallte und in der Vase und den Gläsern der Vitrine schepperte und sirrte. Nur die Bücher schwiegen. Er nahm sich eins und schlug es auf, aber ohne Großmutter blieb das Buch stumm. Wütend warf er es von sich. Es landete auf einem der Bücherstapel und blieb dort liegen, als habe es in genau dieser Lage und an genau diesem Platz weiterschlafen wollen.

In mancher Nacht glaubte Norbert Stimmen zu hören, obwohl sein Vater Nachtschicht hatte und Frau Kate längst gegangen war. Er knipste im Nebenzimmer das Licht an – da war es, als hielten die Möbel erschrocken inne im Gespräch, als verharrten sie in ihrer schiefen Haltung, in der er sie überrascht hatte. Selbst die Vorhänge machten mit. Wenn er nur lang genug wartete, würden die Möbel zu wackeln beginnen und die Vorhänge sich auf- und zuziehen und sich zu erkennen geben als Wesen, die nicht anders waren als er und alle anderen auch.

Plötzlich hörte er das Singen der Straßenbahn in der Kurve am Schillerplatz. Ihr Klang spannte sich tröstlich über den Nachthimmel. Seine Großmutter würde dasselbe Geräusch hören und an ihn denken. Norbert sah die Straßenbahnfahrerin, die aufrecht saß wie immer und ernst und konzentriert an den Kurbeln drehte. Sie war für alle da, die ganze Nacht. Aber nur ihm nickte sie zu. Er sollte nun einsteigen, sie würde ihn zur Großmutter bringen.

Kapitel IV

Mit dem Tod von Agnes Paulini war Norbert Paulini auch vom lieben Gott verlassen worden. Sein Vater wollte nichts von Gott wissen, Frau Kate fühlte sich nicht zuständig, und in der Schule lachten sie ihn wegen seiner Nachfrage aus.

Was Schule bedeutete, begriff Norbert Paulini, als die ersten Klassen mit einem Sonderbus ins neue Hallenbad fuhren. Nach dem Unterricht im Becken marschierte die kleine Schar der Schwimmer, denen er zugeteilt worden war, zum »Dreier«, wie die Frau in blauer Turnhose und weißer Trainingsjacke, eine Trillerpfeife um den Hals, den Sprungturm nannte. Einer nach dem anderen kletterte hinauf, lief über das Brett und sprang.

»Ich will nicht springen«, sagte Norbert Paulini wahrheitsgemäß.

»Nun steig erst mal rauf«, ermutigte ihn die Schwimmlehrerin. Er war bereit, den Sprungturm zu erklimmen und die Halle von dort oben aus zu besichtigen. Sprosse um Sprosse folgte sie ihm.

»Springen will ich aber nicht«, sagte Norbert Paulini. Er beugte sich vor, als fürchtete er, mit dem Kopf an die Hallendecke zu stoßen. Wie Sandpapier schmirgelte das Sprungbrett an den Sohlen.

»Jetzt spring«, sagte die Trainerin, die ihm den Abstieg versperrte. Ihre langen Fußnägel rückten bedrohlich auf ihn zu.

»Ich möchte nicht«, wiederholte Norbert Paulini. »Das ist mir zu hoch.«

Entfernt hörte er die Stimmen seiner Klassenkameraden, die sich bereits anzogen. Das Wasser schmatzte nicht mehr am Beckenrand, glatt und still lag es da.

»Ich will nicht!«, schrie er auf. Er hatte zum ersten Mal in die Tiefe geblickt. Unter ihm gähnte ein blaugrün gefliester Abgrund.

»Nein!«, rief er – etwas schob ihn. Er wollte sich dem Schmirgelpapier anschmiegen. Was die Schwimmlehrerin rief, hallte von allen Seiten zurück. Abermals schrie er auf beim Anblick des Abgrunds, wusste jedoch nicht mehr, was unten, was oben war. Alles gab nach, kippte, stürzte auf ihn, mit ihm, hinab, ein Schlag auf den Rücken, ein Schlag ins Gesicht …

Die Beine der Schwimmlehrerin waren zerkratzt, Striemen zierten ihren Hals, das Wasser troff von ihren Haaren, der Trainingsjacke, der Hose – die Schlappen fehlten. Norbert hockte zusammengekauert am Beckenrand, in den Augen eine Wildheit, vor der seine Klassenlehrerin, mit Pflaster und Handtuch bewehrt, zurückwich. Trotzdem war sie es, die irgendwann seine zitternde Faust zu lösen vermochte und die Trillerpfeife darin fand.

Von nun an hatten es beinah alle aus seiner Klasse darauf angelegt, die Schwimmlehrerin zu rächen. Die

Unterrichtsstunden machten ihm nichts aus. Aber es gab den Schulweg, und es gab die Pausen. Und vor allem gab es den Hort. Er wollte nicht dort sein. Aber er wusste auch nicht, wo er überhaupt sein wollte. Er hatte sich gewehrt, als Einziger hatte er sich gewehrt und die Schwimmlehrerin besiegt und ihr sogar die Pfeife entrissen. Aber wem sollte er das sagen?

Selige Augenblicke lang konnte er auf dem Weg nach Hause den Tod seiner Großmutter vergessen. Er meinte dann, erwartet zu werden, alles vorbereitet zu finden, das Abendbrot in der Küche und den geheizten Ofen im Badezimmer.

Jetzt war es Frau Kate, bei der er im Erdgeschoss klingeln musste. Frau Kate war klein, aber wegen ihres gewaltigen Dutts und ihrer Absatzschuhe, die sie auch zu Hause trug, fiel das kaum auf. Dem Jungen wiederum erschien an Frau Kate alles groß: die Nase, Augen, der Mund, Busen und Po. Hätte sich nicht in ihrem Gesicht ein Ausdruck verfestigt, der glauben machte, sie müsse jeden Moment niesen oder ihr sei gerade ein Gestank in die Nase gefahren, hätte sie sogar als schön gelten können.

Ihre Pension »Villa Kate« bestand aus drei Zimmern im Erdgeschoss und vier Kemenaten unter dem Dach. Nach dem Auszug »der Schlesier« wurde eines der freien Zimmer der Pension zugeschlagen, eines bekamen die beiden Paulinis als Gegenleistung dafür, dass sie die Gäste in ihrem Badezimmer und Klo duldeten, das kleinste diente fortan als Abstellraum. In ihrem

Wohnzimmer wurden Frühstück und Abendbrot eingenommen, wobei sie stets das »und« betonte. An ungeraden Tagen servierte sie abends Spiegeleier. Frau Kate, das wusste Norbert von seinem Vater, verfügte über die Fähigkeit, Dinge zu beschaffen, von denen andere nur träumen konnten. Frau Kate kannte in Dresden alle und jeden. Sogar Krokuszwiebeln aus dem Westen hatte sie für die Gräber organisiert.

Ihrer Fürsprache verdankte es Norbert auch, dass er vom Besuch des Schulhorts befreit wurde. Bei Frau Kate machte er seine Hausaufgaben, sie ging mit ihm einkaufen und »Wege erledigen«. Zu seinen Pflichten gehörte es, den Tisch für das Abendbrot zu decken, an dem er teilnahm, wenn sein Vater Spätschicht hatte.

Mitunter »expedierte« Frau Kate ihn ins Bett, das noch immer aus einer Matratze auf einem kniehohen Sockel von Büchern bestand. Für ihn tat sie etwas, wovon sie ihm einschärfte, es niemandem zu verraten, weil dies ihr beider Geheimnis sei. Es begann damit, dass sie an ihrem Dutt nestelte, Nadel um Nadel herauszog, kurz innehielt – und im nächsten Moment ihr Haar wie einen Wasserfall herabstürzen ließ.

Norbert Paulini war es erlaubt, die dunklen Strähnen einzufangen, sie über sein Kissen zu legen und seine Wange darauf zu drücken. Dann war Frau Kate auch bereit, ihm eines der Märchen vorzulesen, die er mochte. Zu seiner Enttäuschung aber endete es immer wieder an derselben Stelle.

Kapitel V

Klaus Paulini hatte sich mit Hilfe eines ärztlichen Attestes eine Umschulung zum Straßenbahnfahrer erstritten. Er verdiente nun weniger, doch sein Sohn war stolz auf die Uniform seines Vaters. Da er aber nicht mit in der Fahrerkabine der Straßenbahn sitzen durfte, verlor er bald die Lust, seinen Vater in den Ferien zu begleiten. Zudem fuhr Klaus Paulini auf der Linie 7 oder 8 und nicht, wie Norbert sich gewünscht hatte, mit der 4 oder wenigstens mit der 6. Wenn Norbert der Aufsicht von Frau Kate entkam, streunte er an den Elbwiesen herum, sah den alten Leuten beim Füttern der Enten und Schwäne zu und stellte sich unter das »Blaue Wunder«, das vom Gedröhn der Linie 4 erbebte, die von Pillnitz das Elbtal entlang bis nach Weinböhla fuhr und irgendwann aus jener Ferne zurückkehrte, nur um in der anderen Ferne zu entschwinden. Manchmal wünschte er sich in eines der Ruderboote hinein, die auf der Elbe trainierten. Er wusste aber nicht, wo oder ob die Ruderer überhaupt je an Land gingen.

Doch was er auch trieb, allem haftete eine unbestimmte Sehnsucht an, als erinnerte ihn jedes Ding an etwas, von dem er nicht wusste, ob es bereits in der Vergangenheit lag, in der er schon einmal erwachsen gewesen sein musste, oder ihn erst in der Zukunft erwartete. Der Tod seiner Mutter und der Tod seiner Großmutter waren nur Teile einer allgemeinen Katastrophe. Sein Vater und Frau Kate hatten noch das richtige Dresden gekannt, ohne die großen Wiesen, ohne Ruinen. Wunderschön war es einmal gewesen, und wunderschön würde es auch dereinst wieder werden, schöner als je zuvor, hatte seine Klassenlehrerin gesagt. Er hätte alles dafür gegeben, schneller älter zu werden, ein Erwachsener zu sein, weil die tun und lassen konnten, was sie wollten. Bis dahin musste er seinem Vater folgen, der ihn zwar nicht wie andere Väter mit »Kloppe« bedrohte oder Ohrfeigen verteilte, der aber meinte, die Großmutter habe ihr Norbertchen verzärtelt und überhaupt in Watte gewickelt. Gemeinsam mit dem Vater musste er morgens Liegestütze und Kniebeugen machen und sich im Anschluss kalt über der Wanne waschen.

Wie ausgewechselt aber war sein oft müder und maulfauler Vater, wenn sie an seinen freien Sonntagen mit dem Zug in die Sächsische Schweiz fuhren, mit der Fähre nach Bad Schandau übersetzten und in die Berge hineinwanderten, jeder mit seinem Rucksack. Beim Wandern waren sie gleichberechtigte Kameraden, weil dann einer für den anderen einstehen musste, sollte sich einer den Fuß verknacksen oder ein Bein brechen oder von einem herabfallenden Ast oder einem umstürzenden Baum getroffen werden. Im Winter ging es mit dem Bus nach Altenberg. Sie machten Langlauftouren nach Zinnwald oder Oberbärenburg. Der den Hang heraufkam, hatte die Loipe sofort für den Hinabfahrenden frei zu machen, auch wenn dieser nicht: »Spur frei!« rief. Wieder zu Hause, kehrte die alte Verlegenheit zwischen Vater und Sohn zurück.

Zur Jugendweihe erhielt Norbert Paulini nicht wie die anderen ein Klapprad oder ein Moped, sondern sein Vater und Frau Kate schenkten ihm einen Wanderurlaub im Riesengebirge. Norbert Paulini hatte sich die Davidsbaude wie die Jugendherberge in Zinnwald vorgestellt. Aber hier gab es ein Zimmer samt Waschbecken allein für seinen Vater und ihn. Die Betten standen nebeneinander, nicht übereinander. Zum Essen setzte man sich morgens, mittags und abends an einen gedeckten Tisch und wurde bedient.

»Einmal musst du ja damit anfangen«, sagte Klaus Paulini und entnahm seinem Koffer drei Bücher. Er verschwieg, dass Frau Kate zu Jack London statt zu Joseph Conrad geraten hatte, zu einem Jugendbuch über den Fliegenden Holländer statt zu »Schuld und Sühne«, zum »Dschungelbuch« anstelle von »Rot und Schwarz«. Doch in diesen Exemplaren fand sich in grüner Tinte und einem noch fast kindlichen Schriftzug der Name »Dorothea Schuller«.

»Das hat deine Mutter gelesen, als sie jung war«, sagte er.

Norbert Paulini schlug das oberste Buch auf. Er begann zu lesen. Von Zeit zu Zeit schielte er hinüber zu seinem Vater, der auf seiner Seite des Doppelbettes wie bei einer Rast auf dem Rücken lag, die Arme hinterm Kopf verschränkt, die Augen geöffnet. Überrascht bemerkte

Norbert Paulini, wie angenehm es war, Zeile um Zeile in ein Buch zu tauchen, als machte er sich selbst Schritt um Schritt auf den Weg in eine fremde Welt, obwohl er bloß dalag.

Nach dem Abendessen mit den Erwachsenen, die meisten davon Rentner, die seinen Vater »Witwer« nannten und ihn verstohlen beäugten, durfte er aufstehen und allein nach oben gehen. Beinah wurde er ungeduldig, so lange brauchte er, um mit dem Gebirgswasser die eingeseiften Hände abzuspülen. Dann las er weiter, und als sein Vater spät eintrat, erschrak er wie zu Hause, wenn er den Schlüssel in der Wohnungstür hörte, doch eher darüber, dass er selbst schon so weit draußen auf See war, für niemanden mehr erreichbar. Erst als der Vater sein Nachtlämpchen ausschaltete und sagte, es sei jetzt genug, hörte Norbert Paulini auf zu lesen und löschte auch sein Licht. Im Dunkel hörte er das Rauschen der Bäume. Oder war es der Bach? Unmerklich schaukelte er in seiner Hängematte. Über ihm schlugen die Segel im hin- und herspringenden Wind, um ihn herum ächzten die Schiffsplanken. Norbert Paulini wurde auf der »Narcissus« davongetragen. Und als er morgens die Augen aufschlug, wusste er nicht, wo er war, an welchem Gestade gestrandet, bis er seinen Vater gurgeln hörte und sah, wie er die Zahnbürste erhob, um im Spiegel den aus Übersee heimkehrenden Sohn zu begrüßen. Nacheinander und schweigend absolvierten die Paulinis auf dem schmalen Gang zwischen Bett und Wand ihren Frühsport. Dann ging es zum Essen.

Unter freiem Himmel jedoch wurden sie wieder zu Kameraden, die gemeinsam an Wegkreuzungen auf die Karte starrten. Sie mussten sich vor den polnischen Grenzern hüten, denn die, das sagte sogar der tschechische Kellner, verhafteten mit Vorliebe deutsche Wanderer, und dann wisse man nie, wie lange die einen dort ohne Essen festhielten und wie teuer das würde. Das Riesengebirge war ein richtiges Gebirge, und die Pfade über die Bergkämme waren kahl und von Wiesen umgeben. Und wenn sie anderen Wanderern begegneten, grüßten diese mit »Ahoi«, und sein Vater antwortete ebenfalls »Ahoi«, so als wollten sie kundtun, wir wissen, wo du, Norbert Paulini, heute Nacht gewesen bist und wohin es dich zieht. Wie anders sollte er den Seemannsgruß im Gebirge auch deuten? Norbert Paulini zwang sich, auf den Weg zu achten und nicht zu dicht hinter seinem Vater zu gehen, der es überhaupt nicht mochte, wenn er tranig war und ihm auf die Hacken trat. War diesmal alles anders, weil sie im Ausland wanderten? Norbert blickte auf die Waden des Vaters, unter deren weißer Haut bei jedem Schritt die Muskeln sprangen und zuckten. Er wusste nicht, ob er seinen Vater liebte, aber seine Waden hätte er gern einmal berührt.

Als sie bereits am frühen Nachmittag die Davidsbaude wieder vor sich erblickten, war es Norbert Paulini, als liefen sie in den Heimathafen ein. Wer vor der Baude in der Sonne saß, winkte ihnen zu und wollte wissen, wo um Gottes willen sie denn so lange gewesen seien.

»Ahoi!«, rief Norbert Paulini. Er las auf dem Bett,

er las draußen im Liegestuhl oder auf einer Bank. Die Buchseiten wellten sich mit jeder Nacht mehr. Sie rochen nach Davidsbaude, nach Tannennadeln und rauchiger Luft, der Wind tönte in den Wipfeln, und vom Bach kam ein Rauschen, das zum Unwetter anschwoll. Hob er jedoch mitten im Sturm den Kopf, lag das Kap der Guten Hoffnung im Sonnenschein und grüßte von fern her mit den leuchtenden grünen Matten seiner Berghänge, die sich bis hinauf zu den Kammwegen zogen.

»Er liest die Bücher seiner Mutter«, erklärte eine der älteren Frauen ihrem Mann. Jedes Nachwort bestärkte Norbert Paulini in der Überzeugung, dass die Erwachsenen, also auch jene am Abendbrottisch, alle Bücher kannten, die er selbst gerade erst zu lesen begann. Ihre Bewunderung für sein Lesepensum löste ihm selbst in Gegenwart seines Vaters die Zunge. Es fiel ihm leicht, sich Daten und Umstände einzuprägen, unter denen Schriftsteller ihre Werke geschaffen und der Menschheit geschenkt hatten. Die Wörter, die aus seinem Mund kamen, fühlten sich an, als hätte er sie entdeckt, als wären es tatsächlich seine eigenen Worte, ja als hätte er selbst die Nachworte verfasst.

Mir hingegen hat Norbert Paulini einmal erzählt, während jener Zeit im Riesengebirge nur »Moby Dick« gelesen zu haben, den aber gleich zweimal. Aus Ermangelung an Schreibzeug habe er unzählige Sentenzen auswendig gelernt. Eines Nachmittags habe ihn sein Vater gesucht und lange nicht gefunden, weil sich sein Sohn Norbert Paulini, umringt von älteren Damen und

Herren, in einer separaten Stube über die furchteinflößende Farbe Weiß bei Walen, Haien und anderen Ungeheuern ergangen habe.

Sein Vater ermahnte ihn, Frau Kate einen Urlaubsgruß zu schicken. Es gab aber nur Ansichtskarten von der Davidsbaude im Winter. Er machte ein Kreuz über zwei Fenstern im ersten Stock. Auf dem Vordach lag hoher Schnee, Eiszapfen hingen herab. Da die Briefmarken an der Rezeption ausgegangen waren, nahmen sie die Ansichtskarte mit zurück und überreichten sie Frau Kate, die für sie Eierkuchen buk und meinte, die beiden Wandersmänner seien wohl ein ganzes Jahr unterwegs gewesen, wenn sie sogar den Winter im Gebirge verbracht hätten. Hatte Frau Kate nicht recht? Waren sie nicht tatsächlich schon vor langer Zeit ins Riesengebirge aufgebrochen? Und konnte er nicht deshalb erst jetzt die hiesige Landschaft aus Büchern als seine Heimat erkennen?

Kapitel VI

Norbert Paulini brauchte sich nur umzusehen oder seine Matratze anzuheben, um zu begreifen, welche Schätze seine Mutter ihm hinterlassen hatte, wie vorausblickend sie und sein Vater für ihn gesorgt hatten. Und auch wenn seine Mutter ihm keine Anleitung, keinen Kompass mehr an die Hand geben konnte, so blieben immerhin noch die Nachworte, die sich ihm zu einem Atlas fügten, in dem eine Seite auf die andere verwies und der einmal eingeschlagene Weg seine Fortsetzung fand, wenn er umblätterte.

In Norbert Paulini wuchs von Buch zu Buch die Überzeugung, dass die Schriftsteller froh darüber waren, in ihm endlich ihren Leser gefunden zu haben. Gemeinsam bildeten sie eine Familie, weshalb er sich allen anderen Lesern gegenüber überlegen fühlte.

Die Schule vernachlässigte er. Mit jedem Buch vergrößerte er die Kluft zwischen sich und seinen Klassenkameraden. Es war eigenartig, womit sie ihre Zeit vertrödelten. Er las selbst in den Pausen. Nur ein paar Mädchen, die Musiklehrerin und seine Deutschlehrerin sprachen ihn auf seine Lektüre an und bewunderten ihn, als er sagte: Thomas Mann »Buddenbrooks«, oder Gottfried Keller »Der grüne Heinrich«, erste Fassung.

Daran knüpfte Norbert Paulini den Hinweis, Thomas Mann habe »Der grüne Heinrich« erst im Alter und auch da nur zufällig in die Hand bekommen, nämlich während eines Krankenhausaufenthaltes in Chicago. Wieder zu Hause, habe er weitergelesen, nun nicht mehr im Exemplar der Krankenhausbibliothek, und sich nicht wieder hineinfinden können, es war alles so anders. Thomas Mann habe nämlich zuerst in der zweiten, dann in der ersten Fassung des »Grünen Heinrich« gelesen. Er selbst erstelle gerade eine Liste der Unterschiede beider Fassungen, um ein für alle Mal Klarheit darüber zu erlangen. Zudem habe er den Verdacht, der Grund für die so lange ausgebliebene Lektüre könnte durchaus im Verhältnis zum Bruder Heinrich zu finden sein. Thomas habe einfach nicht den Namen Heinrich als Held eines Romans ertragen. Aber das sei natürlich Spekulation, reine Spekulation.

Die Klassenlehrerin zeigte sich unbeeindruckt und mahnte: Wenn seine Leistungen nicht besser würden, sehe sie schwarz für seine Zukunft.

Norbert Paulini wollte Leser werden. Aber es schien keinen Beruf zu geben, in dem er nicht achtdreiviertel Stunden fünf Tage pro Woche einer anderen Tätigkeit würde nachgehen müssen. Deshalb war es ihm im Grunde gleichgültig, womit er später sein Geld verdiente.

»Buchhändler, wie deine Mutter«, schlug Klaus Paulini vor.

»Buchhalter, wie Don Pedro«, hielt Frau Kate dagegen, »oder versuch was mit Abitur, ›Berufsausbildung mit Abitur‹, dann kannst du studieren!«

Sein Vater schüttelte den Kopf. »Heutzutage bringt das nichts. Da musst du dich mehr verbiegen als alle anderen.«

Frau Kate befragte die Karten. Aber das Haus, das sich immer wieder aufdrängte, das große Haus, für das er gemacht sei, interpretierte sie als Universität, es könne aber alles bedeuten, im schlimmsten Fall sogar die Staatssicherheit oder das »Gelbe Elend«.

Schließlich war es die Klassenlehrerin, die Norbert Paulini als Kind eines Arbeiters und als Halbwaise das Privileg einräumte, eine Ausbildung zum BMSR-Techniker mit Abitur zu beginnen.

»Betriebs-, Mess-, Steuer- und Regeltechnik«, klärte sie ihn auf. »Danach steht dir die Welt offen.«

Norbert Paulini beugte sich der Entscheidung wie einem Urteil.

Obwohl er den Lehrstoff einigermaßen verstand und sich in der Praxis halbwegs zurechtfand, bestürzte ihn die Vorstellung, sein Leben fortan zwischen Apparaten in Betrieben zu vertrödeln. Nach anderthalb Jahren schmiss er die Sache hin und war von nichts und niemandem mehr umzustimmen. Norbert Paulini war der unumstößlichen Überzeugung, nun genug gelitten und genug durchgehalten zu haben. Kein weiteres Jahr, keinen Monat, auch nicht eine Woche seines Lebens wollte er je wieder Tätigkeiten opfern, die ihm gleichgültig waren und die jeder andere genauso gut erledigen konnte. Wenn es eine

Rechtfertigung seiner Existenz gab, verkündete er seinem Vater und Frau Kate, dann waren es jene mit Buchstaben bedruckten und gebundenen Seiten, die darauf warteten, von ihm in die Hand genommen, aufgeschlagen und gelesen, also von ihm zum Leben erweckt zu werden. Das und nichts anderes sei seine Bestimmung. Sein Vater und Frau Kate gaben sich gegenseitig die Schuld, bis Frau Kate mit ihm in die Volksbuchhandlung in der Hüblerstraße ging, ihn der Chefin als Sohn von Dorothea Paulini vorstellte, die hier einst eine Buchhandlung gegründet habe. Den Namen Paulini hatte sie noch nie gehört und den jungen Mann auch noch nie in ihrem Geschäft zu Gesicht bekommen, was dieser sofort bestätigte. »Die meisten Leser verwechseln im kindischen Wahn Bücher mit Eiern und glauben, diese müssten stets frisch genossen werden«, deklamierte Norbert Paulini ungefragt und ließ seinen Blick über die Regale schweifen. »Stattdessen«, fuhr er fort, »sollten sie sich an die Leistungen der wenigen Auserlesenen und Berufenen aller Zeiten und Völker halten. Das steht so oder ähnlich bei Schopenhauer, ›Die Welt als Wille und Vorstellung‹, Kapitel 15, gegen Ende, in meiner ›Halbfranz‹-Ausgabe der Gesammelten Werke in acht Bänden, erschienen bei Philipp Reclam, Leipzig, das Jahr habe ich gerade nicht im Kopf.«

Wenn der anspruchsvolle junge Mann sich bereitfände, die Büchersendungen auszupacken und einzuräumen, Wege zu erledigen, abends den Laden zu kehren und zu wischen und das zu ihrer Zufriedenheit, könne man darüber nachdenken, ihn bis zum Beginn des neuen Lehrjahres als Hilfskraft dem Volksbuchhandel vorzuschlagen. »Sischer is da gor nüscht«, fügte sie hinzu.

Norbert Paulini spülte auch das Geschirr der Frauen nach dem Frühstück und dem Kaffeetrinken ab, er glättete und bündelte das Packpapier für den Altstoffhandel, packte Bücher aus Kartons und in Kartons und verkroch sich, wann immer es ging, mit einem alten Buch in die hinterste Ecke. Trotzdem schien die Uhr an manchen Tagen rückwärts zu gehen.

Seine Einberufung zur Armee hatte niemand erwartet. Und dass sie so früh kam, galt als Glücksfall. Viele traf es erst, wenn sie bereits Frau und Kinder hatten. Norbert Paulini sah in der Einberufung einen weiteren Vorteil. Noch hatte jeder, der bei »der Fahne« gewesen war, darüber geklagt, endlos viel Zeit vergammelt zu haben, also unbeschäftigt gewesen zu sein. Demnach standen ihm unendlich viele Tage und Nächte zum Lesen bevor.

Für die sechs Wochen der Grundausbildung verproviantierte er sich mit einer in der DDR erschienenen Bibel. Ein dickeres Buch besaß er nicht. Zu Hause ließ er sorgsam vorbereitete Bücherstapel zurück, die im Wochentakt auf die Reise gehen sollten, sobald er darum bat. Norbert Paulini landete in einem sogenannten »Mot. Schützenregiment« nördlich von Berlin.

Weil er nun täglich die Bibel zur Hand nahm, hielt man Norbert Paulini für gläubig. Zur Rede gestellt, erklärte er den Glauben zur Privatangelegenheit, so stehe das auch in der Verfassung. Die häufigen Spindkontrollen ertrug er mit Gleichmut, dass man ihn »Jesus«

nannte, gefiel ihm sogar. Eine Dornenkrone war schließlich auch eine Krone.

Nach drei Monaten delegierte ihn der Politoffizier in die Regimentsbibliothek. Der Gefreite, der ihn anlernen sollte, empfing ihn kühl, hatte aber nichts dagegen, wenn er mit einem Buch erschien und nichts weiter verlangte als einen Stuhl und Licht.

Mit Beginn des zweiten Diensthalbjahres wurde seine Ruhe als neuer Bibliothekar nahezu vollkommen. Dabei kostete es ihn Überwindung, ein Bibliotheksbuch in die Hand zu nehmen. Es war, als legte er sich in ein fremdes Bett.

Die Leiterin der Regimentsbuchhandlung bestellte ihn zu sich. Um dreizehn Uhr öffnete sie für Offiziere, vierzehn Uhr für alle. Norbert Paulini sollte zwölf Uhr erscheinen. Frau Vorpahl war keine Schönheit. Trotzdem gab es viele Soldaten, die nur deshalb kamen, um eine Frau mal wieder aus der Nähe zu sehen und eine weibliche Stimme zu hören. Frau Vorpahl nötigte ihn, an ihrem Schreibtisch Platz zu nehmen und legte ihm einen Ordner vor. Auf jeder der abgehefteten Seiten waren mehrere rechteckige Felder wie zum Ausschneiden angeordnet, die jeweils Autor und Buchtitel nannten und eine kurze Beschreibung des Inhalts lieferten. Er kannte diese Seiten aus der Hüblerstraße. Aber was sollte er jetzt damit?

»Na, vorbestellen«, sagte sie. »Für die Bibliothek – und für dich.«

Von da an sah Norbert Paulini alle vierzehn Tage die

Vorankündigungen der demnächst erscheinenden Bücher durch und bestellte das eine oder andere für die Bibliothek.

»Du kannst alle haben, die du willst«, sagte Frau Vorpahl, »sogar zum Einkaufspreis, wenn du den Mund hältst.«

»Ich habe genug Bücher«, antwortete er.

»Man kann nie genug Bücher haben«, belehrte sie ihn. »Du kannst sie kostenlos kriegen, ich melde sie als geklaut.«

Plötzlich stand Hauptmann Vorpahl im Raum.

»War gar nicht abgeschlossen?«, wunderte sich Frau Vorpahl, ohne ihren Mann weiter zu beachten. Norbert Paulini wusste nicht, wie er salutieren sollte. Wie immer hatte er sein Koppel abgelegt, das Käppi sowieso. Er errötete. Hauptmann Vorpahl ließ ihn Meldung machen und »wegtreten«.

Am Freitag erschien abends kurz vor sechs Frau Vorpahl mit einem Bücherstapel in der Bibliothek.

»Die Bestellung«, sagte sie, legte Bücher und Jacke ab und verschloss die Tür, als gehörte das zu ihren Pflichten. Dicht vor ihm blieb sie stehen.

»Nun müsstest du allmählich mal aktiv werden«, sagte sie und trat noch näher. »Ich hab dir den Arsch gerettet und noch 'ne halbe Stunde Zeit.« Sie zupfte an ihrem dauergewellten Haar und drehte den Kopf hin und her, als könne sie sich in seinem Gesicht wie in einem Spiegel betrachten. Da er sich nicht rührte, ergriff sie seine Hände und küsste ihn auf den Mund.

»Unglaublich«, flüsterte sie, »eine Jungfrau.«

Als Norbert Paulini im Bett lag, die meisten schliefen bereits, musste er lachen. Auch er hatte die Vorhänge zugezogen. Und als draußen der Gleichschritt der Kompanien zu hören gewesen war, die in Richtung Kantine vorüberzogen, da hätte er am liebsten gerufen: Weiter! Weitermarschieren! Weiterfahren! Er lachte leise. Trotzdem beugte sich der im Bett über ihm heraus und fragte, was los sei. Statt zu antworten, lachte Norbert Paulini weiter. Der von oben leuchtete ihm mit seiner Taschenlampe ins Gesicht.

Norbert Paulini drehte sich zur Wand und schlief zur großen Verwunderung des anderen bereits wenige Atemzüge später tief und fest.

Kapitel VII

Als Norbert Paulini zum Gefreiten befördert worden war und von seinem dritten Diensthalbjahr bereits ein guter Monat hinter ihm lag, betrat an einem sonnigen Tag Anfang Dezember ein Soldat die Bibliothek, salutierte und lächelte, als Norbert Paulini nichts dergleichen tat.

»Darf ich mich umsehen?«

Norbert Paulini nickte, obwohl die ersten Kompanien bereits zum Mittagessen marschierten. Sein Besucher, dessen Schulterstücke noch ganz glatt waren, musste sich von seiner Einheit weggestohlen haben. Um diese Uhrzeit kamen sonst nur Unteroffiziere oder Offiziere.

»Das gibt's doch nicht!«, hörte er den Soldaten rufen. Und wenig später kam ein so eindringliches wie verwundertes »Nein!«

Norbert Paulini las weiter.

»Wie kommen die denn hierher?«, fragte der Soldat und legte die beiden Bücher vor ihm ab. Das eine, von einem polnischen Autor namens Gombrowicz, hatte einen unaussprechlichen Titel und war noch nie ausgeliehen worden, das andere, das schlicht »Das Schloß/Der Prozeß« hieß und von Kafka stammte, trug zwei Ausleihstempel.

Während der Soldat mit großen eiligen Druckbuchstaben die Bibliothekskarte ausfüllte, bekam sein Haar im Mittagslicht einen rötlichen Schimmer, der Norbert Paulini zuvor nicht aufgefallen war.

»Das ist ja ein Ding«, sagte Ilja Gräbendorf und sah auf das Buch, das auf dem Tisch vor Norbert Paulini lag. »Verlorene Illusionen – Illusions perdues.« Beim Lachen entblößte er kleine weiße Zähne.

»Balzac zu lesen, wenn man Kafka lesen könnte, ist ziemlich dekadent«, sagte er und reichte seine Hand über den Tisch.

Nach zwei Wochen erschien Ilja Gräbendorf erneut, das Buch des Polen in der Hand. Er trug eine Brille.

»Das haut doch alles über den Haufen, oder?«, rief er. Gräbendorf wollte mit ihm über »Ferdydurke« reden, er sprach enthusiastisch von der »Popoisierung der Welt« und erwartete von Norbert Paulini offenbar Zustimmung. »Was der beschreibt, hat vorher nicht existiert, das war nicht mal 'ne weiße Fläche auf der Landkarte«, rief der Soldat Gräbendorf. »Wir sind Blinde, Blinde neben ihm, Blinde!« Vor lauter Erregung hatte er noch nicht mal sein Käppi abgesetzt. »Das ist nicht phantastisch, nicht grotesk, nicht sarkastisch, nicht skurril, nicht satirisch oder gar ironisch«, er zeigte die fünf Finger seiner Rechten und den linken Daumen, »das ist es alles auch, aber viel mehr! Das ist verquält und jubilierend«, begann er neu an seiner Rechten zu zählen, »analytisch und synthetisch, das Gegenteil ist auch schon immer da! Da gibt's nichts Authentisches, kein eigenes Denken, er weiß, dass alles künstlich ist, das Subjekt am Ende.«

Norbert Paulini sagte, er nehme in diesem Winter »Die menschliche Komödie« durch und beschäftige sich mit Stendhal, Ende Februar vielleicht mit Flaubert, von ihm habe er allerdings schon einiges gelesen. Die polnische Literatur kenne er noch nicht. Sein Plan sei, neben Zola und Maupassant sich allmählich dem Dreigestirn von Baudelaire, Verlaine und Rimbaud zu nähern, aber es könne gut sein, dass er dazu erst nach der Entlassung käme. Das 20. Jahrhundert liege für ihn in weiter Ferne, jedenfalls stehe es nicht auf der Tagesordnung.

»Den ganzen Balzac?!«, rief der Soldat Gräbendorf. »Aber wofür denn? Reicht es nicht, ein oder zwei Sachen zu lesen, um zu begreifen, wie es gemacht ist?«

»Wie was gemacht ist?«

»Balzac und die anderen. Flaubert, okay, da kann man lernen wie's gebaut ist, aber alle Romane von Balzac?«

»Weil es zusammengehört, weil es einen Kosmos ergibt. Man versteht doch das Einzelne erst richtig, wenn man das Ganze kennt – und umgekehrt. Ich möchte die Zusammenhänge erkennen, das verbindende Band! Darum geht es doch! Warum liest du?«

»Um zu wissen, was es gibt, was bisher erreicht wurde, wo es langgeht mit der Literatur.«

»Wo es langgeht?«

»Man muss wissen, worauf man aufbauen kann.«

In den verbleibenden Monaten von Norbert Paulinis Armeezeit tauchte Ilja Gräbendorf fast täglich auf. Hier las er, graste immer wieder die Bestände ab, begutachtete die Neuerwerbungen und wollte immer reden. Über

Ernst Jünger zum Beispiel. Den aber kannte Norbert Paulini nur dem Namen nach. Was konnte schon über einen Stendhal gehen, insbesondere über den Beginn der »Kartause von Parma«, wenn der schöne junge Fabrizio nicht weiß, ob das Tohuwabohu, in das er geraten ist, eine richtige Schlacht genannt werden darf. Dabei steht er mitten drin im Weltereignis Waterloo und ist dann nur zu betrunken, um den Kaiser wenigstens einmal zu sehen. Überhaupt bekomme man allein durch diese Autoren eine Ahnung davon, was Geschichte bedeute.

Der Soldat Gräbendorf fragte, ob er ihm etwas zu lesen mitbringen dürfe, etwas Selbstgeschriebenes, ein paar Reflexionen. Da Norbert Paulini mit seiner Antwort zögerte, bot der Soldat Gräbendorf im Gegenzug an, auch dessen Arbeiten zu begutachten.

»Machst du eher Lyrik oder Prosa? Oder Drama?«, fragte der Soldat Gräbendorf.

»Ich habe mich entschieden, Leser zu werden«, bekannte Norbert Paulini. »Wer selbst schreibt, ist nicht mehr fähig, wirklich zu lesen. Nur der uneigennützige Leser, der sich einem Buch vorbehaltlos und ganz und gar zu öffnen vermag, kann es in seiner Differenziertheit und Komplexität erfassen. Wer hingegen absichtsvoll liest, stutzt das Buch auf seine Bedürfnisse zusammen und unterwirft es den eigenen Kreativitätsgelüsten.«

Seit diesem Tag, so kam es Norbert Paulini vor, war Ilja Gräbendorf ruhiger und höflicher und auch weniger aufgekratzt. Er traktierte Norbert Paulini zwar von nun an im Wochentakt mit seinen Texten, die aber besser bei Norbert Paulini abschnitten, als dieser es erwartet hatte.

Wenige Tage vor seiner Entlassung erhielt Norbert Paulini die Benachrichtigung, im September seine Ausbildung zum Buchhändler in der Filiale der Volksbuchhandlung Hüblerstraße beginnen zu dürfen. Er diktierte dem Soldaten Gräbendorf die Adresse der Brucknerstraße und schenkte ihm ein antiquarisches Exemplar von Fontanes »Wanderungen durch die Mark Brandenburg«, den Band über das Havelland, in dem auch der Standort ihres Regiments beschrieben worden war. »Wir lieben das Stück, aber wir kennen es, und während die Sonne hinter Schloß und Park versinkt, ziehen wir es vor, in Bilder und Träume gewiegt, auf ›Schloß Oranienburg‹ zu blicken, eine jener wirklichen Schaubühnen, auf der die Gestalten jenes Stücks mit ihrem Haß und ihrer Liebe heimisch waren.«

Von Marion Vorpahl dagegen musste er ohne Abschied scheiden. Die Buchhandlung blieb die beiden Wochen vor dem Entlassungstag wegen Krankheit geschlossen.

Kapitel VIII

Zu Hause genoss Norbert Paulini die Leselampe neben dem Bett und das eigene Klo. Die Frage seines Vaters, was er denn zu arbeiten gedenke, führte regelmäßig zu einem Streit zwischen beiden, der immer wieder in dem Satz gipfelte: »Allein fürs Lesen wird keiner bezahlt!«

Norbert Paulini fühlte sich von seinem Vater ohne Not erpresst, die vier freien Monate bis zum Beginn der Lehre zu opfern. Er würde kaum etwas vom väterlichen Lohn beanspruchen, er hatte noch Geld von seinem Sold übrig. Beinah noch heftiger fiel Frau Kate über ihn her. Offenbar fürchtete sie, die Glaubwürdigkeit ihrer Weissagung könne Schaden nehmen.

Als im September die Ausbildung zum Buchhändler begann, brauchte es nur wenige Wochen, bis ihn sowohl in der Buchhandlung als auch in der Buchhändlerschule in Leipzig eine Aura umgab. Selbst während des zweiwöchigen Einsatzes bei der Apfelernte im Havelland hatte er kaum Veranlassung gesehen, sich mit den anderen aus seinem Lehrjahr zu unterhalten. Dabei war Norbert Paulini betont höflich und aufmerksam, half den jungen Frauen in den Anorak und ließ sie zuerst durch die Tür gehen, wie er es von seinem Vater gelernt hatte. Aber in seiner Gegenwart erstarb jedes Gespräch. War von Büchern die Rede, was selten geschah, so erschien das Paulini'sche Schweigen wie ein abschätziges Urteil. War es die übliche Plauderei, so fürchtete man, neben ihm kindisch zu wirken.

Als er in der Buchhandlung dazugerufen wurde, um die Wünsche eines Kunden zu notieren, seufzte er unwillkürlich beim Anblick der Seiten mit den Vorbestellungen. Die Kollegin, die ihn hörte, glaubte felsenfest, er leide darunter, schlechte Literatur ordern zu müssen. Seine Sensibilität passte nur zu gut in das Bild, das man bereits von ihm hatte.

Eine Woche später stellte die Chefin Norbert Paulini eine Dame vor, die das Antiquariat in der Bautzner Straße führte, deren Mann verstorben und deren langjähriger Gehilfe nach Leipzig gezogen war, um dort selbst ein Antiquariat zu übernehmen.

Hildegard Kossakowski bestand auf einer Probezeit. Sie kannte sich aus mit Sonderlingen. Im Grunde verdiente jeder Besucher ihres Antiquariats diese Charakterisierung. Aber selbst einige Wochen nachdem Norbert Paulini seine Arbeit bei ihr aufgenommen hatte, wusste sie sich noch keinen Reim auf ihn zu machen. Er führte sich viel weniger sonderbar auf, als sie es erwartet hatte, was sie misstrauisch stimmte. Norbert Paulini hatte, ohne zu zögern, den graublauen Kittel, den sie stets für ihre Gehilfen bereithielt, akzeptiert, obwohl er um die Schultern etwas spannte, und trug ihn von morgens bis abends. Er war ein Muster an Pünktlichkeit, drückte sich vor keiner Arbeit, ja er griff ungefragt zum Besen oder

Schneeschieber, war wissbegierig und hatte keine Scheu, Fragen zu stellen. Bücher, die sie ihm empfahl, brachte er, wenn nicht am folgenden Tag, so spätestens am nächsten Montag gelesen zurück, ohne mit seinem Urteil hinterm Berg zu halten. Dabei konnte er Vergleiche ziehen, vor allem zur französischen und russischen Literatur, die sie mitunter in Erstaunen setzten. Umso fassungsloser war sie angesichts seiner völligen Unkenntnis in Sachen Bildender Kunst und Musik. Sie verordnete ihm Besuche im Kupferstich-Kabinett, führte ihn zu Ausstellungseröffnungen der Galerie Kühl und des Leonhardi-Museums. An den Sonntagnachmittagen trafen sie sich in den Alten Meistern. Da sie jeweils zwei »Anrechte« sowohl für die Konzerte der Staatskapelle wie auch der Philharmonie besaß, lud sie ihn ein, sich gemeinsam mit ihr diesen »Wonnestunden«, wie sie es nannte, zu widmen.

Er möge den Anzug und die guten Schuhe gleich mit auf Arbeit bringen, von hier aus könne man gemütlich in einer halben Stunde zum Kulturpalast »schandern«, ein Wort, das nur sie benutzte. Norbert Paulini gestand, weder über Anzug noch besonderes Schuhwerk zu verfügen.

Daraufhin legte Hildegard Kossakowski ein Maßband um seinen Hals, fragte nach seiner Schuhgröße und betrachtete ihn eingehend vom Scheitel bis zur Sohle. Dann verließ sie das Geschäft, um bei ihren Freundinnen vorstellig zu werden. Sie gebrauchte die Wendung »Es muss nichts Besonderes sein«, als könnte sie damit den Eifer kaschieren, der ihre Wangen erfrischte.

Norbert Paulini wurde in diesen Stunden eine ganz neue Erfahrung zuteil: Wie angenehm, ja erhebend war es, jeden der Besucher allein zu empfangen und mit einem »Sie wünschen?«, ein wenig »aufzuschließen«, wie Hildegard Kossakowski ihre Begrüßung nannte. Und Norbert Paulini trat jedem so freundlich wie möglich entgegen, obwohl ihn nie das Gefühl verließ, sie stünden einander zum Duell gegenüber.

Den Konzertabend mit Hildegard Kossakowski konnte er dagegen nicht genießen. Als sie während der Pause auf und ab flanierten, war er unzufrieden und aufgewühlt, weil es ihm nicht gelang, das im Programmheft Beschriebene auf das Gehörte anzuwenden. Er haderte mit sich. Zudem missfiel es ihm, dass sie die Einführung des Konzertes verpasst hatten.

Seinetwegen erwarb Hildegard Kossakowski einen Stereoplattenspieler fürs Geschäft und brachte wohldosiert ausgewählte Platten von zu Hause mit, hieß ihn eine Sinfonie von Beethoven oder Brahms oder Bruckner unter Sanderling mehrmals hören und schockierte Norbert Paulini mit derselben Sinfonie, nur unter Abendroth, Masur oder Konwitschny.

Hildegard Kossakowski führte ihn in Wohnungen und Häuser ein, in denen Werke hingen, die in der Öffentlichkeit nicht zu finden waren. Hier begegnete er einem Kunsthistoriker, der noch Otto Dix und Oskar Kokoschka gekannt hatte, Sammler, die sich an Felixmüller oder Nolde erinnerten. Wenn meine Mutter nicht gestorben wäre, dachte Norbert Paulini bei fast jedem

Besuch, wäre auch ich hier zu Hause, hätte auch ich hier schon immer am Tisch gesessen. Der Archäologe Scheffel bot dem »Arbeiterjungen«, wie er Norbert Paulini nannte, Führungen durch die Skulpturensammlung an. Mehrmals war er drauf und dran gewesen, Peter Scheffel zu fragen, ob er ihn nicht, da er doch selbst keine Kinder habe, adoptieren wolle, am besten rückwirkend, so als ließe sich dadurch auch die Zeit zurückdrehen. Als sein Vater ihn fragte, was er sich zum Geburtstag wünsche, erlegte Norbert Paulini ihm auf, seinem Sohn endlich eine Jahreskarte der Staatlichen Kunstsammlungen zu kaufen.

Schnell aber war ein Jahr herum und bald darauf schon ein zweites.

Norbert Paulini verehrte Hildegard Kossakowski. Und diese konnte ihm keine größere Anerkennung zuteilwerden lassen, als ihm das Geschäft für die Zeit ihres dreiwöchigen Sommerurlaubs auf Hiddensee zu übergeben. So frei und stark, wie er sich allein in den beiden bis an die Decke mit Büchern umstandenen Räumen fühlte, war er nie zuvor gewesen. Die Beethoven-Sinfonien, und nicht nur diese, klangen in diesen Tagen lauter und aufwühlender denn je. Und er wagte es, Empfehlungen auszusprechen, was er im Beisein von Hildegard Kossakowski vermieden hatte. Die verfrühte Rückkehr seiner Chefin schmerzte ihn.

Sie bemerkte sein neues Selbstbewusstsein, hielt es sich zugute und nahm fortan keine Rücksicht mehr, wenn sie ihn korrigieren musste, zum Beispiel wenn er behauptete,

Goethes »Italienreise« sei vor Seumes »Spaziergang« erschienen, oder wenn er den »Barbier von Sevilla« Puccini statt Rossini zuschrieb. Jedes Mal schlug sich Norbert Paulini dann fester, als ihr lieb war, mit dem Handballen gegen die Stirn und schüttelte den Kopf über sich.

Nach Abschluss seiner Lehre war er in der Lage, so gut wie jedes Buch, das man ihm vorlegte, an Machart und Type, erst recht anhand des Umschlags und Autorennamens zu datieren, weitere Ausgaben zu nennen, die Qualität des Papiers einzuschätzen wie den Wert des Exemplars. In der ersten Hälfte des zwanzigsten Jahrhunderts fühlte er sich mittlerweile zu Hause. Er las von Albert Kapr »Schriftkunst – Geschichte, Anatomie und Schönheit der lateinischen Buchstaben« und suchte auf Empfehlung von Scheffel die Bekanntschaft mit dessen Freund Walter Schiller, dem anderen großen Typographen. Mit Begeisterung arbeitete er sich in die Geschichte der Leipziger Verlage ein: Reclam, Kiepenheuer, Brockhaus, Breitkopf, Seemann, Baedeker, Dieterich'sche Verlagsbuchhandlung, Kurt Wolff, List … Aber auch der Dresdner Jakob Hegner fand Aufnahme. »Und Teubner?«, fragte Scheffel. »Was ist mit B. G. Teubner? Ohne Teubner verlieren wir unsere Vergangenheit!«

Das Einzige, was ihm nicht behagte, war die Akquisition, der Ankauf von Büchern, insbesondere dann, wenn sich ein Besuch bei Kunden als unausweichlich erwies. Für Hildegard Kossakowski waren das Festtage. Norbert Paulini hingegen misstraute Menschen, die ihre Bücher verkaufen wollten.

So wäre es zur Zufriedenheit aller weitergegangen, hätte sein Vater ihm nicht an einem Sonntagnachmittag eröffnet, dass Norberts verschwundener Großvater verstorben sei und ihm, seinem Enkel, um die dreißigtausend Mark vermacht habe.

»Mein Großvater lebte noch?«

»Er hat da irgendwo bei Wolgast gehaust, ganz da oben.«

»Der war gar nicht im Westen?«

Klaus Paulini nickte. »Die Schickse will, dass du ihr schreibst, wegen der Kontonummer.«

»Und du?«, fragte Norbert Paulini. »Was bekommst du?«

»Nichts.« Sein Vater lächelte. »Könntest deine eigene Bücherbude eröffnen. Kriegst das Pensionszimmer und das andere, hat unsere Kate gesagt. Die deichselt das auch mit dem Gewerbeschein und diesen ganzen Krempel. Antiquariat und Buchhandlung Dorothea Paulini, Inhaber Norbert Paulini, das klingt doch nach was!« Klaus Paulini rieb sich die Hände. »Außerdem stört dich hier niemand beim Lesen.«

»Du meinst hier?«

»Hab ich doch gesagt! Zwei Zimmer sind frei. Die richten wir her. Ich wollt schon immer mal in einem Antiquariat wohnen. Ist immer was los, gescheite Leute, angenehme Gesellschaft.«

Während der nachmittäglichen Teepause einige Tage später schob Hildegard Kossakowski ihre rechte Hand etappenweise bis zur Mitte des Tisches, wo die Linke von Norbert Paulini einen Halbkreis um die Teetasse andeutete. So in sich gekehrt, wortkarg und finster kannte sie ihren Gehilfen nicht. Sie hob den Kopf und stellte die unausweichliche Frage, ob er ihr nicht offenbaren wolle, was seine Seele bedrücke.

»Ich mach mich selbständig«, erwiderte er. Noch Jahre später behauptete Hildegard Kossakowski, die sofortige Replik, die brutale Entschiedenheit des Tonfalls und die Kälte seines Blickes hätten sie in diesem Moment an einen von langer Hand geplanten Anschlag auf ihr Leben glauben lassen. Unfähig sei sie gewesen, sich zu rühren oder gar zu antworten. Wie in einer Falle gefangen lag weiter ihr Unterarm auf dem Tisch, ihre und seine Hand trennte kaum ein Zentimeter. Norbert Paulini sah auf Hildegard Kossakowskis Scheitel, der ihn unbegreiflicherweise rührte.

Er hielt es selbst nicht für möglich und doch wiederholten sich die Selbstanklagen und Vorwürfe, die er bereits von Marion Vorpahl kannte und die ihn versteinern ließen. Selbst das Schild, das am nächsten Morgen in der Glastür hing, glich jenem an der Regimentsbuchhandlung aufs Wort.

Er jedoch fühlte sich wie Eugène de Rastignac, als er bei der Beerdigung von Vater Goriot vom Friedhof auf Paris herabblickt und leise zu sich sagt: »Und jetzt zu uns beiden!«

Kapitel IX

Durch die märchenhaften Künste der Frau Kate war ein Gewerbeschein auf dem Küchentisch der Paulinis gelandet, den er nur noch zu unterschreiben brauchte. Für jemanden, der mit den Gegebenheiten des östlichen Deutschlands zu jener Zeit vertraut ist, mag das kaum glaubhaft klingen, doch Frau Kate und ihre alteingesessenen Bekannten fanden heraus, dass der Betrieb von Dorothea Paulini niemals aufgegeben worden und der aufgenommene Kredit durch Klaus Paulini, anfänglich auch durch dessen Mutter, beglichen worden war und das Betriebskapital, also die Bücher, existent waren, buchhalterisch wie praktisch.

Seine Anzeige in der »Union« – sechs Zentimeter, zweispaltig – und in der »Sächsischen Zeitung« – einspaltig – gab die Wiedereröffnung von »Antiquariat und Buchhandlung Dorothea Paulini, Inh. Norbert Paulini« für Freitag, den 23. März 1977 bekannt. Sein Vater hatte diesen Tag vorgeschlagen, es war der Geburtstag von Dorothea Paulini – ihr achtundvierzigster wäre es gewesen.

Inzwischen war auch eine separate Klingel verlegt und ein Geschäftsschild an der Gartenpforte angebracht worden. Frau Kate vermittelte ihm »Don Pedro«, ihren alten, stets in Zigarrenrauch gehüllten Buchhalter. Und der Volksbuchhandel war gegen sofortige Zahlung bereit, nach Maßgabe der Möglichkeiten zu liefern, was Herr Paulini orderte.

Sein Vater half ihm beim Ausbessern und Abschleifen der Böden, beim Gipsen der Wände und beim Streichen. Den Stuck befreiten sie vom vorangegangenen Anstrich, der ihn völlig zugekleistert hatte. Im vorderen Zimmer kamen Vögel zum Vorschein, im hinteren die Köpfe von Frauen, bei denen es sich nur um Engel oder Musen handeln konnte. Die Anfertigung der Bücherregale verschlang ein Drittel der Erbschaft, obwohl er sich auf die Auskleidung des »Fräulein-Zimmers«, wie es sein Vater sofort getauft hatte, beschränkte, für das andere mussten die alten Regale und jene, die er in einem Antiquitätenladen ergattert hatte, reichen. Von der Stunde an, in der seine Schmuckstücke endlich eintrafen, ruhte Norbert Paulini nicht mehr, bis auch das letzte Buch seinen Platz gefunden hatte. Zum ersten Mal sah er sie nun alle versammelt. Die meisten kannte er nur als Teil eines Stapels. Manche hatten bis jetzt in Kisten und Kartons geschlummert. Nun aber stand ihm ein jedes als eigenständige Persönlichkeit gegenüber, jedes bereit, in die Hand genommen zu werden, jedes konnte vor- und zurücktreten, jedes an eine andere Stelle ziehen. Gemeinsam mit Norbert Paulini begannen auch seine Bücher ein neues Dasein.

Die meiste Zeit nahm das Auszeichnen der Bücher in Anspruch, obwohl ihm dies leicht von der Hand ging, darin hatte er Übung. Er setzte die Preise höher an als bei Hildegard Kossakowski. Die Schwierigkeit war eine andere. Viele der Bücher trugen seine Bleistiftspuren. Jedes stellte nun an ihn die Frage: Darf ich bleiben? Muss ich gehen? Eigentlich wollte er alle behalten.

Zudem erwiesen sich die Regale als gefräßig, seine Bücher wurden von ihnen regelrecht verschluckt. Schaudernd wurde Norbert Paulini gewahr, nicht über jene Unmenge an Büchern zu verfügen, von denen Frau Kate und sein Vater immer gesprochen hatten. Noch hatte ihm niemand auf seine Anzeige hin Bücher angeboten. Sollte dies eines Tages geschehen, würde er nicht umhinkönnen, allein jenen gegenüberzutreten, die ihre Bücher abstießen.

Kapitel X

Der Dutt von Frau Kate war am Eröffnungstag besonders hoch. Nach einer Stunde in der Paulini'schen Küche hielt sie es nicht mehr aus und prüfte an der Haustür, ob die Klingel auch tatsächlich funktionierte.

Die ersten Gäste kamen mit dem Mittagsläuten, zwei junge Frauen überreichten Norbert Paulini einen Marmorkuchen mit einer brennenden Kerze in der Mitte.

»Die Buchhandlung schickt uns«, sagte die größere der beiden, die wie ein hochmütiger Renaissance-Jüngling aussah.

»Wir wünschen viel Glück!«, fügte die andere hinzu, die ein breites Mädchengesicht hatte.

Im Gehen blies er die flackernde Kerze aus und stellte den Kuchen neben der alten Registrierkasse auf dem Tisch ab, der in der Diele vor den beiden Bücherzimmern wachte. Was sollte er mit den Frauen anfangen?

»Wollen Sie sich umschauen?« Er erklärte ihnen das Schema, nach dem er die Bücher angeordnet hatte.

»Nicht alphabetisch?«, unterbrach ihn das Mädchengesicht und schlug sich, als wäre sie vorlaut gewesen, eine Hand vor den Mund.

»Ich habe die Literaturen synchronisiert, das heißt, ein und dieselbe Höhe bedeuten dieselbe Epoche.« Und mit einer Vierteldrehung fuhr die Kuppe des rechten Zeigefingers die nebeneinanderliegenden Bretter der alten Regale ab. »Das ist die Zeitebene. Jedes Regal wiederum beherbergt eine Nationalliteratur.«

Er tippte von oben nach unten auf die Bretter der Franzosen, wobei die Berührung seiner Fingernägel auf dem Holz zu hören war.

»Dann müsste die Gegenwart ganz unten sein«, schlussfolgerte die Jünglingshafte, die umherging, als zählte sie die spärlich gefüllten oder gänzlich leeren Regalfächer.

»Das wird sich zeigen«, erwiderte er.

»Und die Deutschen?«, fragte die mit dem Mädchengesicht.

Norbert Paulini ging zwischen ihnen hindurch in die Diele, drückte die nächste Tür auf. Die Schönheit, das Ebenmaß und die klaren Linien der sich bis unter die Stuckdecke erhebenden und nur von den beiden Fenstern unterbrochenen Regalfronten, ließ die Frauen sich im Kreise drehen.

»Das ist Mooreiche«, tönte er in ihr Schweigen, »Tischlerplatten, Mooreiche, furniert.« Woher rührte der hochmütige Ausdruck der einen?

»Ja, hat er Ihnen noch nichts angeboten?«, unterbrach Frau Kate die Stille. Mit Handschlag begrüßte sie die jungen Frauen, die ihre Vornamen nannten.

»Frau Kate«, sagte Norbert Paulini. »›Pension Kate‹ in der ›Villa Kate‹, die Chefin sozusagen.«

»Du erbst ja sowieso mal alles«, erwiderte Frau Kate und »entführte«, wie sie es nannte, die jungen Damen.

»Er hat alles auf eine Karte gesetzt, müssen Sie wissen«, sagte sie im Weggehen. »Alles auf eine Karte.«

Norbert Paulini folgte ihnen bis zum Kassentisch. Jeder Mensch musste sich eines Tages entscheiden, wie er zu leben wünschte. Er hatte sich für das intensivste und angenehmste Leben entschieden, das einem Menschen möglich war, für das Leben eines Lesers.

Die Küchengespräche verstummten, als die Klingel erneut anschlug.

»Meine Güte«, sagte der Gast nach einem Moment, in dem sie einander angestarrt hatten.

Norbert Paulini brauchte einen Augenblick länger, um in dem langhaarigen Kerl mit Lederjacke den Soldaten Gräbendorf zu erkennen.

»Lässt' mich rein?«

Norbert Paulini war froh, Ilja Gräbendorf nicht schon früher wiederbegegnet zu sein. Denn erst seit zweieinhalb Stunden war er selbst derjenige, der er sein wollte. Das begriff er auf dem Weg von der Tür zum Kassentisch, weshalb er, als er sich umwandte, Ilja Gräbendorf ein strahlendes Lächeln zeigte.

Schließlich folgte er seinem Gast zu den Büchern und sah ihm dabei zu, wie er ein Buch nach dem anderen herauszog. »Was ist denn das für ein Sammelsurium?«, sagte Gräbendorf, ohne sich umzudrehen.

»Sie stehen chronologisch, gemäß ihrer Geburtstage«, erklärte Norbert Paulini.

»Nach Jahrgängen?«

»Jahr, Monat, Tag, sollten sie am selben Tag geboren worden sein, dann natürlich alphabetisch.« Norbert Paulini blieb hinter ihm stehen.

»Darf man nur begrenzt zuschlagen?«, fragte Ilja Gräbendorf spöttisch.

Norbert Paulini nahm ihm den Stapel ab. Diese Bücher waren also die ersten, die aus seinem Haus in die Welt gingen, auch wenn die Welt in diesem Fall der ehemalige Soldat Gräbendorf war.

Am Nachmittag eilte er nur noch hin und her, zog auf Nachfrage Bücher aus dem Regal, notierte Titel, tippte die Preise in die Registrierkasse und drehte die Kurbel. Sein Vater erschien in Straßenbahneruniform, bald duftete es nach Borschtsch. Das Gedränge im Antiquariat wuchs Stunde um Stunde, weil nur wenige Besucher den Weg wieder hinausfanden. Norbert Paulini kam es so vor, als hätten sie sich bei ihm verabredet.

»Auf den Antiquar!«, rief Frau Kate. Sie hatte ihre Pensionsgäste im Schlepptau und hielt an den Hälsen zwei Sektflaschen empor.

Jedes Mal wenn Norbert Paulini die Kurbel seiner Kasse drehte, war es, als verlöre er für einen Augenblick die Kontrolle über sich, so wie es beim Niesen geschah. Sein Vater rührte im Borschtsch, und Ilja Gräbendorf stand auf der Fußbank und deklamierte etwas, das er als »Stück« bezeichnete.

Aus Mangel an Stühlen saßen die Gäste mit ihren Suppentellern auch auf den neu erworbenen Betten, der helle Badvorleger zeigte die Abdrücke der Straßenschuhe. Unberührt blieb allein die Vitrine mit Norbert

Paulinis Privatbibliothek, denn die hatte ein Schloss. Unter Scherzen, Schulterklopfen, guten Wünschen und Dankesbekundungen endete eine Stunde vor Mitternacht der erste Arbeitstag des Antiquars Norbert Paulini.

Er ließ einen glücklichen und erschöpften Klaus Paulini zurück, der den ganzen Abend von seiner geliebten Dorothea erzählt hatte und mehrmals in Tränen ausgebrochen war, eine schwer angetrunkene Frau Kate, die von diesen Erzählungen gar nichts hielt, und einen niedergeschlagenen Norbert Paulini. Die Vorstellung, in weniger als elf Stunden wieder öffnen zu müssen, nur um noch mehr Schätze schwinden zu sehen, war ihm unerträglich. Er war unfähig, den beiden jungen Frauen ein Wort des Dankes zu sagen. Ja, er antwortete nicht einmal auf ihren Abschiedsgruß. Frau Kate verkündete, dass dieser Tag ihrem Schützling so viel Geld in die Taschen gestopft habe, wie sie an Miete nicht in fünf, ja vielleicht nicht einmal in sechs Jahren von ihm einnehmen werde. Norbert Paulini überraschte dieser Aspekt seiner Arbeit, der jedoch nicht dazu angetan war, ihn zu trösten. Er, der Leser, war sich unsicher, ob er tatsächlich die richtige Beschäftigung gewählt hatte. War er dem Cardillac-Syndrom erlegen? Fühlte er nicht wie dieser die Ungeheuerlichkeit, die es bedeutete, etwas verkaufen zu müssen, wovon zu trennen sich in ihm nicht nur alles sträubte, sondern das regelrecht gegen seinen Selbsterhaltungstrieb gerichtet war? Man musste nicht einmal Künstler oder Goldschmied sein, um auf diese kundenmörderische Weise zu empfinden.

Kapitel XI

Vorsichtig wie ein Patient, der sich im Bett noch gesund und munter fühlt, bei jedem Schritt jedoch den stechenden Schmerz einer frischen Wunde erwartet, schlurfte Norbert Paulini am nächsten Morgen zu seinen Büchern.

Frau Kate schickte ihn ins Badezimmer, damit er wieder einen Menschen aus sich mache. »Wie Braunbier mit Spucke«, kommentierte sie sein Aussehen.

So kam es zu einem Zusammentreffen von Frau Kate und Hildegard Kossakowski. Frau Kate examinierte die Antiquarin an der Eingangstür so lange, bis Norbert Paulini deren Stimme endlich hörte und erkannte und seine frühere Chefin erlöste.

Hildegard Kossakowski überreichte ihm ein aufwendig verschnürtes Geschenk und etwas, das in Zeitungspapier eingeschlagen war. Er wog beides in der Hand – »Weinbrandbohnen!«, sagte er mit Bestimmtheit. »Aber das?«

»Ist wichtiger«, sagte Hildegard Kossakowski, noch bevor er den graublauen Kittel ausgepackt hatte. »Tragen Sie ihn in Ehren!«

Norbert Paulini zog ihn sofort über. Er war gebügelt und steif und spannte an den Schultern. Hildegard Kossakowski schob ihr Kopftuch von den Haaren, ohne dessen Knoten zu lösen.

»Ich hörte, Ihre Kunden haben Sie kahlgefressen«, begann sie, öffnete ihre Handtasche und hielt ihm mehrere Briefkuverts vor die Brust. Alle waren an sie adressiert und aufgeschlitzt.

»Bei denen lassen sich Schätze heben. Sollten Sie knapp bei Kasse sein, machen Sie's auf Kommission, Sie wissen ja, wie es geht. Antworten Sie umgehend, erweisen Sie sich meiner würdig, auch wenn ich Sie ohne den letzten Schliff ziehen lassen musste.«

Sie ließ sich auf Norbert Paulinis Kassenstuhl nieder und stibitzte ihm eine ihrer mitgebrachten Weinbrandbohnen.

»Ein guter Antiquar – was das heißt, steht nirgendwo. Diese Weisheit ist keine, die man getrost nach Hause trägt.«

Sie nippte von dem Kate'schen Kaffee und steckte sich kurz hintereinander zwei weitere Weinbrandbohnen in den Mund.

»Man hört«, sagte sie langsam und schluckte. »Man hört, Sie haben sich Gesamtausgaben zerreißen lassen. Wieso machen Sie so dumme Fehler? Gesamtausgabe ist Gesamtausgabe, da beißt die Maus keinen Faden ab.«

Bei dem Wort »Maus« war sie wegen des Klingelrasselns zusammengefahren. Sie stand auf und war von keiner Bitte zu halten. Er müsse sich um seine Kunden kümmern, sie um ihre. Auf den Ausgang zustrebend, ermahnte sie ihn, die Schätze zu heben – dafür hafte er ihr mit seinem Kopf! Schon mit einem Bein im Treppenhaus und in Gegenwart des Briefträgers sah sie Norbert

Paulini zum ersten Mal wieder in die Augen, ein Blick, den dieser später, viel später mir gegenüber als »flehend« bezeichnete und selbst auf Nachfragen hin keine genauere Formulierung fand. Er wäre ihr nachgeeilt, hätte ihn nicht der Briefträger zur Rede gestellt, weil er vollkommen vergessen hatte, in dieser Woche seinen Kasten zu leeren. Im Briefschlitz der Tür steckte zudem ein Kuvert ohne Marke, ein Brief.

Norbert Paulini konnte nicht anders, er musste diese Zeilen von Anfang bis Ende seinem Vater und Frau Kate vorlesen. »Sehr verehrter Herr Paulini! Sie werden sich wahrscheinlich nicht an mich erinnern, zu viele Menschen drängten sich gestern um Sie, um Ihre Bücher wie um den Borschtsch, den Ihr Herr Vater so köstlich zuzubreiten wusste. Dank des Hinweises einer Freundin aus Dresden habe ich mich gestern von Leipzig aus auf den Weg gemacht. Ich war nicht mit hochfliegenden Hoffnungen angereist, zumal mich ein Seminar an einem früheren Besuch hinderte. Um es kurz zu machen und um Ihre kostbare Zeit nicht über Gebühr zu beanspruchen: Indem Sie ein Antiquariat von solch unvergleichlichem Niveau eröffnet haben, haben Sie mein Leben und das vieler anderer Leser nicht nur bereichert, sondern Ihrer dankbaren Kundschaft ein anderes Selbstbewusstsein, ich möchte fast meinen, eine andere Daseinsweise geschenkt. Verzeihen Sie meine naive Wortwahl. Als ich gestern aber die Buchstaben auf den abgegriffenen Schutzumschlägen zu dem Namen ›Ernst Bloch‹ zusammensetzte, dann zu dem Titel ›Das Prinzip Hoffnung‹, und das gleich dreimal, Band eins und zwei und drei, und daneben, in dunklem Blau und ohne Schutzumschlag, ›Subjekt und Objekt‹, da hielt ich das zuerst für ein Versehen, ich glaubte, ich sei einem Irrtum erlegen, ich stünde entweder in einer Bibliothek oder würde zur Diebin werden, wenn ich meine Hand danach ausstreckte. Erst als ich die vier Bücher aus dem Regal genommen und Ihnen übergeben hatte, Sie mir den Preis nannten und ich also sicher sein konnte, Sie nicht zu berauben – nun, ich brauchte meine ganze Disziplin, um nicht vor Glück in Tränen auszubrechen. Sie, verehrter, lieber Herr Paulini, können wohl kaum ermessen, was der Besitz dieser Bücher für mich bedeutet. Doch, jemand wie Sie wird es erahnen. Ich habe den ersten Band in der UB exzerpiert, letztlich aber konspektiert. Von nun an aber werde ich wie ein zivilisierter Mensch der zweiten Hälfte des zwanzigsten Jahrhunderts in diesem Buch, in diesen Büchern lesen dürfen ohne Hast, ohne die Angst, sie morgen an jemand anderen zu verlieren. Beim Wiederlesen in ein paar Tagen oder Monaten oder Jahren werde ich den Bleistiftspuren meiner eigenen Lektüre folgen dürfen.

Ich war mit meinen Ersparnissen gekommen, aber ich habe nicht gewagt, mich über die vier Bücher hinaus weiter bei Ihnen zu bedienen. Ich hätte mich der Raffgier schuldig gemacht. Mehr als ich beschenkt worden bin, kann ein Mensch gar nicht beschenkt werden.

Auch wenn Sie für Ihr großes Werk weder Dank noch Zuspruch benötigen, so wollte ich mich wenigstens bei

Ihnen bedanken, was ich tatsächlich gestern in meiner Verwirrung und meinem Glück vergessen hatte.

Hochachtungsvoll, Ihre ergebene K. Stein«

Norbert Paulini faltete den Brief sorgfältig zusammen, steckte ihn wieder ins Kuvert und betrachtete seinen Nachnamen mit der Anrede »Herr« davor im Schriftzug von »K. Stein«.

»Ich weiß«, ergriff Frau Kate nach einem Moment der Stille das Wort, »dass wir deinen Ansprüchen mitunter nicht genügen. Aber dein Vater und ich wissen: Du bist ein Kämpfer, nein, du bist ein Feldherr! Du hast die Schlacht gewonnen! Du hast dir einen Namen gemacht. Nun musst du neue Truppen auftreiben, koste es, was es wolle. Deine Kriegskasse ist voll.«

Nach diesen Worten – Klaus Paulini nannte es später eine »Prophezeiung« – verließ Frau Kate das aufgeräumte Schlachtfeld und stieg hinab in ihre Pension. Beide Paulinis lauschten andächtig dem Klang ihrer Absätze, bis dieser sich unter ihnen verlor.

Kapitel XII

Der Geruch der späten März- und frühen Apriltage sollte sich für Norbert Paulini unauflöslich mit seinen ersten Akquisitionen als Antiquar verbinden. Da er im Gegensatz zu Hildegard Kossakowski weder Fahrerlaubnis noch Auto besaß und auch mit niemandem befreundet war, der ihn chauffiert hätte, setzte sein Vater den alten Radanhänger, mit dem schon Dorothea Paulini ihre Bücher transportiert hatte, wieder in Gang.

Als Norbert Paulini am folgenden Samstag auf dem Weg durch die Elbwiesen stromaufwärts in die Pedale trat und den Karren hinter sich her holpern hörte, überkam ihn Kampfesmut. Mitunter sprang ihn der Wind seitlich an, meist aber kam er von hinten und schien ihn zu seinem ersten Einkauf zu treiben.

Ein ehemaliger Berufsschullehrer in der Gasteiner Straße in Laubegast lobte ihn für seine Pünktlichkeit und führte ihn vor seine Regale.

»Mit Ihrem Drahtesel richten Sie hier aber nichts aus«, sagte der Lehrer.

Norbert Paulini schritt die Bücherfront ab.

»Darauf wollen Sie verzichten?«

»Was geht Sie das an?« Der Lehrer war unrasiert, auch aus den Ohren wuchsen ihm Haare. »Wenn Sie den Preis drücken wollen, sind Sie an den Falschen geraten.«

Norbert Paulini zog seinen Kittel an. Er wusste nicht, wo er beginnen sollte.

»Ich kann Ihnen vierhundert Mark bieten, den Rest auf Kommission.«

»Kommission interessiert nicht, geben Sie her.« Norbert Paulini entnahm seinem Portemonnaie sämtliche Scheine und zählte sie auf die dargebotene Handfläche. Einen Augenblick betrachteten er und der Lehrer die verschiedenfarbig bedruckten Papiere, bis sich die Hand darum raschelnd schloss.

»Noch mal vierhundert am Montag und wir sind quitt.«

Plötzlich allein mit den Büchern, griff Norbert Paulini nach dem Proust in sieben Bänden, auch Gräbendorfs »Ferdydurke« war da, »Meister und Margarita« in gleich zwei Exemplaren, die »Reiterarmee«, sogar Nietzsche und Schelling, die »Bibliothek der Antike« wohl vollständig und ein ganzes Regal mit den Bänden der Inselbücherei Leipzig. Eintausendachthundert Werke der Belletristik und Philosophie vermerkte der handgeschriebene Kaufvertrag.

Auf der Heimfahrt raste Norbert Paulini dahin. Welche Freude, sich für die Bücher abstrampeln zu müssen. Das Einatmen war Kaufen, das Ausatmen Verkaufen. Einatmen, ausatmen, kaufen, verkaufen. So wie jeder Tag auch eine neue Welt gebar, würde er über Nacht die herrlichsten Muster an Buchrücken in die Regale zaubern. Wer aber zu ihm kam, sollte nicht nur staunen – er sollte auch sein Leben ändern.

An Samstagen und mittwochnachmittags brach Norbert Paulini mit seinem Fahrrad zu seinen »Fischzügen« auf, wie er die Akquisitionen nannte. Für Großaufträge stand ihm Schmidtchen Schleicher und dessen Barkas dank eines Anrufes der verehrungswürdigen Helene Kate von nun an zur Verfügung.

Anfangs waren Norbert Paulinis Kunden überrascht. Sie erwarteten keinen Antiquar auf einem Rad mit hinterher holperndem Karren. Er wiederum musste sich seiner Überzeugung gemäß, mit dem wertvollsten Gut der Menschheit zu handeln, zwingen, nicht auf seine Gegenüber herabzublicken. Hin und wieder fragte er sie, welche der Bücher von Swift, von E. T. A. Hoffmann, von Tschechow, von Döblin, von Brecht, derer sie sich zu entledigen wünschten, sie gelesen hätten. Wurden Titel aufgezählt, wollte er die Namen von Hauptfiguren wissen. Es reichte ihm aber nicht, »Franz Biberkopf« als Antwort zu erhalten. Der Name wenigstens einer Frauengestalt sollte genannt werden, obwohl er, selbst wenn jemand »Mieze« oder »Eva« antwortete, es nicht lassen konnte, weiterzubohren und deren tatsächliche Namen wissen wollte. Er schlug das Buch auf: »Wenn Krieg ist, und sie ziehen mich ein, und ich weiß nicht warum, und der Krieg ist auch ohne mich da, so bin ich schuld, und mir geschieht recht. Wach sein, man ist nicht allein. Die Luft kann hageln und regnen, dagegen kann man sich nicht wehren, aber gegen vieles kann man sich wehren. Da werde ich nicht mehr schrein wie früher: das Schicksal, das Schicksal. Das muss man nicht als Schicksal verehren, man muss es ansehen, anfassen und zerstören.« Norbert Paulini trug vor, als veranstaltete er Straßentheater oder als wollte er das Buch an den Mann bringen. Er hätte es verdient gehabt, rausgeworfen zu werden. Stattdessen behauptete man, an ihm sei ein Schauspieler verlorengegangen. Natürlich wirkten sich seine Aktivitäten günstig auf den Preis aus. Solch einen Mann stieß man nicht vor den Kopf. In einem Fall stimmte er damit tatsächlich eine ältere Dame in Tolkewitz um. Sie gelobte Besserung, nachdem er ihr vorgeworfen hatte, sich nicht klargemacht zu haben, welcher Welten sie sich selbst leichtfertig beraube, welche Abenteuer und Erfahrungen sie mutwillig ausschlug, wenn sie den »Tristram Shandy« und die »Sentimentale Reise durch Frankreich und Italien« verkaufe. War er zu weit gegangen? Auch weiterhin bestand er auf niedrigen Preisen, um das in seinen Augen verachtungswürdige Verhalten seiner Kunden nicht noch zu belohnen.

Norbert Paulini wurde in den schönsten Häusern der Stadt empfangen. Waren die Bücher im Karren verstaut, wurde er oft zum Kaffee an einen festlich gedeckten Tisch geladen. Manche Witwen legten beim Einschenken des Kaffees eine Hand auf seine Schulter, manch eine stellte sich so dicht neben ihn, dass ihre Hüfte seinen Ellbogen berührte. Norbert Paulini wiederum hegte die Hoffnung, er werde eines Tages von einer schönen und jungen Frau empfangen, vielleicht einer Sängerin oder Pianistin, einer

Wissenschaftlerin oder Schauspielerin, einer Architektin oder Malerin oder zumindest von einer Studentin der Kunstgeschichte oder Germanistik, die von ihm, dem Herrn über die Bücher, gehört hatte und nun beichtete, sie habe ihn einfach nur kennenlernen wollen. Er stand ja wirklich im Begriff, sich einen Ruf zu erwerben. Nicht zu unterschätzen war dabei der Karren, auf dem mittlerweile die Aufschrift »Antiquariat und Buchhandlung Dorothea Paulini, Inh. Norbert Paulini« prangte. Er erregte bei den Bewohnern von Blasewitz und der angrenzenden Stadtteile Sympathie, mitunter sogar Mitgefühl, selbst bei denen, die niemals auf die Idee gekommen wären, Bücher zu kaufen. Manch einer empfahl ihn weiter, weil man sich von seinem Besuch das versprach, was man »die Begegnung mit einem Original« nannte. Von diesem Mann, der allein für die Bücher lebte, vielleicht weltfremd und anspruchslos, aber belesen wie kein zweiter, ließ sich stets gut erzählen.

Kapitel XIII

Elisabeth Samten und Marion Häfner, die ersten Gratulantinnen am Tag der Wiedereröffnung, stellten sich ein- oder zweimal pro Woche im Antiquariat ein, als wäre das eine abgemachte Sache. Sie verpackten Bücher und brachten sie zur Post, halfen beim Einordnen der Neuerwerbungen, wischten Staub und kochten Tee. Jede durfte damit rechnen, in unregelmäßigen Abständen ein Briefkuvert zu erhalten, in dem sich fünfzig oder hundert Mark fanden, sie durften sich Bücher aussuchen und Norbert Paulini Fragen stellen, so viele sie wollten.

Die Regale im Antiquariat füllten sich unablässig, obwohl das, was Don Pedro »Umsatz« nannte, sich von Quartal zu Quartal stetig erhöhte. Da Norbert Paulini den ganzen Tag Bücher in der Hand hatte, geschah es oft, dass er am Abend ein Buch zur Hälfte oder ganz gelesen hatte, von dessen Existenz, mitunter auch von dessen Autor er am Morgen desselben Tages noch nie etwas gehört hatte. Es war sein Ehrgeiz als Leser und Antiquar, sich vor seinen Besuchern keine Blöße zu geben.

Seine Veranlagung, laut zu sprechen, war mitunter unpassend und peinlich, im Antiquariat hingegen schlug ihm das zum Vorteil aus.

Einer seiner ersten Besucher, der Archäologe Scheffel,

drückte eine leicht ausgebleichte, aber noch erkennbar korallenrote Erstausgabe des »Leviathan« von Joseph Roth an die Brust. Scheffel war noch immer perplex, dieses edle Exemplar, erschienen bei Querido in Amsterdam, in Händen zu halten. »Solch ein schmaler kleiner Band«, rief er und lachte, »was der bedeutet! Das muss man sich mal vorstellen, was das heißt, 1940 in Holland ein deutsches Buch zu drucken!«

Norbert Paulini wiederum wusste, dass das erste Kapitel bereits 1934, vielleicht schon 1933, er war sich da nicht ganz sicher, erschienen war. »Ach«, rief Scheffel, »das ist interessant! So früh hat er den Anfang gehabt?«

»Da hieß es ›Der Korallenhändler‹«, wusste Norbert Paulini, der Scheffel fragte, wie der Name der Hauptfigur auszusprechen wäre, Nissen Piczenik, mit Betonung auf der ersten oder der zweiten Silbe? Von dem Zwiegespräch angelockt, trat ein Mann heran, der Literaturkurse an der Volkshochschule gab. Bei allem Respekt, Roth sei versessen gewesen aufs Geld, wie ein Staubsauger habe er es aus den Verlagen gezogen. Reiste Roth aus Amsterdam ab, seien die Kassen der Verlage leer gewesen, und für die anderen Autoren sei nichts mehr geblieben – Was er damit sagen wolle? Roth sei der großzügigste Mensch gewesen und habe nichts besessen. Viel interessanter sei es doch, wie er den Legendenton auf seine Zeit angewendet habe, er drehe das Fernrohr um und betrachte die Gegenwart bereits aus der Distanz, die eine Legende immer brauche. Scheffel nickte, und der Volkshochschullehrer mahnte, nicht zu vergessen, wie die Schriftsteller damals miteinander umgegangen seien. Schließlich trat eine Frau hinzu, eine Deutsch- und Englischlehrerin an der nahe gelegenen Kreuzschule, und bekannte, denselben Band letzte Woche in Händen gehalten zu haben, ohne dass sie sich zum Kauf hatte entschließen können. Nun habe ihre Seele Ruh. Dreißig Mark seien eben doch ein recht stolzer Preis. Seine Mutter, so Norbert Paulini, habe den Band 1952 immerhin schon für überaus stolze neun Mark erworben. »So lange hüten wir den ›Leviathan‹ bereits.« Scheffel war noch immer außer sich, diese Inkunabel der Weltliteratur bisher übersehen zu haben. Aber das belege einmal mehr, wie blind man selbst dann sei, wenn man sich für aufmerksam halte.

Zwiegespräche wuchsen sich in Norbert Paulinis Antiquariat regelmäßig zu kleinen oder größeren Runden aus, die, keiner weiß mehr, wie es kam, sich bald am Samstagvormittag trafen. Norbert Paulini, dessen Liebe nicht nur Lessing, Hölderlin, Goethe, Schiller, Novalis, Kleist, Keller und Fontane galt, sondern auch Gutzkow, Raabe, Uhland und Storm, fühlte sich berechtigt, in diesem Kreis Ebenbürtiger zu missionieren. Seine eigene Nacherzählung, zu der er Talent besaß, befriedigte ihn jedoch selten. Deshalb brauchte es nur den Vorschlag eines jungen Schauspielers, und Norbert Paulini bestimmte Wilhelm Raabes »Zum wilden Mann« und Fontanes »Ellernklipp« als die ersten zu lesenden Texte. So entstanden die Lesungssamstage, an denen etwas aus Norbert Paulinis Kanon zu Gehör gebracht wurde. Alle zwei Monate, mitunter öfter, versammelte sich ein Kreis von etwa dreißig Gästen, denen Elisabeth und Marion mit Getränken und einem Imbiss bis zum Ende der Novelle zur Seite standen.

Der enorme Erfolg war zweischneidig, weil viele, die Norbert Paulini um Aufnahme in den erlauchten Kreis baten, entweder zurückgewiesen oder auf eine Warteliste gesetzt werden mussten. Ich wurde erst nach einiger Zeit und auch nur dank der energischen Fürsprache des Archäologen Scheffel in diesen Zirkel kooptiert. Scheffel hatte behauptet, ich könnte etliche Nietzsche-Gedichte auswendig vortragen, und mich dann gebeten, sicherheitshalber zumindest das »Mistral«-Gedicht zu lernen. Scheffel war es auch, der den Faden weiterspann. Er schlug Vorträge von Geisteswissenschaftlern vor, die froh wären, im Antiquariat aus ihren Manuskripten oder Büchern zu lesen. Dies geschah in unregelmäßigen Abständen an Wochentagen. In seinen handschriftlichen Einladungen nannte Paulini die Abende bald den »Salon Paulini«, ab Mitte der Achtziger dann nach seinem Spitznamen »Salon Prinz Vogelfrei«.

Kapitel XIV

Nicht nur ältere Männer frequentierten das Antiquariat Paulini. Manche seiner Besucherinnen gefielen ihm durchaus. Aber es wollten sich nie mehr als ein paar angenehme Unterhaltungen daraus ergeben. Er zählte zu jenen Männern, die einen deutlichen Wink brauchten und die es für unrealistisch hielten, eine Frau womöglich über mehrere Monate hinweg zu umwerben, als hätte es das nur zur Zeit der Troubadours oder Dantes oder Petrarcas gegeben. Zudem lebte Norbert Paulini in der Annahme, dass, fände sich letztlich keine geeignete Frau, sowohl Elisabeth wie auch Marion für ihn verfügbar wären. Deshalb war er erstaunt, als Marion eines Tages mit beiden Händen über die weite Bluse strich, die sie seit einiger Zeit über dem Hosenbund trug, und ihren gewölbten Bauch präsentierte. Bis zur Entbindung waren es nur noch zweieinhalb Monate. Norbert Paulini verstand: Er durfte seine Familienplanung nicht weiter dem Zufall überlassen. Elisabeth liebte das Antiquariat und die Bücher, sie hatte einen schönen Gang und überhaupt schöne Bewegungen und konnte wie niemand sonst mit Kindern umgehen. Und vielleicht würde sie ihr rotblondes Haar eines Tages nicht mehr so kurz schneiden. Warum eigentlich hatte er so lange gezögert?

Elisabeth willigte sofort in das Rendezvous mit ihm ein. Und als sie ihren Arm am Besteck und den Gläsern vorbei zu ihm über den Tisch streckte, war dies das Zeichen, auf das er gewartet hatte. Er ergriff ihre Finger – und Elisabeth gestand ihm, bereits seit einem halben Jahr mit Ilja Gräbendorf zusammenzuleben.

»Ihr seid also liiert«, stellte Norbert Paulini ruhig fest. »Geht es gut?«

»Hier wollen sie ihn nicht, in den Westen will er nicht. Und immer die Stasi an den Hacken. Für meine Eltern ist das nichts. Wir wohnen ja bei ihnen.«

Elisabeth versuchte, ihre Hand zu befreien, aber Norbert Paulini hielt sie fest, als wollte er nicht wahrhaben, welches Glück in ihm gerade zerfiel.

Frau Kate riet zu einer Annonce. Unbedingt müsse die Wendung »gepflegter Mann« hinein. Hingegen wäre die Formulierung »Bitte nur ernst gemeinte Zuschriften« rausgeschmissenes Geld. Aber waren Heiratsannoncen nicht eines Antiquars unwürdig?

»Ich will eine Frau«, sagte Norbert Paulini am Abendbrottisch zu seinem Vater, »die mich lesen lässt, die selbst nichts lieber tut, als zu lesen, die schön ist, mich aus ganzem Herzen liebt und sich viele Kinder wünscht.«

»Wie deine Mutter«, antwortete Klaus Paulini. »Die wollte auch immer nur machen, was ihr passte, aber dabei nicht allein sein.«

Als hätte Norbert Paulini seinen Wunsch nur früher aussprechen müssen, erfüllte er sich kurz darauf, allerdings auf ungeahnte Art und Weise.

Schon seine Großmutter hatte ihn mit zum »Coiffeur Hartmann« in die Dornblüthstraße genommen. Er liebte das Ausrasieren des Nackens. Der Apparat schickte ihm Schauer über den Rücken, die kein Krabbeln oder Streicheln hervorzubringen vermochten.

Frau Hentschel beherrschte das Ausrasieren perfekt. Diesmal aber bat sie ihn anfangs, sich über das Waschbecken zu beugen. Er folgte, die Hände unterm Umhang gefaltet. Sie konnte das warme Wasser derart auf sein Haar einströmen lassen, als wäre es warmes Öl. Das eigentliche Erlebnis bestand in nichts anderem als dem, was man gemeinhin »schamponieren« nennt. Frau Hentschels Hände vermochten es aber, weit voneinander entfernte Regionen in ihm gleichzeitig zu erwecken, ja aufzuladen und die Pfade zwischen ihnen zu elektrisieren. Zu spät erkannte er, dass die Laute des Wohlseins, die ihm aus dem Becken entgegenhallten, die eigenen waren. Als er wieder aufrecht saß, blickte er, während sie ihm die Haare schnitt, mit einem solch wilden Verlangen in den Spiegel, als hätten sie im Liebesakt nur die Stellung gewechselt.

Stumm verließ er Frau Hentschel. Auch sie schwieg. Sein Trinkgeld war das Übliche.

Exakt eine Woche später erschien Frau Hentschel im Antiquariat. Sie suchte ein Geschenk für eine anspruchsvolle Freundin, wie sie sagte, und da sei sie hier wohl an der richtigen Stelle. Norbert Paulini war redselig, bewirtete sie mit Tee und legte ihr mit sicherem Gespür drei gut erhaltene Bücher vor, die »Terzinen des Herzens«,

»Unwiederbringlich« und »Rheinsberg«, deren Inhalt und Stil er mit wenigen Sätzen treffend beschrieb. Viola Hentschel erwarb alle drei.

Erleichtert verfolgte er, wie gewandt sich Viola Hentschel mit den anderen Besuchern zu unterhalten wusste. Sie stellte Fragen, hakte nach und tat ihre Meinung kund, die in ihrer Schlichtheit wie eine Weisheit klang. Auch wenn sie bisher nur wenige Bücher gelesen habe, gelangweilt habe sie sich in ihrem ganzen Leben noch nie. Und schließlich, fuhr sie fort, habe sie nicht nur Ansprüche, sondern auch einiges zu bieten.

Fast hätte Frau Kate Viola Hentschel noch verhindert. Spätabends klingelte sie Sturm, riet Norbert Paulini, sich besser gleich hinzusetzen.

»Schlag dir die Hentschel aus dem Kopf«, zischte sie, »die ist nicht nur eine Rote, die ist sogar in der Partei!«

Es folgte ein langer Streit, in dem Frau Kate darauf bestand, die eine rote Linie nicht zu übertreten, weil man niemals vergessen dürfe, was die Kommunisten dem Land, seinen Menschen und ihrer Familie angetan hätten und weiter antaten, auch wenn sie darüber nicht spreche. Norbert Paulini zählte alle Bekannten Frau Kates auf, die die Blockparteien bevölkerten, von Don Pedro bis Schmidtchen Schleicher. Wie halte sie es mit denen? Die seien doch um keinen Deut besser!

Drei Monate später brachte der Einzug von Viola Hentschel in die Brucknerstraße Veränderungen in Gang.

Klaus Paulini richtete sich im Dachgeschoss ein, das für Pensionsgäste zu armselig geworden war. Er hätte sich für seinen Sohn eine andere Partie gewünscht, aber Viola habe das Herz auf dem rechten Fleck und das sei schließlich das Wichtigste.

Trotz der Verwunderung, die Viola Hentschel als Zukünftige des Antiquars allseits auslöste, bedeutete ihre Anwesenheit eine Stabilisierung der Verhältnisse auf höherem Niveau, als wäre mit Viola endlich der Schlussstein in Norbert Paulinis Existenz gefunden.

Norbert Paulini kam es vor, als wäre er befördert worden. Als Paar galt man mehr. Und Viola, zwei Jahre älter als er – was erst während der Anmeldung beim Standesamt offenbar wurde –, hatte endlich einen soliden Mann gefunden, der zugleich ihre Reize zu schätzen wusste. Er war beglückt, morgens und abends ganz selbstverständlich umsorgt zu werden. Vor allem aber war er nachts nicht mehr allein. Viola zog sämtliche seiner Tagträume auf sich und war bereit, sie ihm auch tatsächlich zu erfüllen. Sie wiederum hatte keine Scheu, ihm anzuvertrauen, wonach sie sich sehnte.

Viola beschwerte sich nicht über die Einbuße an Luxus, den der Auszug aus Dresden-Prohlis für sie bedeutete – sie wusste noch, wie man einen Ofen heizte. Sie klagte nie darüber, die Küche mit dem Schwiegervater teilen zu müssen, und nahm es auch hin, als ihr Mann das freie Zimmer zum dringend benötigten dritten Antiquariatszimmer erklärte, was nichts daran änderte, dass sich Wohn- und Schlafzimmer von Tag zu Tag mehr in ein Lager für Doubletten oder besonders begehrte Bücher verwandelten.

Alle Besucher, die wochentags länger blieben, wurden Punkt neunzehn Uhr dreißig von Viola zu Tisch gebeten. Den erwählten Samstagskreis verwöhnte sie regelrecht. Und nie vergaß sie die Servietten. Auch das wussten die Büchernarren zu schätzen.

Manchmal sahen sich die Besucher nach einer Äußerung Violas vielsagend an. Aber sie verstanden sehr wohl, dass gerade ein Geistesmensch einen Anker im Leben brauchte. Goethes Christiane war auch keine Studierte gewesen. Und Viola wusste, wie sehr ein Kuss oder eine Zweideutigkeit ihren Mann in Gegenwart der Stammkundschaft zum Strahlen brachte und die Phantasie einiger Herren befeuerte.

Zum einzigen Dissens der beiden entwickelte sich Violas Zeitungslektüre. Hatte Norbert Paulini immer darüber gespottet, dass sein Vater die »Union« abonniert habe, um sie nicht lesen zu müssen – er selbst überflog nur die Anzeigen, aber selbst die nicht immer –, so verstopfte neuerdings auch die »Sächsische Zeitung«, die »Wochenpost« und einmal monatlich das »Magazin« den Briefkasten. So sehr es ihm zupasskam, dass seine Frau den Abend schweigend bei der Zeitungslektüre verbrachte, empörte ihn die Sorgfalt, mit der sie jede Seite studierte.

»Du liest deine Bücher auch zu Ende«, wehrte sie sich.

»Das kann man doch nicht miteinander vergleichen!« Was finde sie denn in diesen Zeitungen, was sie nicht schon ohnehin wisse? Oder erwarte sie eine Änderung der Politik der Staats- und Parteiführung? Bereite sie sich auf ein Kadergespräch vor? So viel Altpapier, wie sie an einem Tag produziere, könne er kaum in einer Woche zum Einschlagen seiner Postsendungen verbrauchen. Oder habe das mit ihrem Dasein als Genossin zu tun?

Viola sah keine Notwendigkeit, sich zu verteidigen, lächelte, als hätte er sie nur geneckt, und hörte nicht auf, raschelnd weiterzulesen. Besonders reizte es seine Eifersucht, wenn sie eine Seite herausriss, sorgsam zusammenfaltete und am nächsten Morgen in ihrer Handtasche mit auf Arbeit nahm.

»Wer ein Buch liest«, belehrte er Viola, »erinnert sich vielleicht noch in drei Jahren oder bis an sein Lebensende an eine Fabel, eine Situation, eine Formulierung, einen Vergleich. Gibt es einen einzigen Artikel, den du vor zwei Jahren gelesen hast und an den du heute noch dankbar denkst?«

Es konnte nichts in der Zeitung stehen, was wirklich und wahrhaftig Einfluss auf sein und ihr Leben hätte nehmen können.

Bestenfalls, räumte Norbert Paulini ein, waren Zeitungen in der Lage, Hinweise auf Bücher zu geben. Er aber könne ihr Hunderte, ja Tausende wichtige Bücher empfehlen, die dazu angetan wären, ihr Leben zu verändern.

»Ich will gar keine Veränderung mehr«, entgegnete Viola mit ruhiger Stimme und sah ihn verwundert aus ihren hellblauen Augen an.

Da seine Argumente nicht den gewünschten sanften

Zwang entfalteten, half er nach und bemächtigte sich mitunter ihrer Zeitungen, bevor sie von der Arbeit zurückkehrte. Nach einer Beschwerde beim Briefträger und dessen knapper Antwort, nannte sie Norbert Paulini einen »Dieb«, worauf dieser schwieg.

Nach einem der Lesungssamstage unterbreitete Viola ihrem Mann den Vorschlag, auch lebende Autoren zu Wort kommen zu lassen, warum nicht sogar jüngere!

»Hat dir das Lisa in den Kopf gesetzt?«, fragte er.

Nicht nur Elisabeth habe einen eigenen Kopf, entgegnete Viola. Sie selbst habe sich eingelebt in seine Welt und freue sich jedes Mal auf die Vorträge und die Samstagslesungen, wenn es hier hoch hergehe. Von ihr aus könne ruhig noch etwas mehr Leben in die Bude kommen.

Norbert Paulini beriet sich mit Scheffel. Der fand die Entscheidung großartig, obwohl noch gar keine Entscheidung gefallen war. Bereits als zweiter Gast kam Ilja Gräbendorf zum Zug. Es wurde sein zweites, in Frankfurt am Main uraufgeführtes Stück mit verteilten Rollen gegeben, sozusagen »konzertant«, wie es Scheffel in seiner Einführung nannte. Selbst Norbert Paulini hatte eine kleine Rolle übernommen, so wie auch mir einige Zeilen anvertraut worden waren. Die Hauptrollen sprachen natürlich Gräbendorf und Elisabeth und der schauspielerisch begabte Volkshochschullehrer Gärtner.

Damit nicht genug. Drei- oder viermal im Jahr veranstaltete Norbert Paulini sogar von Freitag bis Montag Ausstellungen. Die jeweils sieben Bilder, die auf Staffeleien präsentiert wurden, durften nicht älter als ein Jahr sein. Es kamen nur Künstlerinnen und Künstler aus Dresden, Radebeul und Weinböhla in Frage. Wer bei Norbert Paulini Gnade gefunden hatte, konnte auch mit einer zweiten Ausstellung geehrt werden. Anderen gegenüber blieb er hartnäckig verschlossen, ohne für das eine oder andere triftige Gründe zu nennen.

Kapitel XV

An einem Mittwochnachmittag im Februar fuhr Norbert Paulini zu einem Termin, der etwa auf der Grenze von Loschwitz und dem Weißen Hirsch lag. Die Schneereste am Bordstein verengten die schmalen Straßen. Er schob sein Rad samt Karren bergauf, das Kuvert mit der Adresse der Absenderin zwischen den eiskalten Fingern. Hinter der Nummer 7 verbarg sich eine unscheinbare Villa in einem nahezu verwilderten Garten, zwischen den Gehwegplatten wankten kniehoch verwelkte Grashalme.

Auf sein Klingeln hin erschien eine Frau, die aussah, als hätte sie sich die Haare gerauft. Sie blinzelte und winkte ihn heran. Erst jetzt nahm er die Schneeflocken wahr, oder hatte es gerade erst begonnen zu schneien?

Noch während er sein Gefährt zwischen kahlen Obstbäumen abstellte und seinen Kittel aus dem Karren nahm, hörte er das Knarren einer Holztreppe. Er trat seine Schuhe auf dem Türrost ab und folgte ihr in den ersten Stock. Es roch nach Zigarre. Bücher von Rauchern verloren fast nie ihr Aroma. Im Arbeitszimmer war es kälter als draußen.

»Das können Sie alles haben«, sagte die Frau, die aus der Nähe jünger wirkte und ihren Kopf so abrupt bewegte, dass die silbernen Ohrgehänge hin- und herflogen. »Archäologie, Altertumswissenschaften, Lexika, viele Lexika! Ein Vermögen!« Ihre lange Nasenpartie verlieh ihr etwas Melancholisches. Was sie adelte, war der kleine dunkle Geigerfleck. Vielleicht spielte sie sogar Solovioline? Hatte sie gestern ein Konzert gegeben? Beim Gähnen hielt sie sich die Armbeuge vor den Mund und entschuldigte sich für einen Moment. Was er von weitem für einen Mantel gehalten hatte, war ein Morgenrock.

Hildegard Kossakowski hatte ihm einst auferlegt, den »Abriß griechischer und römischer Kunst« zu lesen. Scheffel unterrichtete ihn mit weit ausgreifenden Exkursen, die stets die erteilten Suchaufträge begleiteten. Wirklich gelesen aber hatte er nur einige Standardwerke. Doch das reichte schon, um zu erkennen, welchen Schatz es zu heben galt. Wäre nur nicht der Zigarrengestank.

Norbert Paulini drückte sich am Schreibtisch vorbei ans Fenster. Um es zu öffnen, musste er am Griff rütteln. Sein Blick flog hinüber auf die Höhen der anderen Talseite, die durch den Schnee entrückt wirkten. Er lehnte sich hinaus und sog die Luft ein. Sein Fahrrad samt Anhänger erschien ihm mit einem Mal unpassend, ja peinlich. Jemand winkte von der Straße herauf und rief etwas. Er grüßte zurück und nickte dem Mann mit der Schirmmütze zu.

Der Garten fiel steil ab. Nur ein paar Dächer waren sichtbar. Rechts lag die Stadt, ein Blick wie vom Luisenhof. Er wunderte sich abermals, dass der Rathausturm von allen markanten Gebäuden das nächstliegende war.

Wurde man ein anderer, wenn man von hier aus Tag für Tag auf die Welt herabsah? Bedeutete diese Aussicht nicht ein fortwährendes Glück?

Durch die Äste und Zweige, die der Schnee mit dünner Linie nachgezeichnet hatte, versuchte er vergeblich, die Elbe unter sich zu erkennen. Erst dort, wo sie den Bogen hin zur Altstadt nahm, wurde sie wieder sichtbar. Der Schneewirbel verursachte ihm Schwindel. Für einen Moment glaubte er sogar, eine Violine zu hören.

Norbert Paulini machte es sich am Schreibtisch bequem. Hatte er jemals so auf seinem Stuhl im Antiquariat gethront? Hier oben kam man sich vor wie ein Richter.

Sie rief nach ihm. Das Fenster klemmte auch, als er es schloss. Mit der Hand fuhr er den schönen Schwung des Geländers nach, das ihn nach unten geleitete. Aus der Küche kam in kurzen Abständen das leise Röcheln der Kaffeemaschine.

»Lass bloß die Schuhe an«, rief sie, als könnte sie sehen, wie er zögerte, den Teppichfußboden des Wohnzimmers zu betreten. Die meisten Möbel hatten dünne lange Beine.

»Gefällt's dir hier?«, fragte sie, eine große Kaffeekanne am Henkel gefasst, ihre Fingerspitzen stützten die Tülle.

Er folgte ihrem Nicken, das ihm den Platz auf dem Sofa zuwies. Beim Einschenken zwang er sich, auf das kleine bunte Schwämmchen zu sehen, das ein Gummi am langen Ausguss der Kanne festhielt. Wünschte er denn nicht seit Jahren eine Situation wie diese herbei? Übertraf sie nicht sogar seine Träume?

Sie hatte Lippenstift aufgetragen und ihr Haar geordnet, ohne den Morgenmantel abzulegen. Am Kragen, am Saum der Ärmel und der Rockaufschläge war er silbern bestickt.

Norbert Paulini bedankte sich – und nahm erst jetzt die Radierung an der Wand hinter ihr wahr.

»Ein Original?«, fragte er verwirrt.

Sie drehte sich kurz um.

»Quatsch«, sagte sie und lachte.

Norbert Paulini starrte auf das gerahmte Blatt der »Carceri« Piranesis.

Während er sich noch wunderte, setzte sich Elvira Ewald, die vierte Frau von Professor Ewald, ihm gegenüber und redete auf ihn ein. Er solle sie von den Büchern befreien, von den Büchern und deren Gestank.

»Merkwürdig«, sagte er.

»Was?«, fragte sie und setzte sich wieder aufrecht.

»Das da.« Er hob kurz das Kinn.

»Jetzt lass das doch mal«, sagte sie. »Außerdem ist es komisch, wenn Gleichaltrige sich siezen.« Ein Krümel war auf ihrer Oberlippe zurückgeblieben.

Es verging mehr als eine Stunde, bis Elvira Ewald ein dunkelgrünes, abgegriffenes Heft von dem Beistelltisch nahm. »Hier hat er eingetragen, was oben steht. Alles altes Zeug, die neueren Sachen sind von drüben, hat er sich erschrieben, Rezensionsexemplare.« Sie hielt es ihm hin, zog es aber weg, als er danach greifen wollte. »Das ist ein Vorschuss, ein Vertrauensvorschuss.« Sie sah ihn vielsagend an und warf ihm dann das Heft in den Schoß. Ihr Geigerfleck war verschwunden.

»Was ist?«, fragte sie. Er hatte sie schon nach der Violine fragen wollen, nach ihrem gestrigen Konzert, als der Fleck wiederkehrte – als Schatten ihres Ohrschmucks.

»Ich kann dich nach Hause fahren, mit dem Wagen, da geht mehr rein als in deinen Karren.«

Norbert Paulini lächelte. Die Vorstellung, von Elvira mitsamt der Bücher gefahren zu werden, gefiel ihm sehr.

»Ein andermal«, sagte er, »wenn ich wiederkommen darf?«

Elvira half ihm, seinen Karren zu beladen, darunter die vier Bände »Griechische Plastik« von Alscher, aber auch Westbücher wie Bruno Snells »Die Entdeckung des Geistes« und eine Neuausgabe der »Geschichte der griechischen Literatur« und des Tragödienbuches von Lesky. Bevor Norbert Paulini nach den Schätzen griff, konnte er sich nicht enthalten, aus dem Fenster zu sehen. Und immer wieder musste er gegen die Vorstellung ankämpfen, es wäre ein Kerker, der ihn da unten in Blasewitz erwartete.

Es schneite immer noch. Norbert Paulini verwandte all seine Geschicklichkeit darauf, sein Gefährt möglichst schnell zur Pforte zu manövrieren. Als er sich umwandte, zog sie das Revers ihres Morgenmantels zusammen und hielt ihn mit einer Hand unter dem Kinn fest, mit der anderen winkte sie ihm noch einmal zu und schloss dann langsam die Tür. Auf der Straße fegte er mit einer Armbewegung den Schnee vom Sattel und schwang sich gleich aufs Rad, als wollte er hier nicht noch mehr Spuren hinterlassen.

Kapitel XVI

Ich muss gestehen, einen gewissen Anteil daran zu haben, dass Norbert Paulini von nun an wöchentlich sein Fahrrad samt Anhänger hinauf auf den Weißen Hirsch schob, um nach einem »Schäferstündchen«, wie es Frau Kate wohl genannt hätte, mit einer Ladung archäologischer und altphilologischer Bücher wieder zurückzukehren. Nicht nur Scheffel und ich waren ihm dafür dankbar.

Norbert Paulini gefiel es, auch von Elvira gewollt zu werden. Ihm stand nicht das richtige Wort für sie zu Gebote. Es war mehr als Offenheit, was sie praktizierte. Einmal nannte er ihre Weltsicht einen »liebesbedürftigen Sarkasmus«, dann wieder den »Röntgenblick der Ehrlichkeit«. Ihm gefiel es, schonungslos kommentiert zu werden. Und er selbst übte sich darin, es ihr mit gleicher Münze heimzuzahlen. Und nie vergaß er, seinen Blick vom Fenster des Bibliothekszimmers aus über das Land schweifen zu lassen. Er gab seinen Augen Futter. Und die konnten sich an diesem Blick auf die Welt nicht sattsehen.

Viel sprach für Elvira. Eigentlich alles. Nur Kinder wollte sie keine. Viola wünschte sich Kinder, viele Kinder. Aber sie wurde nicht schwanger. Viola schöpfte keinen Verdacht oder behielt ihn für sich. Eine Frau, die nach Zigarren roch, war unwahrscheinlich. Für Norbert Paulini lag ein besonderer Reiz darin, es an ein und demselben Tag mit zwei Frauen zu treiben, wie er es nannte.

Nicht zufällig fiel in diese Zeit auch die Ankündigung, einen eigenen Vortrag halten zu wollen, herausgefordert und ermuntert von Scheffel, der selbst schrieb, erstaunliche Analysen von Celan-Gedichten und der letzten Tragödie des Euripides lieferte oder sich wochenlang eine Wagneroper vornahm, ohne daraus irgendetwas »machen zu müssen«.

Meines Wissens ist es jedoch immer bei dieser Ankündigung geblieben.

Nachdem Norbert Paulini etwa die Hälfte der Bücher der Ewald'schen Bibliothek für fast nichts erworben und zu angemessenen Preisen verkauft hatte, gab Elvira ihm den Laufpass. Den Grund dafür wollte oder konnte er nicht erkennen und forderte eine Erklärung. Elvira lachte nur und schlug ihm die Tür vor der Nase zu. Er fand die Kraft, noch einmal zu klingeln. Dann trollte er sich für immer.

Kurz darauf erlöste ihn Violas glückseliges Geständnis, schwanger zu sein, von seinen Selbstzweifeln.

Dass zwei Wochen später eine Fehlgeburt folgte, änderte nichts an seiner Überzeugung, sich richtig entschieden zu haben.

Mit Hilfe von Frau Kate fand sich für Klaus Paulini eine Wohnung in Dresden-Klotzsche, nahe der Heide. Das Dachgeschoss sollte für die junge Familie ausgebaut werden, um die erste Etage nun gänzlich in ein Reich der Bücher zu verwandeln.

Viola erwies sich als äußerst patent, was selbst Frau Kate ihr zugestehen musste. Ihre Art, mit Handwerkern umzugehen und sie bei Laune zu halten, half sogar gegen deren permanente Drohung, anderen, lukrativeren, also in D-Mark bezahlten Angeboten den Vorzug zu geben.

Norbert Paulini gingen ihre Vertraulichkeiten allerdings mehrfach zu weit. Er habe nichts dagegen, wenn sie Bauarbeitern kostenlos die Haare schneide. Aber auch im Sommer könne ein Mann ein Unterhemd tragen, und wenn er schon nackt, also mit nacktem Oberkörper dasitzen wolle, könne er sich die Haare auch selbst von der Schulter entfernen.

»Ich hab sie nur weggepustet!«

»Es sah aber aus, als könntest du dich kaum noch beherrschen …«

»Dann halt du sie bei Laune. Die sind ganz scharf auf deine Bücher!«

Inmitten dieses Aufbruchs geschah etwas Merkwürdiges. Obwohl Norbert Paulini schon öfters Besucher aus dem Westen durch seine Hallen geführt hatte, und gerade diese Besucher als besonders freundlich, kundig und kauffreudig erlebt hatte, so wusste er diesen Herrn nicht einzuschätzen. Er war weder in hiesiger Begleitung erschienen, noch berief er sich auf jemanden, noch waren es Brille, Schuhe oder seine Kleidung, die ihn als Gast aus einer anderen Welt kenntlich gemacht hätten. Allein sein Dialekt, der im Osten nicht vorkam, verriet ihn.

Seine Frage nach einem Regal mit Erstausgaben fand Norbert Paulini befremdlich.

»Welche Bücher suchen Sie denn?«

Sein Gegenüber spitzte den Mund, er nannte eine ganze Reihe von Namen. Mitunter machte er eine Pause, in der ein Bonbon an seinen Zähnen klackte.

»Oder signierte Ausgaben, gibt's da was?«

Norbert Paulini ging zielgerichtet zu einem Regal, streckte den Arm aus und zog ein Buch ohne Schutzumschlag heraus.

»Von Volker Braun hätte ich dieses«, sagte er. Mit dem Bonbon-Gast im Schlepptau schritt er von Regal zu Regal und händigte ihm Buch um Buch aus. Der Gast schlug sie vorn oder hinten kurz auf und klappte sie wieder zu.

»Das wär's fürs Erste«, sagte Norbert Paulini und wollte schon zurück zu seinem Tisch, als der Gast ihm den Stapel hinhielt.

»Ich meinte Erstausgaben, erste Jahrhunderthälfte.«

Norbert Paulini nahm den Stapel kommentarlos entgegen und machte nun denselben Weg in umgekehrter Richtung, den sie gemeinsam gekommen waren, bis alle Bücher wieder an ihrem Platz standen.

»Ich lasse Ihnen das mal da«, sagte der Gast. Ein beidseitig beschriebenes Blatt segelte neben die Kasse. »Wie gesagt: Erstausgaben! Und der hier ist Ihrer, wenn Sie's schaffen!« Der Gast zog eine der Reißzwecken heraus, mit denen Norbert Paulini Ansichtskarten oder Kinderzeichnungen, die ihm seine Kunden brachten, am Türrahmen zur Küche befestigte und drückte sie, ein blaues Stück Papier haltend, mit dem Daumen zurück ins Holz.

»In ein paar Monaten komme ich wieder.« Sein Gast schälte ein neues Bonbon aus dem Papier, seine Lippen schnappten es sich, als wäre er ein Pferd, und verließ mit einem kurzen »Adé« das Antiquariat.

Norbert Paulini betrachtete die Liste und dann den blauen Schein, der den Kopf der Kinderzeichnung – sie sollte Norbert Paulini im graublauen Kittel darstellen – verdeckte. Unter einer Art Barett sah ein älterer Gelehrter in die Welt. Norbert Paulini kam es vor, als hätte jemand an seinem Schiffsmast eine fremde Flagge gehisst.

»Was soll das?«, fragte Viola, als sie einander abends am Küchentisch gegenübersaßen. »Warum lässt du das hängen?«

»Weil ich es nicht angebracht habe und ihn nicht darum gebeten habe und es nicht mir gehört.«

»Das gibt Ärger.«

»Das kann abpflücken, wer will. Das war unverschämt.«

»Du nicht?«

»Und wie rechne ich das ab? Vielleicht wollen sie mich dichtmachen, wegen Devisenvergehen?«

»Ich sehe nur, dass jemand unbedingt ein paar Bücher will, die er noch nicht hat!«

»Nein, zum Teufel!«, rief Norbert Paulini. »Der denkt, wir könnten echte Korallen nicht von synthetischen unterscheiden, Glasperlen nicht von richtigen Perlen. Der glaubt, sein Intershop-Geld wären Goldtaler.«

»Warum soll jemand wie er nicht auch das Recht haben, rare Bücher zu erwerben?«

»Warum sollte ich meine Rara ausgerechnet ihm geben? Warum ihm?«

»Weil er dafür bezahlt.«

»Bezahlen ist kein Problem. Bezahlen tun sie alle!«

»Aber nicht so viel.«

»Wieso viel? Woher weißt du, dass er viel bezahlt? Geschäftemacher zahlen nicht viel.«

»Denkst du wirklich, da kommt einer hierherkutschiert, um hundert oder zweihundert Mark plus zu machen? Rechne dir mal den Stundenlohn aus!«

Norbert Paulini schlug mit der flachen Hand auf den Tisch. »Was willst du? Jeans? Cognac? Kaffee? Dafür soll ich ihm unsere Erstausgaben überlassen? Verlangst du das wirklich?«

»Schwachsinn!«, sagte Viola, legte das Besteck über die halbe, unbelegte Schnitte, stand auf und verließ die Küche. Aus dem Nebenzimmer hörte er kurz darauf das Rascheln ihrer Zeitung.

An einem der darauffolgenden Tage verkündete Norbert Paulini, er werde sich fortan als Leser allein der deutschsprachigen Literatur widmen, um sich sein Sprachgefühl rein zu bewahren. Übersetzungen seien in aller Regel schlingernde Schiffe. Hielten sie Kurs, das heißt, prägte sich doch ein eigener Stil in ihnen aus, sei man erst recht verloren, da man ja nicht wissen könne, ob es auch der richtige sei. Scheffel bekannte sich schuldig. Er habe, ohne dabei im Mindesten solch eine Reaktion erwartet zu haben, ihm die Früchte eines am Wochenende von ihm vorgenommenen Übersetzungsvergleichs bei Pindar und Byron erläutert, eher in Andeutungen, da Prinz Vogelfrei auch kein Englisch spreche. Norbert Paulini bestritt das energisch. Seine Entscheidung habe nichts mit Scheffels Wochenendhobbys zu tun, sondern sei Ausdruck eines über Jahre gereiften und von unzähligen Lektüreeindrücken bewirkten Sinneswandels. Selbst Shakespeare, Cervantes, Molière, Tolstoi, Dostojewski und Tschechow wurden aus dem Wohnzimmer verbannt und mussten ins Antiquariat übersiedeln. Als Letztes wanderte die Bibliothek der Antike aus.

Kapitel XVII

Kurz vor der Geburt ihres Sohnes Julian im Juni 1989 bezogen Viola und Norbert Paulini das dank eines Kredites der Sparkasse großzügig umgebaute Dachgeschoss samt Etagenheizung und gefliestem Bad. Frau Kate hatte ihm mit dem Hinweis, dass er ja sowieso einmal alles erben werde, freie Hand bei den Veränderungen gelassen, so wurde auch das Dach vollständig erneuert. Sein Arbeitsweg erstreckte sich nun über achtzehn Stufen.

Er ließ es sich nicht nehmen, aus diesem Anlass die Schilder an der Haustür wie an der Antiquariatstür zu erneuern, das heißt zu vergrößern. »Antiquariat und Buchhandlung Dorothea Paulini, Inh. Norbert Paulini.«

In diesem Sommer hatte er mehr zu tun als je zuvor. Täglich erhielt er Angebote, rare Bücher aufzukaufen. Die Leute wollten keine Kommission, sie hatten keine Zeit, sie wollten ihr Geld jetzt, lächerlich wenig Geld. Sie waren mit allem einverstanden. Er hortete bereits sieben Exemplare von »Kindheitsmuster«, fünf »Kassandras« hatte er ergattert, eine vollständige Ausgabe der bisher erschienenen Werke Platonows mit makellos leuchtenden Schutzumschlägen als Doublette. Bereits Anfang Juli war sein Budget für Ankäufe um das Doppelte überzogen. Manche überließen ihm alles für hundert Mark.

»Bleiben Sie doch bei Ihren Büchern«, sagte er Ende August erschöpft zu einem jungen Paar. Die beiden erstarrten. Bleich sahen sie einander an. Auch Norbert Paulini war erschrocken.

»Bitte sagen Sie nichts«, flüsterte die junge Frau. Er gab ihnen, was er bei sich hatte. Er versuchte, sie zu beruhigen. Er machte das Geschäft seines Lebens.

Allein die Regale für die zwei neuen Räume hatten ein Vermögen gekostet. Sein Bücherangebot hatte sich vervielfacht. Nun war bei ihm auch eine philosophische, eine historische und eine archäologisch-kunsthistorische Abteilung zu finden, in die sich profund einzuarbeiten Norbert Paulini jeweils drei bis vier Jahre veranschlagte. Längst war ihm aufgefallen, dass ihm in den Gesprächen eine gewisse theoretische Bildung fehlte. Er ertappte sich dabei, stets mit demselben Vokabular über die Bücher zu sprechen. Er mochte sich mitunter selbst nicht mehr hören. Er wollte Ilja Gräbendorf beweisen, dass man präzise und verständlich sein konnte, ohne ständig von Differenz, Strategie, Simulacrum oder Diskurs zu reden.

Ich hatte Mühe, mich an die neuen Räume zu gewöhnen. Die wundervolle Küche war nun vollgestopft mit Verpackungsmaterial und allem möglichen Krempel. Man konnte gerade noch Geschirr abwaschen und Wasser kochen. Der kleine Tisch mit den drei Sesseln in der Diele war kein Ersatz, obwohl man dort bis in die Nacht sitzen konnte. Oft ließ Norbert Paulini seine Besucher allein, um nach dem Baby zu sehen, und kehrte später nur noch zurück, um abzuschließen.

Im Herbst 1989 hielt sich Norbert Paulini zurück, das heißt, er nahm an der Revolution nicht teil. Sobald die Rede auf Politisches kam, wirkte er gelangweilt. Er sah darin bestenfalls Zeitverschwendung, im schlimmsten Fall ein sinnloses Opfer. Es würde sich sowieso nichts ändern. Er werde dem Staat nicht den Gefallen tun, ins offene Messer zu laufen und sein Antiquariat zu gefährden. Zukunft gab es nur für sein eigenes Reich. Da schuf er sie gerade selbst mit aller ihm zur Verfügung stehenden Kraft.

Einige warfen ihm Feigheit vor, weil er Marion und Elisabeth, die eine Gruppe des »Neuen Forum« ins Antiquariat eingeladen hatten, sofort wieder vor die Tür setzte. Es geschah aus Eifersucht. Bei ihm sollte es um Bücher gehen. Jede Diskussion hatte davon ihren Ausgang zu nehmen und dahin zurückzukehren. Er ähnelte jenem Typ Pfarrer, der den Oppositionsgruppen seine Kirche versperrte, weil ihre Zusammenkünfte nichts mit Religion am Hut hatten. Norbert Paulini bestand auf dem Glaubensbekenntnis.

Damals haben das viele nicht verstanden, auch ich nicht. Heute gibt es meiner Ansicht nach eine einfachere Erklärung dafür und eine weniger einfache. Norbert Paulini hatte der Gegenwart nie Zutritt gewährt – selbst seine Bestellungen beim Volksbuchhandel geschahen nahezu ausschließlich auf Drängen seiner Kunden, wie zum Beispiel von mir. Im Herbst 1989 verhielt er sich einfach wie immer. Er verachtete die Aufregung des Augenblicks. Wenn sein Antiquariat ein Widerstandsnest sein sollte, dann war es das schon immer gewesen und brauchte sich nicht zu verändern. Vielleicht aber ahnte Norbert Paulini schon früh – womöglich früher als alle anderen –, was eine grundsätzliche Veränderung der Verhältnisse auch für die Bücher und sein Antiquariat bedeuten würde.

Das Einzige, was ihm an dem Aufruhr gefiel, war dessen Abwesenheit in den Zeitungen, die Viola las, ja, die sie mit einer täglich wachsenden Unersättlichkeit und Akribie studierte, die schon an Selbstgeißelung grenzte. Weder beim Stillen, noch wenn sie das Kind herumtrug, um es zu beruhigen, verzichtete sie auf Lektüre. Es war fast Mitte Oktober, als sie endlich in Tränen ausbrach, die sich durch nichts und niemanden stoppen ließen. Während sich alles änderte, wollte sich in ihrer Zeitung nichts ändern. Norbert Paulini genoß seinen Sieg.

Kapitel XVIII

Ebenfalls im Oktober registrierte Norbert Paulini das Ausbleiben vieler Stammgäste mit Enttäuschung und Spott. In ihm arbeitete etwas unentwegt an Formulierungen, an Bonmots, die er ihnen bei nächster Gelegenheit unter die Nase zu reiben gedachte. Und je länger sich ihm keine Möglichkeit dazu bot, desto knapper und sarkastischer wurden seine Kommentare.

Frau Kate, die nach der Öffnung der Westgrenze am 9. November sofort eine Mitfahrgelegenheit gesucht und gefunden hatte, wurde nicht müde zu erzählen, wie sie in einem Kaufhaus in Bayreuth mit den Tränen gekämpft habe, was nichts, überhaupt nichts mit Übermüdung oder ihrer angegriffenen Gesundheit zu tun gehabt habe, sondern ausschließlich mit der Demütigung durch die Kommunisten, bislang von solchen Möglichkeiten ausgeschlossen gewesen zu sein. Vor allem die Schuhabteilung hatte ihr schwer zugesetzt, am meisten aber die Damen mit den Parfums. Nirgendwo sonst als im Paradies dieser Düfte könne ein jeder den Unterschied von Ost und West begreifen. Norbert Paulini überreichte ihr einen alten Reiseführer von 1957 für Bayreuth und einen von 1932 für Paris.

Wenn er vom Lesen aufsah, blickte er auf den bläulichen Schein am Türrahmen, von dem der Gelehrte zu ihm herübersah. Norbert Paulini hatte sich an seine Anwesenheit gewöhnt. Er war der Zeuge für die Unbestechlichkeit seiner Besucher, das Lackmuspapier, das deren und seine Unkorrumpierbarkeit bewies.

Im November gab es Tage, an denen überhaupt niemand kam. Hatte er sich solch eine Ungestörtheit nicht immer gewünscht? Jetzt aber beschäftigte ihn die Frage, was diejenigen, die sonst alle zwei, drei Tage oder mindestens wöchentlich bei ihm herumstöberten, in ihrer freien Zeit trieben. Sie konnten doch nicht Tag für Tag in den Westen reisen? Manchmal schlich sich Unruhe ein. Solange er las, hatte er noch nie das Gefühl gehabt, etwas falsch zu machen. Sollte das plötzlich anders werden?

Nicht nur im Café »Toscana«, auch auf der Straße begegneten ihm die Leute mit größerer Achtung als zuvor. Und das lag nicht am Kinderwagen. Regelmäßig wurde er zuerst gegrüßt, was ihm früher – er dachte tatsächlich »früher« – fast nie widerfahren war. Bei einer Umfrage im »Sächsischen Tageblatt« wurde er unter den Gewerbetreibenden der Stadt Dresden sogar als einer der »Zehn Aufrechten« vorgestellt, wenn auch an siebenter Stelle. Interviewanfragen lehnte er ab.

Schon ein halbes Jahr nach der Geburt von Julian hatte Viola wieder halbtags beim »Coiffeur Hartmann« zu arbeiten begonnen – ihre Mutter aus Riesa war angereist, um Julian zu betreuen.

Am Ende der ersten Woche lehnte eine Kundin es ab, von einer Roten frisiert zu werden. Diese Zeiten seien für immer vorbei. Viola hatte zunächst nicht begriffen, dass sie gemeint war, und mit dem Umhang in Händen weiter am Frisierstuhl gewartet. Erst als ihr der alte Hartmann zuflüsterte, diese Bemerkung bitte nicht auf die Goldwaage zu legen, und ihr den Umhang abnahm, um jene Kundin selbst zu bedienen, hatte sie die Situation begriffen. Im Umkleideraum war sie vor ihrem vom Heulen verzerrten Spiegelbild zurückgeschreckt.

»Wie weggesperrt! Der Hartmann hat mich weggesperrt!«, rief Viola. Sie beanspruchte nun doch das gesamte ihr zustehende Babyjahr und las, das Kind im Arm, weiter ihre Zeitungen, die nicht mehr wiederzuerkennen waren. Viola schüttelte den Kopf und sah hilfesuchend zu ihrem Mann. Regelmäßig begann sie gegen Abend zu weinen, regelmäßig erregte sie damit den Unwillen Norbert Paulinis. Es würde aussehen, schimpfte er, als beweinte Viola ihr gemeinsames Kind.

»Außerdem gibt es überhaupt keinen Grund herumzuheulen! Wir können froh sein, dass dieses System vorbei ist! Dankbar sollten wir sein, auf Knien dankbar! Außerdem brauchst du dir als meine Frau keine Gedanken zu machen!« Aber mit solchen Reden bestärkte er Viola nur in ihrer Verzweiflung.

»Ich kann da nie wieder hin!«, wimmerte sie. Der Hartmann habe sie verraten und verkauft. Überhaupt werde sie das Haus nicht mehr verlassen, bis sich die gesellschaftlichen Verhältnisse normalisiert hätten.

»Der Kleine braucht frische Luft«, entgegnete Norbert Paulini ruhig. »Du gehst mit ihm an die Elbe.«

»Geh du doch«, rief sie.

»Ich habe ein Geschäft.«

»Na und! Ich kriege wenigstens noch Geld.«

Am folgenden Tag gestand Viola, über Norbert Paulini und seine Gäste hin und wieder etwas gegenüber Dritten, wie sie sich ausdrückte, gesagt zu haben, allerdings nichts, wofür sie sich zu schämen hätte, für kein einziges Wort müsse sie sich schämen. Damit habe sie ihm und überhaupt allen nur geholfen. Sie könnten ihr im Grunde dankbar sein, dass sie dies getan habe. Außerdem sei es völlig überflüssig, darüber zu reden, weil es ja doch niemand erfahren werde, nur ihm wolle sie es anvertrauen, denn er als ihr Mann solle auch Einblick in ihre Vergangenheit haben. Nun aber habe sie keine Geheimnisse mehr vor ihm, nun sei er über alles aufgeklärt.

Kapitel XIX

Weihnachten und Silvester überstand die Familie Paulini mehr schlecht als recht. Er, der guthieß, was im Lande geschah, wollte nichts mehr von all dem hören, was ihm Viola jeden Tag aufs Neue anzuvertrauen suchte.

Am Nachmittag legte er Julian in den Kinderwagen und machte sich auf den Weg. Viola musste seinen Platz im Antiquariat einnehmen, ob ihr das passte oder nicht.

Norbert Paulini zog es zur Elbe. Er ging immer stromaufwärts. Bei guter Sicht erschienen ihm die Plateaufelsen der Sächsischen Schweiz wie eine Fata Morgana. Schlief Julian nicht, verfolgten dessen Augen voller Ernst alles, was über ihn hinwegzog.

Auf dem Rückweg lief Norbert Paulini dem winterlichen Abendrot entgegen, das rötlich violett zwischen den aufgeschlitzten Wolken hervorquoll, ein Anblick, der ihm das Wort »Blutacker« in den Sinn rief. Doch plötzlich, nur für einen Augenblick, vor sich das »Blaue Wunder«, um ihn die rauchige Luft und das Gekreisch einer einzelnen Möwe, wusste Norbert Paulini nicht mehr, wer er war. Er besaß keine Sprache, keinen Wunsch, kein Ziel. Er lief weiter, er schob den Wagen mit dem Kind, ein sanftes Holpern – und schon war es wieder vorbei. Früher war ihm das nur beim Lesen widerfahren.

Er sah den Holunderbusch, die schweren Eisenringe für die Taue der Elbdampfer, den Schillergarten zur Linken, das Elbe-Hotel gegenüber und den Luisenhof hoch droben. Selbst im Winter und ohne Schnee verloren die Höhenzüge – »sanft gehen wie Tiere die Berge neben dem Fluss« – nicht ihre Lieblichkeit. Gab es eine zweite Stadt, in der sich die Hänge und Ufer und Brücken dem Fluss anschmiegten, als wollten sie ein Paradies vorstellen, dem es zugleich nie an Weite und Größe und Atem gebrach und in der Ferne immer schon die Berge eine neue Sehnsucht weckten?

Alles war da wie eh und je, nur war es nicht mehr verwunschen, sondern erlöst. Als wären sie alle miteinander erwacht und wären nun frei, zu gehen, wohin sie wollten.

Diese Erkenntnis traf ihn wie eine Schuld. Wäre er denn verpflichtet gewesen mitzutun, sein Leben auf einer Demonstration zu riskieren oder seine Existenz aufs Spiel zu setzen? Sollten denn die Zeitungsleute, die ihn einen »Aufrechten« nannten, irren? Eine Arbeit wie die seine hatte Veränderungen doch überhaupt erst ermöglicht!

Norbert Paulini lächelte. Ab jetzt wollte auch er als Fahnenträger vorangehen, ab jetzt wollte auch er mittun, wenn das Volk sein Geschick in die Hand nahm. Auch er wollte ein Opfer bringen.

Kaum aber hatte Norbert Paulini das Wort »Opfer« gedacht, wusste er, was ihm bevorstand. Wie ein Schnitt ging es durch ihn.

Das Abendrot war zu einem Brand geworden. Ausgerechnet in diesem Moment fiel ihm Frau Kates ewiger Vergleich von Sonnenuntergängen mit Caspar David Friedrichs Gemälden ein. Er eilte, mit dem Kinderwagen den Passanten ausweichend, nach Hause. Er wollte sich nicht weiter bedenken. Was zählte, war allein die Tat, die stille Tat, ohne Ankündigung, ohne Absprache. So wie Heilige etwas vollbrachten, obwohl diese zumindest Gott zum Zeugen hatten. Er war allein.

Zu Hause übergab er Julian seiner Frau. Er zog seinen Kittel über, holte alles, was er an Kisten und Kartons fand, nach oben in die Wohnung und begann, seine Bücher einzupacken. Viola erstarrte, als sie sah, wie er mit beiden Händen in die Regale griff.

»Ziehst du aus?«, fragte sie tonlos. Er schüttelte den Kopf. Selbst beim Abendbrot erklärte er nichts, er wollte sein Gelübde halten. Stattdessen bat er Viola, das, was sie im Laufe des Tages aus Zeitungen, Radio und Fernsehen an Neuigkeiten gesammelt hatte, ihm fortan zu berichten. Sie begann zögerlich, als werde ihr alles, indem sie es aussprach, zweifelhaft.

Nach dem Essen gab er Julian einen Kuss, sagte, es werde später werden, und schleppte einen Karton nach dem anderen hinab ins Antiquariat. Dort legte er die »Eroica« unter Masur auf und begann, seine eigenen Bücher auszupreisen und in den Antiquariatsbestand einzupflegen. Von nun an waren sie für jede und jeden käuflich zu erwerben. Mit dem Ärmel wischte er sich den Schweiß weg, die Tränen, den Rotz. Doch in den Morgenstunden war sein Werk vollbracht. Seine Bücher gehörten fortan allen.

Kapitel XX

»Nun trennt sich die Spreu vom Weizen!« Mit diesen Worten empfing Norbert Paulini jeden seiner früheren Besucher. Er hatte sich auferlegt, ihnen keine Vorwürfe zu machen und ihnen zuzuhören, ganz gleich, was sie erzählen mochten.

Allerdings wunderte er sich, dass keiner von ihnen die Gunst der Stunde erkannte. Manche kamen nur, um ihm ›hallo‹ zu sagen. Sie ließen sich einen Tee kochen und verschwanden oftmals, ohne auch nur einen Blick auf die Bücher geworfen zu haben.

Den Ersten, der ihm ein Buch aus seiner Privat-Bibliothek zum Kauf auf den Tisch legte – es war die Rütten & Loening-Ausgabe von Kafkas »Amerika« mit Schutzumschlag von 1967, kaum angegilbt und ohne Eigentümereintragungen, weshalb er dieses saubere und feste Exemplar mit fünfunddreißig Mark ausgepreist hatte –, überraschte Norbert Paulini mit der Mitteilung, dass es ihm ein Bedürfnis sei, seinem längjährigen Besucher dieses Buch als Geschenk zu überlassen. Der Herr meinte, es sei ihm schon Glück genug, dieses Exemplar gefunden zu haben. »So lange wir noch unser Geld haben«, sagte er, »möchte ich das bezahlen. Ihnen wird ja auch nichts geschenkt«, fügte er noch hinzu.

Der Herr, ein Rentner, vormals Mathematiker, berichtete ihm, bereits vor etlichen Jahren die Kafka-Ausgabe mit den Erzählungen und den anderen beiden Romanen bei ihm gefunden und erworben zu haben. Nun habe er sie hier erneut stehen sehen und sich zwingen müssen, sie kein zweites Mal zu kaufen, zumal es sich wieder um ein sehr gut erhaltenes Exemplar handele, wenn auch ohne Schutzumschlag. Norbert Paulini bat ihn, einen Moment zu warten, kehrte mit zwei schmalen Bänden zurück, einer Kafka-Monographie, verfasst vom Herausgeber beider Bände. Die erste Auflage von 1961 war etwas angestoßen, die zweite von 1966 hingegen war in einem ihrem Alter entsprechend guten Zustand.

Norbert Paulini bestand darauf, ihm eines der beiden Exemplare zu schenken. Wieder lehnte der Herr ab. Er benötige jeden Zentimeter im Buchregal, und die Meinung jenes Autors aus der frühen DDR sei heute wohl entbehrlich.

Anderntags erschien kurz vor Geschäftsschluss ein Mann, der Beunruhigung in Norbert Paulini auslöste. Er kannte ihn, aber woher?

»Nun?«, fragte der Gast beim Eintreten und ließ ein Bonbon gegen seine Zähne klacken, »wie schaut's aus?«

Norbert Paulini deutete auf den Geldschein am Türrahmen.

»Wie?«, fragte der Gast. »Sie wollen mir doch nicht weismachen …«

Norbert Paulini zog sein Taschenmesser aus der Hosentasche und löste den Schein behutsam ab, dann drückte er die Reißzwecke wieder hinein. Sein Besucher hatte die Hände unter dem Jackett in die Hosentaschen gesteckt.

»Und meine Aufträge?«

»Sehen Sie sich doch mal um«, sagte Norbert Paulini und platzierte den Hunderter an der vorderen Kante seines Schreibtischs.

Der Mann seufzte. »Das lernt ihr schon noch«, sagte er, wobei er den Schein mit Daumen und Fingerspitzen im Gehen wegfischte und in die Hosentasche schob. Er verschwand zwischen den Buchregalen. Norbert Paulini hörte ihn im Selbstgespräch brabbeln. Wenn er in die Hocke ging, ächzte er.

»Wir schließen gleich«, rief Norbert Paulini.

»Ich dachte, der Laden gehört Ihnen?«

Norbert Paulini nahm ihm den ersten Stapel ab. Es war bereits halb sieben, als er seinem Gegenüber die Summe präsentierte, die er für die dreiunddreißig Bücher – zweiunddreißig davon waren aus Norbert Paulinis ehemaliger Privatbibliothek – verlangte. Abgerundet kam er auf tausendfünfhundertsiebzig Mark.

»Das Geschäft Ihres Lebens«, sagte der Mann, zog sein Portemonnaie hervor und legte einen West-Hunderter auf den Tisch. Daneben warf er den Hunderter aus der Hosentasche wie eine Spielkarte.

»Stimmt so«, sagte er.

»Moment«, sagte Norbert Paulini und legte die Hände auf die beiden Stapel, als wollte er sie segnen. »Ich sagte eintausendfünfhundertsiebzig Mark.«

»Guter Mann«, sagte der Besucher. »Das sind mehr als ihre tausendfünfhundertsiebzig Ostmark. Das sind tausendachthundert oder zweitausend, ich verfolge den Kurs nicht täglich.«

»Entweder zahlen Sie, was ich verlange. Oder die Bücher bleiben hier.«

»Sie wollen nicht verkaufen?«, fragte er lachend und ließ wieder sein Bonbon klacken. »Sie wollen tatsächlich, dass ich nach Berlin fahre, mein Geld eins zu zehn, eins zu elf tausche, um dann wieder hierher zu holpern, über ihre großartige Autobahn? Ist das Ihr Ernst?«

Norbert Paulini nickte, auch wenn er, wie er sich selbst eingestand, kleinlich, vielleicht sogar böswillig handelte. Aber lieber hätte er sich vierteilen lassen, als seine Hände von den Büchern zu nehmen. Auch nachdem sein Gast gegangen war, behielt er diese Haltung bei, als müsste er sich abstützen.

Am nächsten Morgen hing ein selbstverfertigtes Schild an der Haustür: »Wegen Inventur bleibt das Antiquariat bis auf weiteres geschlossen«.

Kapitel XXI

Norbert Paulini wollte lernen. In Westberlin holte er sich die hundert D-Mark Begrüßungsgeld ab, aß am Savignyplatz einen Wurstsalat mit viel Essig und Gurken und trank ein Bier, so dass er in der Wärme der nahe gelegenen Buchhandlung sofort müde wurde. Die Buchhändlerin rauchte und duftete nach Parfum. Die meisten Autorennamen auf den Büchern sagten ihm nichts.

Selbst er, der die Bücher doch liebte, hielt sie für überteuert. Kaum ein gebundenes Buch kostete weniger als dreißig Mark. In den seltensten Fällen war es Leinen, was unter dem Schutzumschlag hervorkam, die machten sogar Leinen nach, aus Pappe! Er bediente sich aus der Wasserkaraffe, ihm wurde Kaffee angeboten und Plätzchen vorgesetzt.

Ermutigt von der Gastfreundschaft, betrat er den hinteren Teil des Geschäftes. Und plötzlich war es, als würde er alles gleichzeitig sehen, was er schon immer begehrt hatte: »Dialektik der Aufklärung«, »Abend mit Goldrand«, Wittgensteins »Tractatus«, Wollschlägers »Herzgewächse«, der ganze Benn, schöne Ausgaben von Hans Henny Jahnn, viel von Hannah Arendt ... Er machte kehrt und verließ die Buchhandlung mit einem kurzen »danke«.

Das Ladenschild »Modernes Antiquariat« hielt er für einen Scherz, ein Paradox. Hier wurden die Bücher billiger angeboten, obwohl es sich nicht um alte Bücher handelte. Einige waren sogar erst 1988 erschienen, also keine zwei Jahre alt. Ein ganzer Stapel wies in seinem Schnitt den Aufdruck »Mängelexemplar« auf. Er nahm den Einband ab, er suchte nach Druckstellen und krummen Ecken. Er blätterte das Exemplar durch. Er wandte sich an die Buchhändlerin. Sie tippte auf den Stempel.

»Hier steht's doch.«

»Ja«, sagte Norbert Paulini. »Aber …«

»Das ist der Mangel«, beschied sie ihn, lächelte und wandte sich ab.

Um ein richtiges Antiquariat zu besichtigen, musste er nur eine Ecke weitergehen. Hier gaben sich die Buchrücken als Fremde aus. Trat er jedoch heran, waren es die alten Bekannten. Er notierte sich einzelne Preise, stellte sich bei dem Mann vor, der an der Kasse einen Katalog studierte, und fragte den Kollegen nach der Gewinnspanne pro Buch. Ob das seine Kunden auch wüssten, fragte Norbert Paulini. Der Antiquar zuckte mit den Achseln. Wäre ihm nicht ein weiterer Kaffee angeboten worden, hätte Norbert Paulini sich als lästig empfunden. So aber verließ er nach einer halben Stunde, ausgestattet mit zwei Plastetüten voller Kataloge, das Geschäft seines Westberliner Kollegen.

Am Bahnhof Zoo tauschte er die vier grünen Zwanziger zum Kurs von eins zu acht in Ostmark um.

Auf der Rückfahrt grübelte er darüber nach, wo der

Fehler lag, die Unstimmigkeit, die er nicht verstand. Musste er alle Preise erhöhen? Weder bei seiner Ankunft auf dem Neustädter Bahnhof in Dresden noch während der Fahrt mit der Linie 6 zum Schillerplatz, noch zu Hause im Bett fand er den Fehler. Erst am nächsten Morgen entschied er, den Zusatz »Buchhandlung« ein für alle Mal aus seinem Firmennamen zu streichen. Er war kein Buchhändler, er war Antiquar. Er war verantwortlich für das, was bleiben würde, was vor der Zeit bestand. Und er begriff: Mehr denn je würde es der Konzentration bedürfen, der Beschränkung, der sicheren Orientierung. Weiterhin würde er sein Geschäft zum Schutze der Bücher geschlossen halten und sich stattdessen auf den Ankauf konzentrieren. Und er wollte endlich einmal wieder nach Belieben lesen, zumindest so lange, bis er wusste, was das für eine Welt war, die sich da vor seiner Tür begab.

Kapitel XXII

Das Frühjahr über verdoppelte Norbert Paulini seine Preise. Seit aber feststand, dass ab Juli alles in D-Mark zu bezahlen sein würde bei einem Umtauschkurs von eins zu eins für Löhne und Renten, erschien ihm das schon wieder zu viel. Viola kam auf die Idee, kein weiteres Mal zu radieren, sondern einen höheren Preis daneben zu schreiben und gleich wieder durchzustreichen und den alten als den neuen auszugeben. »Für deine Bücher ist es so am besten«, erklärte sie ihm, als er ihren Vorschlag »unredlich« nannte.

Seit April wagte sich Viola wieder vor die Tür, allerdings nur mit Kinderwagen. So ließen sich auch die Einkäufe bequemer bewältigen. Sie suchte nach einer neuen Arbeitsstelle, fand aber nichts.

Dafür läutete die Klingel der Dachwohnung bald mehrmals täglich. Viola frisierte ihre Kundinnen in der Küche und sorgte durch ihre Preise dafür, dass es sich herumsprach.

Norbert Paulini, der in dieser Zeit mit Julian spazieren ging, staunte, welche Beträge die Frauen auf dem Küchentisch zurückließen. Um das Geld, das Viola in wenigen Stunden verdiente, selbst zu erwirtschaften, hätte er an einem Tag die Gesamtausgaben von Heinrich Mann,

Anna Seghers und Arnold Zweig verkaufen müssen, vielleicht noch die von Kurt Tucholsky.

»Na, Herr Antiquar«, sprach ihn ein Mann an, der neben dem Kinderwagen an der Fußgängerampel am Schillerplatz wartete. »Haben Sie Ihr Wägelchen vertauscht? Will niemand mehr Bücher?«

»Schon, schon«, rief Norbert Paulini, erfreut, weil man ihn mit »Herr Antiquar« angesprochen hatte. Julian war aufgewacht und begann zu schreien. Wie gern hätte Norbert Paulini dem Mann erläutert, weshalb er sein Fahrrad nur noch selten vor den Wagen zu spannen brauchte. Norbert Paulini verharrte mit einem abwesenden Lächeln zwischen dem Impuls, sich über das schreiende Kind zu beugen, und dem Wunsch, sich zu erklären. Doch da winkte der Mann plötzlich ab, so als wäre bei ihm, dem Antiquar, sowieso Hopfen und Malz verloren, und machte sich mit eiligen Schritten davon.

Der Ärger über die Unhöflichkeit des Fremden, über dessen Abwinken, traf ihn, als Julian längst wieder ruhig war und er schon sein liebstes Wegstück zwischen Tolkewitz und Laubegast erreichte, wo sein Blick über die Elbe und die Höhen von Wachwitz schweifte. Nein, dieses Abwinken war keine Bagatelle. Er musste hier etwas geraderücken, sonst käme es zu Missverständnissen, zu sinnlosen, aber folgenreichen Missverständnissen. Der Fremde hatte ihn abschätzig behandelt, ja verächtlich, er hatte ihn beleidigt. Das war eine Prüfung gewesen, und wegen seines Zögerns – was für eine Dummheit! – war er durchgefallen! Dabei war er doch in der Lage, solche

Prüfungen mühelos zu bestehen! Ärger, Wut, Verlorenheit, Panik – wie sollte er das nennen, was da in ihm aufstieg? Und wie sollte er sich davor schützen, wenn es nicht aufhörte? Wenn es immer lauter sprach? Wie sollte er dem je wieder entkommen?

»Also heißt es: schweigen und walten, wissend, dass sie zerfällt«, hörte er sich dann flüstern, »dennoch die Schwerter halten vor die Stunde der Welt.« Wie gut, diese Verse auswendig gelernt zu haben. Und so fuhr er fort: »Keine Götter mehr zum Bitten, keine Mütter mehr als Schoß –, schweige und habe gelitten, sammle dich und sei groß!« Norbert Paulini atmete durch und reckte sich. Und so, als teilte er einem Begleiter etwas mit, vollendete er seine Wiederherstellung mit der Strophe: »Ein Wort – ein Glanz, ein Flug, ein Feuer, ein Flammenwurf, ein Sternenstrich – und wieder Dunkel, ungeheuer, im leeren Raum um Welt und Ich.«

Kapitel XXIII

Ende Juni, als bereits die Geldtransporter vor den östlichen Bankfilialen vorfuhren, meldete sich Viola bei der Fahrschule an. Auf dem Küchentisch lagen ausgeschnittene Zeitungsanzeigen. Es war lächerlich, wie viele Fahrschulen plötzlich eröffneten. Und alle rissen sich um Kunden. Norbert Paulini missbilligte ihren Entschluss. Wozu brauchte sie denn ein Auto?

»Wirst schon sehen«, sagte Viola, küsste ihren Mann auf die Wange und machte sich unter dem Greinen Julians auf den Weg zu ihrer ersten Theoriestunde.

»Nein!«, rief Norbert Paulini, als sie spätabends zurückkehrte und ihm eine Viertagesreise nach Sevilla offerierte. »Ich will und muss und soll arbeiten!«

»Dann verfällt dein Ticket.«

»Ticket?« – er schrie es fast. »Rede deutsch mit mir! Und was heißt ›verfällt‹?«

»Ist schon bezahlt. Da musst du schnell zugreifen, bei so einem Angebot! Und ich war schnell!«

Die offene Grenze war wie eine Epoche ununterbrochenen Badewetters, die einen zwang, sich für sein Zuhausebleiben zu rechtfertigen. Sollte er denn täglich einen triftigen Grund angeben müssen, wenn er in Ruhe lesen wollte?

Unter Zahlung einer geringen Summe gelang es Viola, die Tickets zurückzugeben, der Andrang war einfach überwältigend.

Am Montag, dem 9. Juli 1990, einen Tag, bevor das »Antiquariat Dorothea Paulini, Inh. Norbert Paulini« zum zweiten Mal in seiner Geschichte wiedereröffnet wurde, schob Norbert Paulini, einer Eingebung folgend, einen zweiten Tisch im rechten Winkel an seinen leergeräumten Kassentisch heran. Darauf baute er die schönsten Gesamt- und Werkausgaben auf, die er in den letzten Monaten erworben hatte. Die Ausgabe mit den Brecht-Gedichten, die zwölf Bände Goethe bis hin zur Kisch- und Feuchtwanger-Ausgabe, aber auch die am besten erhaltene seiner drei Proust-Ausgaben. Er gab der Versuchung nach und postierte den gesammelten Melville wie das kostbare Trio Baudelaire, Verlaine und Rimbaud daneben und stellte die beiden Kassetten Robert Walser dazu. Die zwei knallroten Ausgaben der »Ästhetik des Widerstands«, von denen die eine offenbar noch unberührt, die andere hingegen von Bleistiftzeichen gesprenkelt war, als hätte sich ein Schauspieler für eine Rezitation präpariert, stellte er wie Signallichter an die Enden der Tische. Neben die mit Anstreichungen kamen eine Erstausgabe von Malaparte »Die Haut« und daneben die DDR-Ausgabe des Buches. Die grauen Joyce-Bände durften nicht fehlen und erstmals vollständig sämtliche von Josef Hegenbarth illustrierte Bücher nach 1945. Und wenn Hegenbarth, dann sollte auch Anatoli Kaplan nicht fehlen. Die Betrachter sollten überrascht werden. Hinter Bergengruens »Der Tod von Reval« und seine Novelle »Die Sterntaler« kamen sämtliche Hesse-Bände in grünem Leinen, alle mit Schutzumschlag, und die gesammelten Werke von Thomas Mann, ebenfalls Leinen, die waren ihm erst vor wenigen Wochen zugefallen. Die kommentierten Döblins durften nicht fehlen, leider etwas schiefgelesen. Schweren Herzens räumte Norbert Paulini die ganze Fundus-Reihe zurück ins Regal, er durfte seinen Gabentisch nicht überladen.

Allerdings fielen ihm immer neue Schätze ein, am liebsten hätte er alle aufgelistet. Nein, am liebsten hätte er dieses Stillleben bei einem verständigen Maler in Auftrag gegeben – und sich daneben als Stifterfigur.

Für den Vorabend hatte er Elisabeth und Marion bestellt, sie hatten Vorkaufsrecht. Er wollte die Wirkung seines Arrangements testen.

Die beiden bewunderten seine Auslage. Nicht mal sie kannten alles. Sie blätterten in den Brecht-Gedichten, sie fanden in der »Weißen Reihe« Ausgaben wie die von Pasternak und Pound, die sie nie zuvor in Händen gehalten hatten, aber auch Tarkowski und Eliot, Benn und Enzensberger.

»Für euch nur die Hälfte«, sagte er. »Und unter zehn Mark geschenkt.«

»Weißt du von den Schulbüchern?«, begann Elisabeth. »Das ist Umsatz ohne Ende, wie Dr. Reiter sagt.«

»Umsatz ohne Ende?«

»Wenn du nicht mitmachst, kommen die alle zu uns.

Wirklich alle! Dr. Reiter will eine Turnhalle mieten und Leute einstellen, nur für zwei Wochen oder so.«

»Oder so«, rief Norbert Paulini. »Wie kommt ihr denn auf die Idee?«

»Du musst dich bewerben, beim Schulamt, Kreisschulrat oder so. Sonst kriegst du davon nichts ab.«

»Ich habe noch nie ein Schulbuch verkauft. Kann ich ja gleich einen Schreibwarenladen eröffnen.«

»Mit Schulbüchern verdienst du dir eine goldene Nase«, sagte Marion und nickte bedeutungsvoll wie ein Puppendoktor. »Die Menge machts. Wir haben Urlaubssperre.«

»Ich hab dem Volksbuchhandel gekündigt. Die haben ihre Reste abgeholt. Ich bin ein Antiquar, vogelfrei, wie's sich gehört!«

Norbert Paulini ließ sich durch das seltsame Gerede und Verhalten der beiden – keine von ihnen schien auch nur erwogen zu haben, ein Buch zu erwerben – nicht die Laune verderben. Es war ein Fehler gewesen, mitten in der Ferienzeit zu starten.

Auch wenn niemand kaufte, war es beglückend, was ihm nun an Qualität regelrecht aufgedrängt wurde.

Besonders eingeprägt hatte sich ihm ein junger, schöner, schlanker, großer Mann, der für fünf Kisten mit nahezu kompletten Werkausgaben von Romain Rolland, Ludwig Renn, Maxim Gorki und Ilja Ehrenburg nur fünfzig D-Mark wollte.

»Das darf ich ja fast nicht annehmen«, sagte er.

»Dann eben umsonst!«, erwiderte der junge Mann, der

sein volles glattes Haar immer wieder aus der Stirn streichen musste. »Hauptsache, es kommt in gute Hände.«

»Das versichere ich Ihnen«, beteuerte Norbert Paulini. Gern hätte er mehr von diesem Menschen erfahren. So aber lächelte er nur, zog sein Portemonnaie aus der Gesäßtasche und hielt ihm einen Zwanzig-Mark-Schein hin.

Der junge Mann faltete den Zwanziger zweimal und steckte ihn in die Brusttasche. Selbst seine Zähne leuchteten makellos weiß.

»Haben Sie das alles doppelt?«, fragte Norbert Paulini und ergriff die ausgestreckte Rechte seines Besuchers.

»Eine Erbschaft, der Cousin meines Großvaters, ein unverbesserlicher Kommunist. Er wollte immer, dass ich lese …«

Er wischte die Haarsträhne aus der Stirn und schritt davon, begleitet von Norbert Paulini, der ihn nochmals zu grüßen versuchte, als dieser den Treppenabsatz erreichte, jedoch nicht zu ihm aufsah.

Kapitel XXIV

Wenige Wochen nach dem Beitritt nutzte Norbert Paulini einen Besuch in der Sparkasse und fragte nach seinem alten Bekannten, Herrn Adameck, dem Leiter der Filiale. Kurz danach stand er ihm in seinem Büro gegenüber, in dem er schon den Kredit für den Umbau des Dachgeschosses erhalten hatte. Der Kopf des Herrn Adameck mit seinen vernarbten Wangen und dem Seemannsbart ragte vertraut aus einem weißen Kragen mit roter Krawatte und über dunkelgrauen Schultern empor.

»Sie sind ja im Sonntagsstaat. Geht's ins Konzert?«, fragte Norbert Paulini, der wegen des kühlen Wetters eine Strickjacke über den Kittel gezogen hatte.

Herr Adameck sah an sich herab und prüfte den Sitz seiner Krawatte. »Sie müssten erst mal die anderen sehen! Ha! Kanarienvögel sind das. Ohne Anzug ist man hier der Hausmeister.« Er bot seinem Gast einen Stuhl an. »Ich wollte Sie bereits anrufen …«

»Gedankenübertragung!«, rief Norbert Paulini erfreut.

Herr Adameck verkörperte den neuen Geist der Freundlichkeit und Zuvorkommenheit, der im Land Einzug hielt. »Immer mit dem Gesicht zum Kunden«, scherzte Norbert Paulini und rückte noch ein Stück näher heran. »Mir fehlt's an Kapazitäten, ich brauche mehr Platz«, begann er ungefragt. »Was mir durch die Lappen geht! Ich weiß einfach nicht mehr, wohin damit. Ich glaube, ich bin mal wieder reif für einen Kredit.«

Herr Adameck starrte auf das Niemandsland zwischen seiner Schreibunterlage und dem rechten Ellbogen von Norbert Paulini.

»Jetzt muss man investieren!«, fuhr er fort. »Zu Ihnen komme ich, weil Sie mir damals geholfen haben. Das vergesse ich Ihnen nicht!«

Herr Adameck sah ihn an. »Was kaufen Sie denn?« Sein Blick irrte wieder ab.

»Was die Leute jetzt so hervorholen. Ich wähle aus, streng, nur Qualität, weitaus strenger als früher.«

»Und das ist …«, Herr Adameck tat, als würde er plötzlich etwas schnappen und schlucken. Würgte er?

»Was es an Gutem gibt«, versuchte Norbert Paulini ihm beizuspringen.

»DDR-Produktion?«, fragte Herr Adameck nach kurzem Räuspern.

»Ich hab eine Erstausgabe ›Sein und Zeit‹, eine Haushaltsauflösung, alles zusammen für fünfzig D-Mark. Die allein ist schon einen Tausender wert, vielleicht sogar zwei, muss mal sehen. Oder Nietzsche, zweite Ausgabe der ›Fröhlichen Wissenschaft‹, gewissermaßen eine Erstausgabe …«

»Dafür wollen Sie … für Bücher?«

»Und Miete. Ich miet noch was an, eine Baracke oder so was, Lagerflächen. Vielleicht bauen wir auch an.«

Herr Adameck presste die Lippen zusammen, stülpte sie vor und schnappte dann wieder.

»Sie haben seit acht Monaten nichts mehr eingezahlt. Weder geschäftlich noch privat. Sie wissen ja, über viertausend ist alles halbiert …«

»Auch die Schulden sind halbiert!«, unterbrach ihn Norbert Paulini.

»Und von Ihrer Frau …«, sagte Herr Adameck und brach gleich wieder ab, verschränkte die Hände wie zum Gebet und lehnte sich vor. Norbert Paulini sah ihn erwartungsvoll an.

»Machen Sie mir keinen Ärger, Herr Paulini, ich bitte Sie. Was Sie mit Ihren Einnahmen tun, geht mich nichts an, wir sind nicht das Finanzamt, aber …«

»Ich habe keine Einnahmen«, wehrte Norbert Paulini den Verdacht ab, »oder kaum welche.«

»Ich sag Ihnen jetzt was: Sie kaufen nichts mehr, gar nichts mehr! Auch nicht die Blaue Mauritius für zehn Mark. Verstehen Sie? Keine Blaue Mauritius! Es gibt zu viele davon. Und verkaufen Sie, was das Zeug hält. Gehen Sie runter mit den Preisen, gehen Sie in die Offensive, gehen Sie vor die Tür, was auch immer! Kämpfen Sie, Paulini, kämpfen Sie! Und schauen Sie ab und zu mal auf Ihre Auszüge, also auf Ihr Konto!« Herr Adameck lehnte sich zurück. »Mehr kann ich leider für Sie nicht tun.«

Benommen ging Norbert Paulini davon. In seinem Kopf schlugen die Worte des Sparkassendirektors wie Klöppel hin und her, sein Schädel dröhnte. So klang es, wenn eine neue Ära begann.

In der Brucknerstraße, kurz vor der »Villa Kate«, hielt er inne. Was war geschehen? Würde er morgen früh wieder aufstehen wie jeden Tag, um neun sein Antiquariat betreten, ab zehn auf Kunden warten und auf die Post?

Eigentlich war gar nichts passiert. Er musste umplanen, zurückstecken, im Grunde also weniger arbeiten. Ab jetzt konnte er mit reinem Gewissen sagen: Ich kaufe nichts mehr! Und sie müssten zu Hause bleiben und sparsam leben. Was sollte daran schlecht sein? Auf Haushaltsauflösungen, zumal, wenn ihm Pfarrer John einen Tipp gab, würde er nicht verzichten. Aber sonst? Herrn Adamecks Rat war hilfreich. Herr Adameck hatte ihn von aller Spekulation befreit und aufs Wesentliche beschränkt. Herr Adameck hatte tatsächlich seine Gedanken erraten, seine geheimsten, die selbst ihm verborgen gewesen waren.

Kapitel XXV

»Alles bestens«, sagte Viola, nachdem Norbert Paulini ihr die Lage erklärt hatte. »Angebot und Nachfrage, bei Strafe des Untergangs – hieß doch so, oder?«

Im neuen Jahr erhielt Viola nicht nur eine neue Arbeit, sondern kurz darauf das Angebot, den Salon »Buntschuh« zu übernehmen, in Tolkewitz. Die Buntschuhs, beide im Rentenalter, hätten sie immer gemocht, nach der Lehre habe sie dort in der Urlaubszeit geholfen.

»Und was verlangen die dafür?«

»Nicht viel. Es soll halt weitergehen.«

»Du kannst von heute auf morgen die Chefin werden? Und alles gehört dir?«

»Sieht so aus. Ich werd mal zur Kate gehen.«

»Was hat die damit zu tun?«

»Kann ja nicht schaden, die Karten zu befragen, ein bisschen Aufmunterung – täte dir auch ganz gut.«

Norbert Paulini tippte mit dem Zeigefinger gegen die Stirn, als ahnte er bereits, dass der in Aussicht gestellte Erfolg zu seinen Lasten gehen würde.

Die viele Zeit, die er von da an mit Julian verbrachte, zehrte an ihm. Es machte ihm nichts aus, den Jungen bis acht Uhr in der Krippe abzugeben. Doch um Julian um siebzehn Uhr abholen zu können, musste er sein Antiquariat schon um sechzehn Uhr fünfundvierzig schließen und sich so seiner besten Geschäftszeit selbst berauben. Da Viola nie vor zwanzig Uhr erschien, in aller Regel erst gegen einundzwanzig Uhr, und auch das nicht immer, wusste er nicht, was er mit dem Kind noch anstellen sollte, nachdem sie gegessen hatten. Wieso hatte er nie daran gedacht, dass ein Kind so viel Lebenszeit fraß. Bisher waren Kinder irgendwie nebenbei aufgewachsen, ein Vorgang, der ohne viel Aufwand und Aufhebens vonstatten gegangen war. Umgekehrt konnte er sich nicht vorstellen, dass Julian etwas davon hatte, wenn er sich um ihn kümmerte. Der Junge sträubte sich regelmäßig dagegen, von ihm aus der Krippe abgeholt zu werden. Während sich Viola ihren eigenen Friseursalon erschuftete, lieferten sich Vater und Sohn abendliche Schlachten, weil Julian sich weigerte, allein im eigenen Zimmer und Bett einzuschlafen. Norbert Paulini blieb nichts anderes übrig, als sich neben ihn zu hocken. Julian beobachtete ihn stumm und vorwurfsvoll durch die Stäbe des Gitterbetts und wachte nicht selten so lange, bis seine über alles geliebte Mutter erschien. Diese wiederum wünschte sich nichts sehnlicher, als ihr Schätzchen auf den Arm zu nehmen, so dass der Junge seinem Bett entkam und viel zu spät und im Ehebett einschlief. Sank Julian doch einmal in Gegenwart seines Vaters in den Schlaf, schlossen sich seine Augenlider nur halb. Anfangs geriet Norbert Paulini darüber in Panik, er riss ihn hoch. Auch später ertrug er den halb anwesenden, halb abwesenden Blick seines schlafenden Sohnes nur schwer. Zudem konnte er sich des Eindrucks nicht erwehren, Julians Urteil über ihn stehe ein für alle Mal fest. Aussicht auf Besserung bestand nicht. Viola zahlte die Hälfte von dem, was ihr blieb, an die Buntschuhs, von dem Rest beglich sie die Raten des Kredits und bestritt den Lebensunterhalt für die kleine Familie. Norbert Paulini hatte nach Abzug seiner Kosten selten etwas beizusteuern.

Es gab Tage, an denen er Verkaufserfolge vorweisen konnte, trotzdem war es schwer, sich selbst etwas auszuzahlen. Eine Krankenkasse zu finden bereitete ihm als Selbständigem große Schwierigkeiten. Zuerst wollten sie ihn immer haben, wenn er jedoch sein Einkommen nannte, war es aus. Er brauchte sie ja nur für den Notfall wie die Feuerversicherung und eine Versicherung im Falle von Wasser- und Sturmschäden.

Selbst Elisabeth und Marion verdienten erheblich mehr als er. Dafür war Norbert Paulini sein eigener Herr. Er lebte und handelte ausschließlich mit jenen Büchern, die ihn interessierten, und brauchte sich nicht mit Schul- und Kochbüchern, Steuerratgebern und Verkehrsatlanten herumzuschlagen. Was gingen ihn diese Dinge an? Er sah keinen Grund, von seinem Beruf Abstand zu nehmen.

Trotzdem geschahen mitunter auch bei ihm recht merkwürdige Dinge. An einem Mittwochnachmittag schrillte die Antiquariatsklingel. Norbert Paulini ignorierte sie. Doch das half nicht. Wäre ich Arzt, dachte er, müsste ich jetzt zu einem Notfall.

Er ging den beiden Männern, die je einen Karton

schleppten, entgegen und verstellte ihnen den Weg, noch bevor sie den Treppenabsatz vor der Antiquariatstür erreicht hatten.

»Heute Nachmittag ist geschlossen«, beschied er sie. »Ankäufe nur nach Vorbesichtigung, zudem ...«

»Wissen Sie, wie weit wir gefahren sind, woher wir ...?«

Dies tue ihm außerordentlich leid, unterbrach ihn Norbert Paulini, aber selbst wenn sie während der Öffnungszeiten ...

Sie beharrten darauf, ihm ihre Bücher zu verkaufen. Seinetwegen seien sie hier, die Artikel in der Zeitung, sie dachten, einer wie er wäre der Richtige.

»Zurzeit kaufe ich nichts an«, entrang sich Norbert Paulini im Tonfall eines Geständnisses.

Frechheit, eine Frechheit erlaube er sich, alles Schwindel, was die in der Zeitung schrieben, damit könne man sich nur den Arsch abwischen! Habe er denn immer noch nicht begriffen, dass sie in einer Marktwirtschaft lebten?

Norbert Paulini machte kehrt, stieg nach oben und warf hinter sich die Tür ins Schloss.

Das Gemaule im Treppenhaus verebbte nach einer Weile wie ein abziehendes Gewitter. Plötzlich jedoch – eine Frauenstimme wie eine Sirene. Genauso abrupt, wie sie begonnen hatte, verstummte sie. Jemand kam die Treppe herauf. Den Rhythmus dieser Absätze kannte er. Norbert Paulini öffnete die Tür.

»Komm, schau's dir an, los, schau's dir an!« Frau Kate

stieg wieder hinab und wies, als er den letzten Treppenabsatz erreicht hatte, mit ausgestrecktem Arm in Richtung Haustür.

Obwohl Norbert Paulini alle Einzelheiten erkannte, schien er nicht zu begreifen, was er sah, als wäre sein Verstand nicht in der Lage, die Reize der Netzhaut zu einem plausiblen Bild zusammenzufügen.

Frau Kate beobachtete, wie er Stufe um Stufe herabkam, bemüht um ein Lächeln. Er bückte sich und hob eines der Bücher auf, als müsste er prüfen, ob es tatsächlich Bücher waren, die sich hier auf der Schwelle der Haustür und im Treppenhaus türmten. »Schuld und Sühne«, las er vor.

»Warum haben sie die ausgekippt?«

»Sie brauchten die Kartons, was denn sonst!«, erwiderte Frau Kate. »Aber bitte nicht in meine Mülltonnen«, fuhr sie ihn an. »Für diese Bagage will ich nicht noch blechen müssen!«

Vielleicht hatte Norbert Paulini sie nicht gehört oder wusste nicht, was sie damit hatte sagen wollen. Er stand sehr aufrecht und rührte sich auch nicht, als Frau Kate in ihrer Wohnung verschwand und mit zwei Gläsern in der einen und dem »Nordhäuser Doppelkorn« in der anderen zurückkehrte. Ihr fiel es schwer, beide Gläser gerade zu halten. Deshalb füllte sie erst das eine und hielt es Norbert Paulini zusammen mit dem leeren, das im spitzen Winkel abstand, vor die Nase. Behutsam nahm er es mit beiden Händen entgegen. Ihr eigenes Glas füllte sie nur halb.

»Na, dann«, sagte Frau Kate und prostete ihm zu. Sie ließ ihn nicht aus den Augen. »Trink!«, kommandierte sie und wartete, bis auch er das Glas an den Mund setzte. Hätte sie ihm nicht diesen Schnaps eingeflößt, den er gehorsam mit zwei Schlucken herunterstürzte, wäre es wohl niemals sichtbar geworden, wie es Norbert Paulini, obwohl nur kurz und beinah lautlos, schauderte.

Kapitel XXVI

Auch wenn die Zahl seiner Besucher stark geschrumpft war, so unterschieden sich die wenigen dafür wesentlich stärker voneinander, als es seine frühere Kundschaft getan hatte.

»Wir würden uns gern mal umsehen«, begrüßte ihn eine Frau, die trotz des Aufwands, den sie mit ihrer Haut und ihren Haaren betrieben haben musste, den Altersunterschied zu dem Mann an ihrer Seite nicht vertuschen konnte. Die Handtasche hing ihr in der Armbeuge. Das kannte Norbert Paulini nur von Frau Kate. Der Mann seinerseits schien zu hoffen, durch eine altmodische Weste und einen wie zufällig aus der Brusttasche lugenden Taschentuchzipfel einige Jahre zu gewinnen.

Norbert Paulini kehrte an seinen Tisch zurück. Schon seit Neujahr studierte er diese Trilogie in vier Bänden, von denen er nur den ersten, einst bei Gustav Kiepenheuer erschienen, kannte. Mehrfach hatte er sich in den letzten Tagen gefragt, wie er wohl reagieren würde, wenn jemand, durch seine Lektüre erst darauf aufmerksam geworden, diese Ausgabe zu kaufen wünschte. Zum Glück war es keine Erstausgabe, aber trotzdem rar, zumal in diesem Zustand. Aber niemand interessierte sich für Hans Henny Jahnn.

Die Anwesenheit von Kundschaft hatte ihn beim Lesen nie sonderlich beeinträchtigt. Durch dieses Paar jedoch fühlte er sich gestört. Kaum hatten sie einen Raum betreten, tauchten sie auch schon wieder auf. Sie sahen sich aufmerksam um, aber eher wie Galeriebesucher. Hatten sie erwartet, hier Kunst zu finden? Und von wem hatten sie seine Adresse? Waren sie zufällig hier vorbeispaziert und hatten das Schild gelesen? Verschafften sie sich, bevor sie ins Detail gingen, einen Überblick? Angesichts der Geschwindigkeit, mit der sie die Bücher inspizierten, mussten sie bisher darauf verzichtet haben, eines herauszunehmen. Sich die beiden als Leser vorzustellen, fiel ihm schwer.

»Wie kann ich Ihnen helfen?«, fragte er schließlich und wäre am liebsten noch einen Schritt näher getreten, so gut dufteten sie.

Nach einem kurzen Zögern, bei dem sich die Frau nach dem Mann umsah, gab jener an, nichts Bestimmtes zu suchen.

»Es ist die Atmosphäre der Bücher, die uns interessiert«, erklärte er. »Eine langjährige Freundin ist Fotografin, sehr professionell. Die hat schon viele Buchhandlungen …«

Norbert Paulini erklärte ihm, welche Welten zwischen Buchhandlung und Antiquariat lagen, ja sich gerade gegenwärtig auftaten. Er sah das Abreißen ganzer Kontinente vor sich und hätte gern den Ausdruck »Kontinentaldrift« verwendet. Aber sie sollten nicht denken, er wäre unzufrieden mit der neuen Zeit. Unvermittelt brach er mit der Feststellung ab, bei ihm sei jedes Buch geprüft.

»Geprüft?« Die Frau sah ihn verständnislos an. Darauf antwortete er, was ich ihn oft hatte sagen hören:

»Ich verkaufe nur Qualität.«

Es entstand eine kurze Pause. Dann machte die Dame eine Bewegung auf den Kassentisch zu und fragte in einem Tonfall, den Norbert Paulini als familiär einstufte, seit wann er dieses respektable Geschäft denn betreibe? Norbert Paulini nannte die Jahreszahl, 1977. Und schon immer in diesem Haus? Vielleicht waren die beiden Journalisten?

»Es gibt hier noch Bücher, auf denen habe ich als Kind geschlafen, als ganz kleines, und meine Großmutter und mein Vater auch.«

»Wie dürfen wir das verstehen?« Der Mann streckte unwillkürlich seinen Kopf vor.

»Wortwörtlich«, erklärte Norbert Paulini und begann mit der Geschichte seiner Kindheit und Jugend und kam bald auf seine Anfänge als Antiquar zu sprechen.

»Bemerkenswert«, warf die Frau mehrmals ein, als ordnete sie seine Rede in Kapitel. Dazwischen nickte sie immer wieder.

»Möchten Sie vielleicht einen Tee?«

Gleichzeitig legten beide Besucher ihre Armbanduhren frei. Ein paar Sekunden blieb es still.

»Und dann sind Sie nach oben gezogen?«

Norbert Paulini wartete, bis die Frau ihn ansah.

»Wollen Sie sich nicht wenigstens setzen?«, fragte er,

ging um seinen Tisch, auf dem die vier Bände in exzellent erhaltenen Schutzumschlägen ihren Blicken ausgesetzt lagen, und bot ihr seinen Stuhl an.

»Und diese Frau Kate? Wie ist die so?«

Jetzt war es heraus! Zwei Gäste der »Pension Kate«! Vielleicht welche, die Noten oder Sterne verteilten, heimliche Prüfer. Es fiel ihm nicht schwer, von Frau Kate zu schwärmen. Während er sprach, trat der Mann an das nächstgelegene Regal und zog nach kurzem Zögern ein Buch heraus.

Doch noch bevor Norbert Paulini darauf hinweisen konnte, dass er keine einzelnen Bände einer vollständigen Ausgabe verkaufe, er ihm aber gern, wenn es etwas von Egon Erwin Kisch sein solle, Verschiedenes anbieten könne, sogar Erstausgaben, legte die Frau auf so vertraute Weise ihre Hand auf den Unterarm des Mannes, dass Norbert Paulini diese beruhigende Geste an sich selbst zu spüren glaubte.

Der Mann stellte das Buch umgehend zurück und die beiden verabschiedeten sich.

Kapitel XXVII

Obwohl Norbert Paulini erklärt hatte, sich niemals in Violas Opel Kadett zu setzen, unternahm Familie Paulini am Ersten Mai einen Ausflug im eigenen Wagen nach Plottendorf ins dortige Altersheim zu Violas Großmutter. Die alte Dame, die mit dem dritten ihrer vier Vornamen Violetta hieß und von Viola so genannt wurde, hatte zeitlebens Haselbach, ihren Geburtsort, nur verlassen, um nach Altenburg oder Leipzig ins Theater zu fahren, dies allerdings regelmäßig. Violetta hatte darauf bestanden, Norbert Paulini zu sehen, sie habe ihm etwas höchst Wichtiges mitzuteilen und zu zeigen, das für seine berufliche Existenz von entscheidender Bedeutung sei. Die beiden hatten sich bereits bei ihrer ersten Begegnung als Gleichgesinnte erkannt. Obwohl Violetta bis zu ihrer Rente nur spätabends zum Lesen gekommen war, konnte sie Norbert Paulini sogar in der Literatur des neunzehnten Jahrhunderts Paroli bieten. Ihr Lieblingsautor war Karl Gutzkow, von dem kannte sie alles und zitierte gern ganze Passagen aus dem Gedächtnis.

Violetta erwartete die Dresdner bereits im Vestibül des Heims, ihren Stock erhoben, um schneller entdeckt zu werden. Sie hatte es eilig. Ein kurzer Blick auf Julian genügte, sie drängte zum Aufbruch.

»Ich hab die Polizei rufen lassen!«, rief sie, »und die Zeitung!« Sie schlug Violas angewinkelten Arm aus, um schneller voranzukommen. »Fehlanzeige – dasselbe Gesocks wie früher!«

Norbert Paulini, zermürbt von Violas Fahrkünsten, bot sich nachdrücklich an, mit dem Kinderwagen im angrenzenden Kammerforst spazieren zu gehen.

»Um dich geht es ja!«, beschied ihn Violetta, fing sich nun seinen Arm als zweite Stütze ein und strebte voran zum Parkplatz.

Nach der kurzen Fahrt hätte sie nichts zu sagen brauchen, ja, sie hätte nicht einmal die leergeräumten Hallen des Leipziger Zentrallagers erwähnen müssen. Was Norbert Paulini zu sehen bekam, brauchte keine Erklärung. Selbst Viola schien durch den Anblick taub geworden für das im Moment der Ankunft ausbrechende Gebrüll Julians. Norbert Paulinis Finger hingen im Maschendraht, als brauchte er diesen Halt. Wagenladung um Wagenladung musste hier abgekippt worden sein, Palette um Palette, anders ließ sich Entstehung und Gestalt des Buchgebirges nicht erklären. Dessen Farbenreichtum wirkte aufreizend fröhlich.

Neben der verschlossenen Einfahrt lagen Kisten, von denen es eine ähnliche Anzahl auf der anderen Seite des Zaunes gab, dort allerdings bereits in einer gewissen Ordnung. Bisher war Norbert Paulini noch nie über einen Zaun gestiegen. Violetta applaudierte und forderte ihre Enkelin auf, ihrem Mann zu helfen.

Violetta stand aufrecht, den Stock als Stützpfeiler

leicht schräg gestellt, und ließ Norbert Paulini nicht aus den Augen. Manchmal begutachtete sie die Beute, die er ihrer Enkelin über den Zaun reichte und den diese im Kofferraum verstaute. Es war eine Ladung »Bibliothek deutscher Klassiker«, Leinen, mit Anmerkungen und Kommentar, fünf Mark pro Buch, vier Bände Grimmelshausen, fünf Keller, fünf Schiller ...

Norbert Paulini war ein Sanitäter, sein Lazarett weit entfernt. Auf immer neuen Pfaden durchwanderte er das Schlachtfeld. Überall wurde er gebraucht, alle riefen ihn an, alle flehten, mitgenommen zu werden. Er schwieg, aber er schloss nicht die Augen. Mitunter kniete er nieder, nicht wissend, warum gerade hier und nicht einen Meter weiter, warum nicht schon viel früher? Wählte er nach Schönheit aus, nach Unversehrtheit, oder gab es Namen? Jedes Kriterium war ein Sakrileg. Hielt er schon acht oder zehn Bücher in Händen, empfahl es sich, die weiteren, die er noch zu tragen vermochte, von derselben Stelle aufzunehmen. Warum schaffte es dieses Buch, warum verfehlte ein anderes sein Glück? Er gab Viola Anweisungen, die Bücher unter und vor dem Beifahrersitz zu verstauen, sie unter der Tragetasche des Kinderwagens zu stapeln, was sie brüsk ablehnte, eine Reihe passte auch noch vor ihren Sitz, ohne sie zu behindern. »Avanti!«, rief Violetta und winkte. Er sollte sich bewegen, nicht reden!

Zum Schluss trat er auf andere Bücher, um den Schuber mit dem Bibelreprint von Reclam aufzuheben und etliche verpackte Bücher, bei denen er sich bemühte, den aufgedruckten Titel, der wie gestempelt wirkte, nicht zu lesen.

Ins Altersheim zurückgekehrt, bewirtete Violetta ihre Gäste mit Kaffee und dem frisch gebackenen Bauernkuchen einer früheren Kollegin. Einmal unterbrach Viola das Schweigen. Dies alles sei wirklich nicht erfreulich, aber man müsse auch die gute Seite daran sehen. Das sei wie mit den Butterbergen oder der Milch, die man ins Hafenbecken schütte, das hätten sie doch in der Schule gehabt. Solche Aktionen erhöhten schließlich den Wert der Bücher im Antiquariat, die würden rarer und deshalb im Wert gesteigert. Violetta stieß unwillig mit dem Stock auf und riet der jungen Familie zum Aufbruch. Sie würden sich nächstes Wochenende doch sicherlich wiedersehen.

Kapitel XXVIII

Am nächsten Tag, einem Donnerstag, erschien Punkt zehn Uhr einer der verloren geglaubten Stammkunden, ein kleiner Mann mit über die Glatze gekämmten Haaren und einer stets etwas heiseren Stimme, dessen besondere Leidenschaft Erstausgaben von Döblin und George waren. Norbert Paulini hatte für ihn eines der seltenen Exemplare von »Wadzeks Kampf mit der Dampfturbine« zurückgehalten, es allerdings vor kurzem wieder in die Bestände eingepflegt, verkauft war es noch nicht.

»Uwe Kesselsdorf!«, posaunte Norbert Paulini heraus. »Seien Sie mir gegrüßt, Herr Kesselsdorf!«

Dieser nickte verwundert ob des überschwänglichen Empfangs und trat ein.

»Ich habe Sie vermisst, Herr Kesselsdorf, wirklich vermisst!« Norbert Paulini eilte zu dem Regal, zog den Döblin heraus und deutete mit dem Buch auf die Stapel vor seinem Schreibtisch, die Herr Kesselsdorf bereits musterte.

»Wissen Sie, woher diese Bücher stammen? Eine Schande, eine elende – Kann ich Ihnen etwas anbieten? Tee? Kaffee?«

Herr Kesselsdorf schüttelte den Kopf und nahm eines der noch verpackten Bücher in die Hand.

»Was soll damit sein?«, fragte er. »Der Aufenthalt, Hermann Kant« las er den Aufdruck und warf es verächtlich zurück.

»Ich dachte, ich rette auch ein paar von den eingepackten, im Sinne der Gerechtigkeit, ich hab blind zugegriffen, verstehen Sie? Grab des unbekannten Soldaten, daran musste ich denken.«

Norbert Paulini bückte sich nach dem weggeworfenen Buch, faltete die Verpackung auf und nahm es vorsichtig heraus.

»Sehen Sie? Nagelneu, ich bin der Erste, der dieses Exemplar in der Hand hält. Kein schlechtes Buch, wie man mir versichert hat.«

Herr Kesselsdorf zuckte mit den Schultern.

»Wenn ich Ihnen jetzt sage, woher ich es habe. Sie werden denken, ich sei verrückt geworden, aber es stimmt! – Ich rede zu viel, aber gestern, das war auch zu viel ...«

Die tiefen Fältchen zwischen Herrn Kesselsdorfs Augenbrauen verhießen Unmut und Skepsis.

»Müllhalde!«, rief Norbert Paulini. »Von einer einzigen riesengroßen Büchermüllhalde, Bücher über Bücher! Unter Gottes freiem Himmel!«

»Ich bin gekommen«, antwortete Herr Kesselsdorf, »weil ich Sie fragen wollte, ob Sie mir etwas zu sagen haben, ob Sie mir etwas sagen wollen.« Er räusperte sich kurz.

Nur langsam wich die Empörung seiner letzten Worte aus Norbert Paulinis Zügen – um plötzlich von einem Ausdruck der Erkenntnis überstrahlt zu werden.

»Die Warteliste für den Salon!«

Herr Kesselsdorf richtete sich auf. »Wollen Sie mir weismachen, nicht zu wissen, worauf ich hinauswill?«

Ganz in der Ferne meldete sich etwas bei Norbert Paulini, wovon er nicht wusste, was es war und ob es etwas mit ihm zu tun hatte. Es war wie ein Geräusch, zu dem noch die dingliche Herkunft fehlte. Ein Nachdenken durchzog sein Gesicht von Schläfe zu Schläfe.

»Also doch«, stellte Herr Kesselsdorf fest. Ein maliziöses Lächeln schlängelte seine Lippen. »Und wenn ich Ihnen noch einen Tipp geben darf, fragen Sie nach ›Blondzopf‹. Das ist der werte Name der Wanze, die herausgefunden hat, dass ich an Büchern interessiert war, die vor 1945 erschienen sind. In einem Antiquariat wohlgemerkt, Bücher, die vor 45 erschienen sind. Zudem bin ich ›geltungssüchtig‹ und ›kein Frauentyp‹.« Er winkte ab und schüttelte den Kopf. »Ich will das gar nicht …«

Er ging um den Tisch und setzte sich auf Norbert Paulinis Stuhl, vorgebeugt, die Ellbogen auf den Knien, als müsste er nachdenken oder hätte einen Schwächeanfall erlitten.

»Es macht mir alles kaputt«, sagte er leise, ohne aufzusehen.

Norbert Paulini stand mit herabhängenden Armen vor ihm. Seine Lippen verschloss ein komplizierter Mechanismus.

»Wie soll ich mich an Sie erinnern, an Ihre Eröffnung, als jemand rief: Auf den Antiquar! Und wie stolz Sie waren, dass ich Sie so nannte, erinnern Sie sich? Wenn ich dann auf meinen George sehe, alle Bände, meine Döblins … Jetzt denke ich immer nur: interessiert sich für Literatur vor 1945. Ich war drauf und dran, sie Ihnen vor die Füße zu schmeißen. Alles, alle Bücher, die ich von hier habe.«

Herr Kesselsdorf räusperte sich. Seine Augen maßen die Gestalt des Antiquars. Wieder schüttelte er leicht den Kopf und schob »Wadzeks Kampf mit der Dampfturbine« von sich.

»Und Ihnen fällt nichts dazu ein?«, fragte er. »Erbärmlich, wirklich erbärmlich.« Herr Kesselsdorf erhob sich und ging leicht schlurfend zur Tür. Er öffnete sie und zog sie auch wieder hinter sich zu. Norbert Paulini sank auf seinen Stuhl – und das war für eine ganze Weile die letzte Bewegung in diesem Raum.

Kapitel XXIX

Norbert Paulini verstand nicht, warum er das, was ihm von Viola offenbart worden war, so vollkommen hatte ad acta legen können. Er verstand nicht, warum er Herrn Kesselsdorf nicht gebeten hatte zu bleiben, warum er ihn nichts gefragt, warum er ihn nicht um Verzeihung gebeten hatte. Er wusste nicht, warum seine Lippen weiterhin hartnäckig verschlossen blieben, warum er unfähig war, Luft zu holen und zu sprechen, als legte ihm jeder neue Tag ein Gewicht mehr auf die Brust. Oder war es umgekehrt? War nicht der Druck aus seinem Innern viel größer als jener, der von außen auf ihn drang? Er würde zerplatzen wie ein Tiefseefisch im Flachen. Oder, herabgezogen auf den Grund des Ozeans, zusammengequetscht werden. Vielleicht war er geschrumpft, ein Insekt im Bernstein, ausgestellt und freigegeben für Betrachtungen und Kommentare jeglicher Art.

»Warum Blondzopf?«, fragte er Viola, als sie und er am nächsten Sonntag statt nach Plottendorf zur Bastei in die Sächsische Schweiz fuhren. »Warum Blondzopf?«

Viola nahm die Kurven immer noch langsam.

»Wer hat denn gefragt?«

»Ist doch egal.«

»Ich möchte es wissen.«

»Uwe Kesselsdorf«, sagte Norbert Paulini.

»Ach, die Eule!« Viola lachte kurz auf und begann ihre Erzählung, wie sie Nichtigkeit auf Nichtigkeit gehäuft, Lappalie an Lappalie gereiht habe über die Gespräche im Antiquariat. Sie wisse überhaupt nicht, wie man deshalb sauer sein könne. Jeder habe doch gewusst, wie das läuft. Und sie habe nie etwas geliefert. Zuletzt habe sie vielleicht etwas von Unzufriedenheit geschrieben, aber das sei doch gut gewesen, denn damit habe sie denen da oben zu verstehen gegeben, dass es so nicht weitergeht.

»Ich habe immer meine Hände über euch Bücherwürmer gehalten, ich habe euch geschützt. Durch mich glaubten sie, alles unter Kontrolle zu haben, alles zu wissen. Deshalb haben sie dich machen lassen, dich und die anderen! Statt mir Vorwürfe zu machen, solltet ihr mir dankbar sein!«

Violas Stimme klang wie Koloraturgesang. Norbert Paulini starrte durch die Frontscheibe. Diese Strecke kannte er nicht. Mit seinem Vater war er immer von Rathen aus am Amselsee entlang hinauf zur Bastei gewandert, manchmal mit einem Abstecher in die Schwedenlöcher. Er hoffte, Viola würde zu weit nach rechts steuern, wenigstens eine Straßenmarkierung abreißen und im Graben landen, oder zu weit nach links driften. Zumindest der Seitenspiegel sollte krachen. Selbst auf dem Parkplatz, auf dem sie eingewiesen wurde und ihr Gesang ins Stottern geriet, hoffte er auf eine Karambolage.

Außerdem, sagte Viola, habe er doch selbstkritisch

erkannt, dass es gar nichts gab, was man hätte verbergen müssen. Er selbst habe gesagt, dass ohne Angst und Duckmäusertum alles viel schneller gegangen wäre.

Sie spazierten über die Basteibrücke hinaus zur Aussicht, auf der sie zwischen den Felsen standen, in der Tiefe die Elbe, vor sich die Festung Königstein und links davon der Lilienstein. Wenn er sich umwandte, sah er die Bergsteiger. Fing man einmal an zu zählen, wurden es immer mehr, als wären sie bestellt, den Touristen ein Schauspiel auf Leben und Tod zu bieten. Wie früher fasste ihn der Schwindel bei den Hoden, glühte hinab in die Zehen und hinauf in den Schädel, ein kurzes Flackern der Augen, so kam es ihm vor. Er musste Viola bestrafen, und er musste sich bestrafen. Es war so hoch – man würde nicht einmal die Leichen von hier oben erkennen. Und Julian? Er schlief in seinen Armen.

Auf der Rückfahrt war Norbert Paulini damit beschäftigt, seine Übelkeit zu beherrschen. Zu Hause angekommen, flüchtete er zu den Büchern. Hinter sich schloss er ab – und verstand, dass es mit Viola und ihm nun vorbei war.

Kapitel XXX

Vormittags klingelte es mehrmals bei Frau Kate, dann im Antiquariat. Der Briefträger wollte Frau Kate ein Einschreiben bringen. Da er um das vertraute Verhältnis der beiden wusste, händigte er den Brief Norbert Paulini gegen Unterschrift aus. Ein Brief vom Gericht, ein Kärtchen klebte bereits an ihrer Tür.

Keine Stunde später stand Frau Kate vor ihm und schlitzte das Kuvert mit ihren scharfen Nägeln auf. Sie las, ihr Gesicht verfiel, sie schlug eine Hand vor den Mund, ging vorgebeugt in die Knie – Norbert Paulini postierte blitzschnell seinen Stuhl hinter ihr. Im Glauben, sie müsste sich übergeben, war er auch schon in der Besenkammer, warf den erstarrten Wischlappen beiseite und platzierte den Eimer vor Frau Kate.

Sie war auf den Stuhl geplumpst, eine Hand hielt das Schreiben, müde wedelte sie damit, er solle endlich lesen!

Nach einer Weile stieß ihre Fußspitze gegen den Eimer. Der flog ein Stück, beschrieb rollend einen Halbkreis nach rechts, rollend einen Viertelkreis nach links und hielt still.

»Noch nicht begriffen?«, fragte Frau Kate. Norbert Paulini drehte das Schreiben um.

»Sag endlich was!«

»Versteh ich nicht«, antwortete er ruhig. »Das Haus gehört doch dir? Und dein Erbe bin ich.«

»Dachte ich auch!«

»Was die schreiben, kann jeder behaupten.«

»Entweder alles futsch«, resümierte Frau Kate, »oder Querelen ohne Ende.«

An diesem Nachmittag blieb Frau Kate auf Norbert Paulinis Stuhl sitzen. Er versah für sie den Conciergedienst, eilte je nach Art der Klingel nach unten, kam wieder herauf und erbat Anweisungen, rannte hinab. Zwischendurch ließ er Kunden ein. Diese beäugten die Dame, die mit ihrem hohen Dutt und ihrem breiten Gesäß auf dem zierlichen Stuhl mitten im Raum thronte wie ein Objekt der Gegenwartskunst. Die Flasche mit dem »Nordhäuser Doppelkorn« stand neben dem vorderen linken Stuhlbein, neben dem vorderen rechten ihre Handtasche, das Glas ruhte von beiden Händen beschützt in ihrem Schoß. An diesem Nachmittag verkaufte Norbert Paulini sehr gut.

»Ich bringe dir Glück«, sagte Frau Kate mit schwerer Zunge. Sobald eine Klingel ertönte, wiederholte sie ihren Satz.

Frau Kate und Norbert Paulini arbeiteten sich in ihr Gespräch hinein, beide sprachen offen und frei, ihre Sätze schwangen sich auf zu Bekenntnis und Beichte. Norbert Paulini empfing ein ums andere Mal feuchte Küsse auf seine Wangen. Endlich konnte er sein Herz ausschütten. Endlich konnte sie ihr Inneres öffnen. Verblendet sei er von dieser Frau gewesen, regelrecht verhext! Es habe ja niemand mehr gewagt, ihm zu sagen, was man über Viola dachte.

Man dürfe sich nicht der Zukunft versperren, ereiferte sich Norbert Paulini, man müsse kämpfen. Ja, immer kämpfen, sagte Frau Kate matt. Ihren Vorschlag, er, Norbert Paulini, solle die »Pension Kate« übernehmen, erörterten sie lange. Der heutige Tag zeige doch, wie geeignet er dafür sei, beide Tätigkeiten miteinander zu verbinden. Oder noch besser! »Wir erklären das Antiquariat zu deiner unveräußerlichen Bibliothek, dein täglich Brot verdienst du mit der Pension!«

Und selbst wenn das alles nichts helfe, sei das nicht das Ende. Denn womöglich würde die Enteignung des Hauses die Lösung anderer Probleme erleichtern, erheblich erleichtern, wie Norbert Paulini mit Nachdruck bemerkte. Keinesfalls aber werde er weiter den Kredit abzahlen, keinesfalls. Er mache sich doch nicht zum Obst, zum Äppel, zum Hampelmann, zum Hanswurst. Frau Kate pflichtete ihm bei und traf ihn mit einem feuchten Kuss auf den Mund.

Kurz nach halb fünf putzte sich Norbert Paulini die Zähne, gurgelte mit Mundwasser, wischte die Spuren von Frau Kates Lippenstift ab und ging zur Kinderkrippe. Als die Paulinis zurückkehrten, juchzte Julian beim Anblick von Frau Kate, deren Arme herabhingen, ihr Kopf war zur Seite gefallen, ein Rinnsal Spucke war an ihrem linken Mundwinkel getrocknet. Julian spielte mit den Armen und Händen der lebensgroßen Puppe, weinte kurz, als er ihre Fingernägel streifte und wandte sich dann dem Eimer zu, den er mit Ausdauer hin und her rollen ließ, bis Norbert Paulini endlich begriff, dass ihn auch Helene Kate verlassen hatte.

Kapitel XXXI

Ein Jahr später war die einvernehmliche Scheidung vollzogen, und Norbert Paulini stand als Gesellschaft bürgerlichen Rechts vor der Insolvenz. Herr Adameck, der Filialleiter der Sparkasse, kritisierte Norbert Paulini, weil dieser weiter in seinem Anspruchsdenken verharrte.

Norbert Paulini widersprach energisch. Er selbst habe keinerlei Ansprüche, er gehe schon lange nicht mehr in ein Konzert, eine Oper, ein Schauspiel, nicht mal im Kino sei er gewesen, geschweige denn in einem Restaurant! Er versage sich alles, selbst auf einen Besuch im »Toscana« verzichte er seit anderthalb Jahren. Bis auf das Wenige, das man zum Leben brauche, verlange er nichts. Dafür gebe er der Gesellschaft einiges zurück, beteuerte Prinz Vogelfrei. Sein Geschäft stehe allen literarisch, überhaupt allen geistig Interessierten offen. Er habe die Essenz der Literatur der letzten fünf Jahrhunderte, zumindest der deutschen, und das Wichtigste einiger anderer Sprachen versammelt, auch seine altertumswissenschaftliche, historische und philosophische Abteilung könnte sich sehen lassen, der Kunstgeschichte sei die Vervollkommnung durch das Verdikt des Sparkassendirektors versagt geblieben. Er könne über seine Bücher Auskunft geben, er wisse, welches Buch zu welchem führe, er stehe seinen Besuchern ohne Einschränkung zur Verfügung.

Herr Adameck winkte ab. Norbert Paulini fuhr zusammen. Er kannte diese Geste.

»Noch nie was von Bibliotheken gehört?«, fragte der Sparkassendirektor.

Norbert Paulini atmete durch.

»Es gibt Bücher«, erklärte er, »die braucht man persönlich, die trägt man bei sich und trennt sich nicht von ihnen. In der Bibliothek streicht man nichts an, da schreibt man keinen Kommentar hinein. Außerdem kaufen auch Bibliotheken bei mir.«

»Kauften«, verbesserte Herr Adameck und verschränkte wieder seine Hände. »Wenn nicht *ich* hier säße – und ich frage mich, wie lange ich hier noch sitzen werde –, würden Sie nicht mal bis in mein Büro gelangen. In diesem Haus interessieren Ihre Bücher niemanden, man würde Sie nicht mal verstehen!«

»Das ist unlogisch«, beharrte Norbert Paulini. »Die Museen bekommen Millionen über Millionen, überall wird restauriert, saniert, aufgebaut, die Kultur unseres Vaterlandes nimmt einen gewaltigen Aufschwung, sie erlebt eine neue Blüte. Und da sollen die Bücher fehlen? Im Land der Dichter und Denker? Allein die Bücher? Das kann nicht Ihr Ernst sein, lieber Herr Adameck, weder Ihr Wunsch noch Ihr …«

»Wunsch?«, brauste Herr Adameck auf. »Mein Wunsch?!« Er hielt die Arme ausgebreitet, was nicht so recht zu dem passen wollte, was er sagte. »Glauben

Sie, dass irgendjemanden interessiert, was mein Wunsch ist?«

Norbert Paulini wartete mit seiner Antwort aus Respekt vor der Gefühlsaufwallung Herrn Adamecks. Er lehnte sich zurück und schlug die Beine übereinander.

»Sie meinen also«, rekapitulierte Norbert Paulini, »ich solle jetzt, da nun endlich Demokratie und Freiheit herrschen, mein Antiquariat schließen, die Bücher – ja, was machen wir mit den Büchern? – in der Elbe versenken? Oder auf die Halde, zurück nach Plottendorf? Und in Dresden-Johannstadt suche ich mir eine Einraumbuchte und warte vor dem Fernseher, bis mir das Arbeitsamt schreibt? Meinen Kredit zahle ich natürlich die nächsten zehn Jahre brav weiter, nicht zu vergessen den monatlichen Unterhalt für Julian, der mir ins Haus steht.« Norbert Paulini lächelte. »Wollen Sie mir das allen Ernstes vorschlagen?«

»Ja«, sagte Herr Adameck mit einer Erleichterung, die seinen ganzen Körper entspannte. »So sieht's wohl aus.«

Kapitel XXXII

Norbert Paulini war nicht bereit, sich in die Unsichtbarkeit zu verabschieden.

Keine drei Wochen später erlebte der Chef der Netto-Filiale in der Nähe des Schillerplatzes einen vierzigjährigen intelligenten und hochmotivierten Mann, der bereit war, alle Vorgaben zu akzeptieren, um möglichst schnell, das heißt, nach Abschluss des Lehrgangs und zur Eröffnung der Filiale, den Platz an einer Kasse einzunehmen. Norbert Paulini willigte per Unterschrift ein, jederzeit auch in der Flaschenannahme und beim Auffüllen der Regale eingesetzt werden zu können.

Für den Tag der Eröffnung waren die Sonderangebote in verschiedenen Zeitungsbeilagen publik gemacht worden, man erwartete über die zukünftige Stammkundschaft hinaus einen Andrang aus der gesamten Gegend.

Für einen Moment schlich sich etwas wie Stolz ein, der in der Premierenstimmung seinen Ursprung hatte, in die er sich gemeinsam mit seinen Kolleginnen an der Kasse – die meisten kannte er aus dem »Konsum« –, den Fachverkäuferinnen an der Fleisch- und Käsetheke sowie der eigenen Filialleitung von einem der hohen Herren aus Maxhütte-Haidhof fälschlicherweise hatte versetzen lassen. Norbert Paulini kämpfte dieses Gefühl als unwürdig in sich nieder. Die Welt sollte sehen, wie sie mit einem Antiquar umsprang!

Norbert Paulini bestritt seinen ersten Arbeitstag ohne Beanstandung. Manchmal hatte jemand vergessen, sein Obst oder Gemüse zu wiegen. Er nutzte diese Pannen zu schnellen Fußmärschen in die grüne Ecke, er hatte sich die Zahlen von eins (Banane) bis fünfzig (Fenchel) eingeprägt. Was ihn ärgerte, waren die wiederholten Aufforderungen des Filialleiters, auch mal zu lächeln. Im Grunde erwartete er von jeder Kundin und jedem Kunden, die er mit einem »Guten Tag« persönlich anzusprechen hatte, dass sie ihm kondolierten. Aber weder am ersten Tag noch an den folgenden wurde der Antiquar an der Kasse erkannt. Manche Kundinnen und Kunden glaubte er vom Sehen zu kennen, aber diese Menschenflut, die durch den Eingang hereinbrach und durch das Delta der sieben Kassen wieder hinausströmte, war ihm gänzlich unbekannt. Zudem schmerzte seine linke Schulter.

Auf seinem Drehstuhl, mit der linken Hand die Waren über den Scanner ziehend und mit der rechten das, was sich nicht scannen ließ, als Nummer in die Kasse tippend, blieb er weit hinter seinen Kolleginnen zurück. Dreißig Produkte pro Minute war die ihm gesetzte Norm. Er, dessen einzige Konstante im Leben außer den Büchern die morgendlichen Liegestütze darstellten, starrte auf die schmächtigen Schultern seiner Kolleginnen, die so leichthin schafften, was ihm selbst unter Schmerzen nicht gelang.

Mitunter sah er sich selbst wie in einer fremden Stadt

zur Arbeit gehen – der Supermarkt war als Provisorium auf jenem Parkplatz errichtet worden, den er bisher überquert hatte, wenn er mit der Straßenbahn ins Zentrum gefahren war. Am frühen Nachmittag stellten sich häufig Schulkinder ein, die auf dem ungewöhnlich glatten Betonboden zwischen den Regalen Rollschuh fuhren. Wenn der Filialleiter ihnen auflauerte – er fing immer nur einen, bestenfalls zwei von ihnen, die anderen entkamen kreischend –, überfiel Norbert Paulini eine regelrechte Lähmung.

Ende der zweiten Woche glaubte er in einer Kundin an der Kasse nebenan jene Besucherin mit der Handtasche in der Armbeuge wiederzuerkennen, diesmal ohne Mann.

»Sind Sie mal wieder zu Besuch?«, rief er. Die Dame aber war in den Kassenzettel vertieft und hörte ihn nicht und studierte weiter die Zahlen auf dem Bon.

Es gab Kundinnen, auf die er sich freute, besonders mochte er jene, die seinen Gruß erwiderten und dann, wie nach einem Komma, ein »Herr Paulini« anfügten, wie es, weiße Buchstaben vor schwarzem Grund, auf seinem Namensschild stand. Er war bereit gewesen, die Zähne zusammenzubeißen und durchzuhalten, bis sich sein Körper an diese Arbeit gewöhnt haben würde. Schlimmer aber als die brennende Schulter war die von Tag zu Tag ins Unerträgliche wachsende Müdigkeit, die ihn am Lesen hinderte. Er hatte gehofft, sich nach Feierabend ganz dem Lesen hingeben zu können, mindestens zwei oder drei Stunden. Aber wie? Kassenbon um Kassenbon hatte er seinen Elan und seine Vitalität geopfert, um abends als Geschlagener nach Hause zu ziehen. In den ersten Tagen hatte er noch ein Buch in die Hand genommen und sich eingeredet, morgen, ja morgen werde es anders sein. Seine Augen klammerten sich an den Zeilen fest, aber er hielt sich nie länger als ein paar Minuten, dann stürzte er ab wie ein Bergsteiger, dessen Finger und Zehen vergeblich einen Vorsprung in der glatten Wand gesucht hatten. Als habe das, was er las, nichts mehr mit ihm zu tun, jedenfalls nichts mit dem Leben, in das er eingesperrt war. Betrat er sein Antiquariat, umstanden ihn die Bücherwände, als wären sie in seiner Abwesenheit vertrocknet, erstorben, die Fossilien ihrer selbst. Seine letzte Hoffnung raubte ihm Julian, denn für ihn musste er jene Tage opfern, an denen er bereits um siebzehn Uhr nach Hause durfte, oder gar die freien Samstage, überhaupt die Wochenenden. Im Schillergarten aßen die beiden Bockwurst, die er dem Jungen klein schnitt und die Pelle abschälte, dazu Fassbrause. Während der Spielplatzbesuche langweilte sich Norbert Paulini zu Tode, wurde er angesprochen, antwortete er einsilbig, das Zuhören raubte ihm den letzten Nerv. Ständig musste er gähnen.

In der vierten Woche hielt er sein Dasein als Kassierer nicht mehr aus und meldete sich zum Einräumen der Regale. Er hoffte auf eine Art Ausgleichssport. Doch auch diese Arbeit, wie das Umsetzen der Paletten mit dem Hubwagen, war nicht dazu angetan, sein Leiden zu kurieren. Was er auch unternahm, es schien für seine linke Schulter keine Linderung mehr zu geben. Nachts wusste er nicht, wie er liegen sollte. Die Erwartung des Weckerklingelns tat ein Übriges, um seinen Schlaf zu schmälern. An Liegestütze war nicht mehr zu denken. Bei der Flaschenannahme arbeiteten Studenten, eine eingeschworene Truppe, die ihren Dienst untereinander aufteilten und die man besser in Ruhe ließ. Zudem waren klebrige Hände das Letzte, was er ertrug.

»Norbert?«

Er kannte die Stimme. Er verstaute die restlichen Packungen »Uncle Ben's« Basmati-Reis, bevor er aus der Hocke kam und sich umdrehte.

»Na, Gott sei Dank!«, sagte Klaus Paulini und machte einen Schritt auf ihn zu.

»Ist was passiert?«, fragte er seinen Vater.

»Du bist nie ans Telefon gegangen, antwortest auf keinen Brief, was ist los?«

»Ich muss ein bisschen dazuverdienen«, sagte Norbert Paulini und reckte sich, beide Hände ins Kreuz gestützt.

»Arbeiten tut weh«, sagte Klaus Paulini, trat näher heran, als wollte er seinen Sohn umarmen, fasste ihn dann aber doch nur an den Oberarmen und hielt ihn einen Moment fest.

Kapitel XXXIII

Das Geld, das ihm sein Vater borgte, ermöglichte es Norbert Paulini, nach sieben Wochen zähen Kampfes einvernehmlich zu kündigen. Zum ersten Mal haderte Norbert Paulini mit den Zeitläuften. Helene Kate hatte kein Testament hinterlassen. In den Unmengen an Zahlungsbelegen, die sie seit 1938 aufgehoben hatte, fanden sich keinerlei Unterlagen, die bewiesen oder auch nur darauf hingedeutet hätten, dass Helene Kate tatsächlich Eigentümerin der »Villa Kate« gewesen war. Einen Rechtsanwalt konnte er sich sparen. Der Gedanke, das Haus zu kaufen, war lächerlich.

Elisabeth und Marion, von der stetig misslicher werdenden Lage ihres Idols verfolgt, drängten Norbert Paulini hin und wieder, sich in anderen Antiquariaten zu bewerben – oder eben in Buchhandlungen. Dabei hatten sie selbst allmählich den Glauben an ihre Vorschläge verloren und waren erleichtert, wenn er »nein, nein« rief und mit dem Zeigefinger wedelte, »ich habe eine andere Vorstellung von meinem Berufsleben! Ich komme aus anderen Zeiten und hoffe, in andere Zeiten zu gehen.«

Als bereits die Frist der ersten Räumungsklage verstrichen war, der Gerichtsvollzieher, ein sanfter Mann aus der Nachbarschaft, ihm eine zweite überbracht hatte und Norbert Paulini nun darauf wartete, mitsamt seinen Büchern auf die Straße gesetzt zu werden, legte ihm Elisabeth eine Stellenanzeige vor.

»Die ist wie maßgeschneidert«, sagte sie. Eine neu eröffnete Pension »Prellerstraße« suchte einen Nachtportier. Norbert Paulini schwang sich auf sein Rad und hatte Glück, die Inhaberin anzutreffen.

»Ach!«, rief sie, »der Herr Antiquar!« Nach dieser Begrüßung war alles leicht. Sie unterhielten sich über die selige Frau Kate, das Antiquariat und die neue Zeit. Norbert Paulini stimmte mit ernstem Gesicht allen Bedingungen zu und bedankte sich für das Angebot, am Frühstück teilnehmen zu dürfen. Die drei Mark, die ihm dafür in Rechnung gestellt werden würden, betrachtete er als symbolischen Obolus.

Elisabeth war es wieder, die in Dresden-Niederpoyritz eine kleine leerstehende Scheune ausfindig machte, deren Dach noch tadellos war und die Norbert Paulini bis auf weiteres für fünfzig D-Mark monatlich zur Verfügung stünde. Er brauchte sich nicht einmal um den Transport seiner Bücher, Regale und der Registrierkasse zu kümmern, sondern nur das Ein- und Auspacken der Bücherkartons zu überwachen. Ganz in der Nähe fand sich im Parterre eines alten Fachwerkhauses eine Zweiraumwohnung für ihn. Die Decken waren niedrig und die Fenster klein, aber die Öfen zogen gut, es war nichts verhunzt, es gab ein neues WC und eine Duschkabine. Das kleinere der Zimmer richtete er für Julian ein. Elisabeth versprach, sich um den Garten zu kümmern – eigentlich waren es zwei Gärten, ein kleiner zur Pillnitzer Landstraße hin und ein großes verwildertes Stück, das sich hinter dem Haus den Hang hinauf erstreckte. Er erinnerte sich an das Gärtnerbuch, das er in einem Konvolut von Erstausgaben Rudolf Borchardts für fast nichts erworben hatte. Aber die Borchardts waren zu schnell wieder raus gewesen, als dass er mehr als die ersten Seiten hätte lesen können.

Zu seinen Büchern musste Norbert Paulini nur hinunter zur Straße und auf der anderen Seite den Weg geradeaus weiter hinab. Links passierte er einen geschlossenen Gasthof, rechts irgendein Lager. Nach einer großen Hecke war er schon da. An der südlichen Giebelseite der Scheune, zum Fluss hin, war eine Sonnenuhr angebracht. Dahinter breitete sich eine Wiese aus, die die Leute »Plantage« nannten. Ein Pfad führte durch das Gras zu einem Streifen aus Bäumen und Sträuchern. Dann noch ein paar Schritte, und plötzlich floss die Elbe dahin, als hätte sie einem jemand zu Füßen gelegt. Stromaufwärts, auf der anderen Seite, paradierten wie für ihn aufgereiht die Häuser des Laubegaster Ufers. Stromab führte der Uferweg zur Fähre, dahinter erhob sich der Fernsehturm als Wegmarke.

Es kam Norbert Paulini vor, als wäre es die Kraft seiner Träume gewesen, die diese Wendung bewirkt hätte. Zwar kam die neue Gegenwart anders daher als erhofft, aber im Grunde entsprach sie all seinen Wünschen. Bald war er wie vernarrt in seine neue Bleibe, in der er aus dem Küchenfenster sogar einen Blick auf den Fluss erhaschen konnte. Sobald die Bäume ihr Laub verlören, hätte er freie Sicht. Ihm gefiel die Erdennähe seines neuen Lebens. Ein Schritt, und er stand draußen. Er brauchte nur Fliegenfenster, dann konnte er es den ganzen Tag zwitschern und summen hören.

Ob das nicht Sklavenarbeit sei, hatte ihn Viola gefragt, von acht Uhr abends bis acht Uhr morgens. Arbeitete sie nicht auch von acht Uhr früh bis acht Uhr abends, wenn auch in die eigene Tasche? Dafür war er frei. Ihn störte kaum jemand beim Lesen.

Er liebte es, auf die Fähre zu warten, er genoss die Überfahrt. Die Anwesenheit aller Elemente – der Pfeife rauchende Fährmann und der tuckernde Motor mussten für das Feuer herhalten – versetzte seinen Arbeitsweg auf eine Art mythische Bühne. Er hatte alle Prüfungen bestanden. Er war seinen Büchern treu geblieben. Er war sich treu geblieben. Wer außer ihm durfte das noch von sich behaupten?

Kapitel XXXIV

War Norbert Paulini imstande zu lieben? Ich kann die Frage nicht beantworten. Man müsste Hana Semerova fragen.

Hana war deutlich jünger als er, blond und vom Typ her Viola ähnlich. Sie kam aus der Slowakei und putzte für jeweils drei Monate in der Pension »Prellerstraße«. Nie habe ihr jemand mehr Achtung für ihre Arbeit gezollt als Norbert Paulini. Nie habe sie jemand aufmerksamer, höflicher, zuvorkommender behandelt und sich für sie eingesetzt. Er habe sogar gegen ihren Wunsch für sie dieselbe Frühstücksregelung erstritten wie für sich und darauf bestanden, ihre drei Mark zu übernehmen.

Hatte Hana Semerova nachmittags ihre Arbeit beendet, fuhr sie mit der Straßenbahn oder dem Fahrrad nach Niederpoyritz und kochte ihm sein »Frühstück«, wie sie es nannte. Abends kehrten sie gemeinsam in die Pension zurück. In ihrem Zimmer unterm Dach sprach er über das Buch, das er sich für diese Nacht vorgenommen hatte, warum er es ausgewählt hatte und welche Lücke es füllte. Saß er dann hinterm Empfangstresen, befriedigte ihn die Vorstellung, ihren Schlaf zu bewachen. Energisch legte er morgens einen Finger vor den Mund, wenn die Küchenfrau ihn gegen fünf zu laut begrüßte.

Viola, vor der er sein Glück verbarg, sah in seinem Arbeitseifer vor allem die Flucht vor den Pflichten eines Vaters.

Das Jahr, das sich an seinen Umzug anschloss, muss eines seiner glücklichsten gewesen sein. Beendet wurde es vom Verschwinden Hanas, die nach einem ihrer mehrwöchigen Aufenthalte in der Slowakei nicht mehr zurückkehrte. Norbert Paulini fuhr nach Košice, doch nur um herauszufinden, dass ihre Adresse und offenbar alles, was sie ihm erzählt hatte, nicht in dieser Welt zu finden war, jedenfalls nicht in Košice.

Zum ersten Mal beantragte er Urlaub. Er sah sich nach einer anderen Stelle als Nachtportier um, fand jedoch keine zumutbare.

Während dieser Leidenszeit ereignete sich etwas, das nicht der Rede wert wäre, eine Lappalie, wie sie jeder Rezeptionist in der einen oder anderen Form womöglich täglich erlebt.

Kurz nach Mitternacht kehrten zwei Gäste, Geschäftsleute aus Hessen und Baden-Württemberg, in die Pension zurück, froh, im jeweils anderen einen gefunden zu haben, der einen verstand, wirklich verstand. Die Unwissenheit von geschäftlichen Abläufen und Gepflogenheiten vor Ort sei noch immer grotesk! »Grotesk!«, wiederholte der eine. Vielleicht fielen Wörter wie »Buschzulage« und »Eingeborene«. Einer gebrauchte das Adjektiv »läufig« für die Ostfrauen, ein Wort, das den anderen begeisterte. Zwischendurch nannten sie ihre Zimmernummern und überhörten die Bitte Norbert

Paulinis, leise zu sprechen. Eine Weile wartete er mit den Schlüsseln in Händen auf das Ende ihres Gesprächs. Statt sich dann endlich ihm zuzuwenden, hielt einer der beiden Geschäftsleute seine linke Hand über den Tresen, ohne seinen Geschäftsfreund aus den Augen zu lassen.

Da aber hatte Norbert Paulini die Schlüssel bereits zurück an die Haken gehängt und wieder Platz genommen, das aufgeschlagene Buch vor sich.

»Uuups?«, sagte der mit der ausgestreckten Hand.

»Was war das jetzt?«, fragte der andere.

Norbert Paulini fühlte sich nicht angesprochen.

»Die Schlüssel«, sagte grinsend der Erste.

Norbert Paulini hob den Kopf und wies die beiden darauf hin, dass er sie gebeten habe, leise zu sprechen, er sei für die Nachtruhe der Gäste verantwortlich. Wenn sie seinen Anweisungen Folge leisteten und ihn erneut in der entsprechenden Form um ihre Zimmerschlüssel bitten würden, stünde ihrer Übernachtung in der Pension nichts im Wege. Andernfalls müsse er ihr Verhalten als Hausfriedensbruch werten und sie auffordern, eine andere Herberge aufzusuchen.

Unglücklicherweise forderte jener, der »uups« gesagt hatte, Norbert Paulini auf, ihnen die Schlüssel auf der Stelle auszuhändigen und sich für seine Anmaßung zu entschuldigen. »Andernfalls haben Sie hier die längste Zeit gehockt!«

Es endete tatsächlich mit einer Schlägerei und einem polizeilichen Protokoll, bei dem Norbert Paulini darauf bestand, den Satz »Wenn die Sieger Tempel und Götter der Besiegten achten, dann vielleicht erliegen sie nicht dem eigenen Sieg« als seine persönliche Aussage mit aufzunehmen.

Norbert Paulini behielt seine Stelle, allerdings auf Bewährung, wie er die Schelte seiner Chefin zusammenfasste.

Kapitel XXXV

Um sich von seiner nächtlichen Lektüre zu erholen, setzte sich Norbert Paulini, sofern es das Wetter erlaubte, nach der Überfahrt mit der Fähre auf eine Holzbank unterhalb der »Erbgerichtsklause«, breitete die Arme auf deren Rückenlehne aus und betrachtete den Fluss, der sich wie ein friedlicher Leviathan räkelte.

Norbert Paulini trug keine Sehnsucht in sich, er wollte nirgendwohin. Nachts reiste er immerfort, er war überall auf der Welt, und er war es zu allen Zeiten. Und er hatte an seinem Ort und in seiner Zeit überlebt. Er hatte als Geistesmensch überlebt, sich nicht gebeugt und allen gezeigt, was es bedeutete, zu sich selbst zu stehen, also zu den Büchern. Ihm gegenüber durfte niemand jammern. Wer sagte denn, dass man keine Opfer bringen musste?

Die Kommunistin hatte ihn verraten. Und der Westen hatte ihn seiner Bleibe für die Bücher und die Familie beraubt, im Glauben, damit das Unrecht der Kommunisten zu sühnen. Aber waren nicht letztlich dieselben oben geblieben, die schon früher oben gewesen waren? Gebärdeten sich die Künstler nicht schlimmer denn je als Linke, die Westler noch mehr als die Ostler? Hatten sie immer noch nichts gelernt?

Man konnte es drehen und wenden, wie man wollte:

So wie er früher dem Staat die kalte Schulter gezeigt und das Leben eines Dissidenten geführt hatte, so war er jetzt erst recht ein Dissident. Nur dass der Westen Eigensinn und Unabhängigkeit mit anderen Mitteln bestrafte. Ein Prinz Vogelfrei war nirgendwo vorgesehen. Er kämpfte immer allein. Trotzdem, sein Antiquariat würde er sich zurückholen, die Insolvenz überwinden und seinen Salon zu neuem Leben erwecken, sagte er sich ein ums andere mal; zu ganz neuem.

Wenn ihm etwas Sorgen machte, dann Julian. Er konnte es kaum erwarten, den Jungen wiederzusehen. War Julian dann aber mit seinen sieben Sachen aus Violas Opel Kadett geklettert, wusste er nicht, was er mit ihm anstellen sollte. Wenn er ehrlich war, störte ihn der Junge. Zudem kämpfte er gegen Julians Unkultur, er kämpfte gegen Ellbogen und Unterarme auf dem Tisch, gegen das hastige Löffeln und Schnappen, mit dem Julian seine Cornflakes verschlang. Reichte er ihm eine Brotscheibe oder das Salz, schien es, als entrisse der Junge ihm die Dinge. Er sprach mit vollem Mund, und wenn er etwas nicht verstand, fragte er nicht: Wie bitte? Sondern einfach nur: Was? Ja, es war vor allem Julians schludriger Sprachgebrauch, der Norbert Paulini kränkte, verletzte und ratlos machte. Er konnte ihn doch nicht für alles und jedes, was er tat oder unterließ, kritisieren. Aber all dies zu erdulden überstieg seine Kraft und widersprach seiner Überzeugung.

»Bei mir isst er ganz normal«, pflegte Viola zu antworten.

Doch dann geschah eine Art Wunder. Elisabeth Samten kehrte aus Berlin zurück. Sie hatte sich von Ilja Gräbendorf getrennt und kurz darauf auch ihr Studium hingeschmissen. Berlin war nichts für sie.

An den Tagen, an denen Julian bei seinem Vater nächtigte, war sie es, die mit ihm spielte, für die Paulinis kochte und bei dem Jungen blieb, wenn Norbert Paulini Dienst hatte. Morgens brachte sie ihn in die Schule. Elisabeth hatte eine Art, Julian zu beschäftigen, dass dieser bald mit Eifer bei allem mittat, sei es im Haushalt, beim Kochen, im Garten, beim Einkaufen. Vor allem aber scheuchte sie Vater und Sohn an den Wochenenden hinaus, entweder in die Sächsische Schweiz oder, wenn Schnee lag, zum Langlauf nach Altenberg und Zinnwald. Norbert Paulini verstand nicht, warum er nicht selbst auf diese Idee gekommen war. Bald hing Julian an Elisabeth mehr als an jedem anderen Menschen.

Norbert Paulini versuchte, nach ihrem Vorbild mit ihm umzugehen. Aber er brauchte eine als Spiel getarnte Bitte nur auszusprechen, um zu bemerken, dass ihn bereits sein Klang verriet. Es war wie mit Lehrern. Oder wie mit Lyrik. Entweder hatten die Leute eine Stimme, dann war es nicht wichtig, worüber sie sprachen. Oder sie hatten keine, dann half auch der klügste Gedanke nichts.

War Elisabeth gegangen, bemerkte Norbert Paulini an seinem Sohn die eigene Unsicherheit, ja Angst, die er selbst gegenüber seinem Vater verspürt hatte. Er war Elisabeth dankbar, er bewunderte sie, doch nagte auch die Eifersucht an ihm.

Nein, sagte Norbert Paulini auf einem Ausflug mit Julian ins Café »Toscana«, er suche keine Frau. Zweimal habe er Frauen ganz und gar vertraut. Aber sie hätten Schindluder mit seiner Liebe getrieben. Später einmal würde er es ihm genauer erzählen. Nach dem »Toscana« waren sie wie aus Versehen in die Brucknerstraße geraten. Die »Villa Kate« war mit Baugittern umstellt. Es war aber leicht, diese am Rand, dort, wo sie nicht miteinander verkettet waren, ein Stück zu verschieben.

»Das war unser Haus«, sagte Norbert Paulini. »Da unterm Dach bist du gekrabbelt und hast Laufen gelernt.«

Norbert Paulini musste nachzählen. Seit sieben Jahren war er nicht mehr in der Brucknerstraße gewesen. Schon oft hatte er sich anhören müssen, völlig umsonst aus der »Villa Kate« ausgezogen zu sein. Aber nun tatsächlich vor Augen zu haben, wie Gräser und Gestrüpp aus der Dachrinne wuchsen und nahe des Schornsteins zwischen den Dachziegeln sprossen, als wollte sich das Haus tarnen, erfüllte ihn mit Häme und machte ihn wütend, verschaffte ihm Genugtuung und setzte eine Wehmut in ihm frei, gegen die er machtlos war. Keine Scheibe in der ersten Etage war unversehrt, im Erdgeschoss waren die Fenster mit Sperrholzplatten verrammelt. Zudem musste es gebrannt haben, an zwei Stellen zeigten die oberen Fensterleibungen Rußspuren. Selbst die Kastanie im Hof langte nun mit einem Ast über eine Ecke des Daches, ein anderer Ast kratzte am Gemäuer.

Er hörte etwas splittern.

»Ich war das nicht«, sagte Julian und ließ die Kastanien fallen.

»Warum lügst du?«

»Das ist nicht mein Haus«, erklärte Julian.

»Komm her«, kommandierte Norbert Paulini. Sie gingen zu der mit Brettern verbarrikadierten Haustür. Das Klingelbrett mit dem weißen, wackligen Knopf war noch da. Wie lange hatte er ihn nicht mehr unter der Fingerkuppe gespürt.

»Lies!«, sagte er.

»An-ti-qu-a-ri-at«, buchstabierte Julian.

»Quak nicht wie ein Frosch«, schimpfte Norbert Paulini. »Noch mal!«

»Anti-quari-at«, wiederholte der Junge.

»Und hier?«

»Unser Name«, flüsterte Julian.

»Glaubst du mir?«

»Und warum?«

»Warum wir nicht mehr hier wohnen?«

Julian nickte.

»Weil es uns nicht gehört hat. Und der Frau, die es mir vererben wollte, hat es auch nicht gehört.«

»Und der Besitzer hat uns rausgeworfen?«

»Es war eine Familie, die mussten flüchten, nach dem Zweiten Weltkrieg.«

»Und dann mussten wir flüchten?«

»Sie haben mich mal besucht und sich bei uns umgesehen. Ich dachte, die suchten Bilder oder wollten was über mich schreiben oder wären Gäste von Frau Kate, hier unten, da war die Pension. Ich denke, dass sie es gewesen sind.« Er fuhr Julian durchs Haar. »Wahrscheinlich gibt's noch jemanden, der sagt, dass ihm das Haus gehört. Und jetzt streiten sie sich.«

Norbert Paulini ging zurück, schob sich durch den Spalt zwischen den Gittern, wartete, bis Julian, der noch auf den Klingeln herumdrückte, hindurchgeschlüpft war und zog den Betonklotz samt Gitter wieder heran. In der Abendsonne wirkten die Löcher in den Scheiben noch schwärzer, wie Scherenschnitte zeigten die Umrisse gut erkennbar einen Mädchenkopf und daneben einen Vogel. Es stimmte sogar. Da war das Fräuleinzimmer gewesen, jenes das Vogelzimmer. Aber das zu erklären hätte zu weit geführt.

Kapitel XXXVI

Elisabeth hielt Julian fest. Er wischte sich mit dem Unterarm über die Stirn und verschmierte den Dreck darauf nur noch mehr. Er hätte sich losreißen können, er war gerade dreizehn geworden. Oder stützte sich Elisabeth auf ihn? Diese strahlenden späten Augusttage waren ein Hohn. Es stank nach dem Schlamm, den die Flut zurückgelassen hatte. Von hier aus war das Dach der Scheune nicht zu sehen. Aber dort, wo Norbert Paulini im Matsch stand und das Wasser mit Steinen bewarf, hatte er es im Blick. Sein Geschrei und Gebrüll war zu hören, auch sein Ächzen, als schleuderte er jeden Stein mit einem Fluch gegen das Wasser. Die scharfen Kanten des Schotters, den die Straßenbauer vor zwei Wochen hier noch abgeladen hatten, sollten das Wasser verletzen, die Elbe sollte stöhnen vor Schmerz.

Am Abend – wie lange war das jetzt her, drei Tage, drei Monate, ein Jahr? – war er zur Fähre gefahren.

»Wir machen dicht, da kommt 'ne Welle, bring deinen Kram weg. Und mach schnell!«, rief der Fährmann, als Norbert Paulini die Landungsbrücke betrat. Der Stiel der Fährmannspfeife hatte sich wie ein hin- und herschwingender Zeiger bewegt. Und wohin würde die Fähre verschwinden?

Norbert Paulini kannte die Markierungen der höchsten Pegelstände des Flusses an den Häusern. Wie oft hatte er sich eine Sächsische Sintflut gewünscht wie die von 1845. Das Land sollte absaufen mit Mann und Maus, eine Handvoll Gerechter darüber in einer Arche.

Norbert Paulini rief Elisabeth an, dann Marion. Dann benachrichtigte er die »Prellerstraße«.

»Ich kann nicht«, sagte er, als er die Chefin am Apparat hatte. »Wir müssen retten, was zu retten ist.«

»Gut«, antwortete sie nach einer kurzen Pause. »Aber morgen sind Sie wieder da.«

Sie glaubte ihm nicht. Hatte er übertrieben? Hatte er sich lächerlich gemacht? Elisabeth und Marion taten, was er sagte. Marion schaffte mit ihrem Passat vier Fuhren, die erste noch eingeschränkt von den beiden Kindersitzen auf der Rückbank.

Um Mitternacht war für sie Schluss. Elisabeth pendelte in einem fort mit ihrem alten Golf zwischen Niederpoyritz und dem Weißen Hirsch. Norbert Paulini fiel nichts Besseres ein, als per Handwagen die Bücher in sein Fachwerkhaus zu karren. Die Erstausgaben, die seine Rentenversicherung waren, zuerst, die Graphik, die alten und raren Ausgaben, die Künstlerbücher, dann die Gesamtausgaben, dann würde er die Regale von unten nach oben ausräumen. Der Himmel war aufgeklart. Sternschnuppen wären zu sehen gewesen, wenn er sich die Zeit genommen hätte, das Firmament zu betrachten. Der Wetterdienst prophezeite einen warmen Spätsommer bis in den September hinein. Norbert Paulini war seine

Panikmache peinlich. Andererseits: Ihm würde man das verzeihen. Die Ängstlichkeit in Sachen Bücher gehörte zu dem Bild, das andere von ihm hatten. Was blieb ihm denn sonst? Die Nachrichten klangen ja tatsächlich bedrohlich. Die Weißeritz in Dresden-Plauen hatte sich in ihr altes Flussbett ergossen und den Hauptbahnhof geflutet.

Norbert Paulini machte weiter, weil Elisabeth wie ein Uhrwerk schuftete. Sie erholt sich unterwegs, tröstete er sich. Er war nicht müde. An Nachtarbeit war sein Körper seit fast zehn Jahren gewöhnt.

Als es hell wurde und Elisabeth auf dem niedrigen Scheunentisch ein Picknick bereitete – sie hatte selbst an Salz und Pfeffer und Eierbecher gedacht –, ließ sich Norbert Paulini in einen alten Ledersessel fallen und sagte: Geschafft. Es schmeichelte ihm, dass trotz der Anstrengung einer ganzen Nacht sein Bestand kaum dezimiert wirkte.

Zu zweit waren sie dann hinunter zur Elbe geschlendert – und standen plötzlich knöcheltief im Wasser. Noch vor den Bäumen und Büschen, hinter denen es hinab zum alten Uferweg ging, waren sie in eine Lache getreten. Norbert Paulini strebte schimpfend weiter und blieb so abrupt stehen, dass Elisabeth gegen ihn lief. Einige Handbreit tiefer trieb und strudelte und gluckste die schwarze Masse dahin. Drüben in Laubegast vor dem Volkshaus, wo das Ufer hoch und befestigt lag, sah er den Anstieg. Hinter ihm aber erstreckte sich nur die Wiese, die »Plantage«. Wenn er Glück hatte, war das noch ein Höhenmeter. Und dann die Scheune.

»Oh Gott!«, sagte Elisabeth, »oh Gott!«

Sie wateten zurück und hielten in ihren schlammigen Schuhen einen Moment vor der Scheunentür inne. Elisabeth trat als Erste ein, zog die Kabel und Stecker aus dem Bildschirm und trug ihn zum Auto. Er folgte mit dem Computer und der Tastatur, sah zu, wie Elisabeth die Sachen verstaute, rührte sich aber nicht von der Stelle, als sie wieder in der Scheune verschwand. Geschah kein Wunder, das verstand er jetzt, war es eine Frage von Stunden, bis das Wasser die Bücher erreichte.

Die Zeit, die er allein zubringen musste, nachdem Elisabeth wieder losgebraust war, dehnte sich endlos. Wie lächerlich es war, seinen Karren zu füllen und hinaufzuschieben. Ihm kam es vor, als würde er mit einer Kasserolle den Fluss ausschöpfen wollen. Als Elisabeth endlich kam, brüllte er sie an, er deutete auf ihre frischen Schuhe. Wie konnte sie ihn so im Stich lassen!

»Ich hab rumtelefoniert«, schrie sie zurück. »Der Zwinger säuft ab, die Oper, alles.«

Keine halbe Stunde später sprang Julian aus dem kleinen schwarzen BMW seiner Mutter. Viola wendete unter Hupen der ihr nachfolgenden wie der ihr entgegenkommenden Wagen und reihte sich in die andere Karawane ein, die sich in Richtung Stadt schob.

Norbert Paulini entglitt sein Gesicht vor Glück, als er Julian erblickte. Kaum hatte er ihn an sich gedrückt, fuhr er den Jungen an, ob er den Verstand verloren habe, jetzt frühstücken zu wollen. Julian ließ Messer und Brötchen sofort fallen.

Gegen Mittag, als die Polizei erschien, waren ein paar mehr Reihen ausgeräumt, aber nur teilweise abtransportiert. Hätten nicht Marion und Elisabeth mit den Polizisten verhandelt, wäre bereits Schluss gewesen. Vielleicht ignorierten sie auch einfach die Anweisungen. Etliche Anwohner waren bereits evakuiert, und die Straße war gesperrt worden, es blieb nur noch Paulinis Fachwerkhaus und Garten, um die Bücher zu retten. Das Schlimmste aber war die Stille.

»Geben Sie her«, sagte eine Frau, die mit Rucksack und einer blauen Ikea-Tasche erschienen war. Norbert Paulini kannte sie nicht einmal vom Sehen.

»Nehmen Sie, was Sie tragen können«, sagte er. Die Leute, die am Hang wohnten, stellten sich nun wie Plünderer ein, denen Norbert Paulini seine Bücher in die Taschen, Beutel und Rucksäcke stopfte.

»Nehmen Sie doch, greifen Sie zu!«, rief er, wenn sie begannen, sich vor ihm anzustellen.

»Haben Sie die alle gelesen?«, staunte ein Mann.

Als es dämmerte, hatte die Polizei kein Erbarmen mehr. Sie drohten, Julian abzuführen, weil der ihnen bereits zum zweiten Mal entwischt war. Die Kiste, die er herausschleppte, war die letzte. Die Dunkelheit ersparte es Norbert Paulini, mit ansehen zu müssen, wie sich das Wasser die Scheune nahm.

Norbert Paulini warf noch immer den Schotter in die anschwappenden Wellen, aber er hatte aufgehört, sie zu verfluchen. Elisabeth ließ Julian los. Sie stemmte den rechten Arm in die Seite. In der Nacht hatte sie für

Augenblicke halluziniert. Sie überlegte, wo sie ihr Auto abgestellt hatte. Oder träumte sie das alles? Ein Gähnen riss ihr den Mund auf. Und wenn die Polizei kam und sie fand, sie und die Steine werfenden Paulinis, dann würde sie nicht mehr diskutieren, sich nicht mehr wehren und verstecken. Sie würde ihnen sogar entgegengehen in der Hoffnung, verhaftet zu werden. Das wäre der schnellste Weg, um einen Platz zu finden, an dem es endlich wieder möglich sein würde zu schlafen.

Kapitel XXXVII

Es hätte nicht des verbogenen Stabs der Sonnenuhr bedurft, an dem Lappen und Unrat hängen geblieben waren, noch dessen verirrten Schattens, der vergeblich nach Strichen und Zahlen suchte, um zu erkennen, dass Norbert Paulinis Zeit in Niederpoyritz abgelaufen war.

Bald schon hatte er die Entscheidung getroffen, sich mit den geretteten Büchern in die Sächsische Schweiz zurückzuziehen. Der Fluss hatte ihn genauso betrogen wie die Frauen, vielleicht noch schlimmer. Sobald wie möglich wollte er nachlesen, wie es Noah beim Öffnen der Arche ergangen war. Ganz sicher stand da nichts von Schlamm und Gerümpel in der Bibel, von Auswurf und Gestank, von Kadavern und Leichen, eben von all dem, was eine Sintflut zurückließ.

Es hätte ihm weniger ausgemacht, wenn die Bücher verbrannt wären. Aber keine zweihundert Meter entfernt zu stehen und zu wissen, dass keine Macht der Welt in der Lage war, die Drecksflut davon abzuhalten, in seine Bibliothek einzudringen, Fach um Fach hinaufzusteigen, bis sie die Bücher Reihe um Reihe besudelte, das war unmenschlich, das war Folter. Nur die obersten Reihen waren verschont geblieben. Die anderen waren in Wasser und Schlamm versunken und erstickt.

Am liebsten hätte er eine Planierraupe geschickt, wenn da nicht die Regale gewesen wären. An den Regalen entschied sich seine Zukunft als Antiquar. Sie hatten standgehalten, sie waren aufrecht stehen geblieben dank der Verankerung in der Wand. Drei Tage hatten sie Wasser und Schlamm getrotzt. Jetzt waren sie entstellte Wesen. Wenn er sie aber schnell und sachgerecht behandelte, behielten sie ihren Gebrauchswert. Er würde allein mit ihnen sein. Er brauchte keine Besucher mehr, keine Verkaufsräume, keine Registrierkasse – ausgerechnet die und der Ledersessel waren gerettet worden –, keine Öffnungszeiten. Es gab das Internet. Er musste nur Rechnungen schreiben dürfen, das war alles.

Seit zwei Jahren war kein Tag vergangen, an dem er nicht seine Bestände eingetippt hatte. Zu den bibliographischen Angaben trat der Erhaltungszustand und, wenn es sich ergab, etwas Persönliches, Lesefrüchte, die auf andere Bücher verwiesen, also ganz so, wie er früher seinen Besuchern weiterführende Lektüren an die Hand gegeben hatte. Im Zweifelsfall entschied nicht nur der Preis, sondern die Sorgfalt und Aura des Anbieters, die dem Buch in der Welt seinen Platz verschafften. Nach der Flut aber fehlten Norbert Paulini zu mehreren tausend Einträgen die Bücher.

Er und Julian waren nach zwei Tagen Erholung in Elisabeths Wohnung auf dem Weißen Hirsch in ihr Fachwerkhaus zurückgekehrt, in dem sie, beinah wie Norbert Paulini in seiner Kindheit, zwischen und auf den Büchern schliefen.

Die Leute warfen ihm Zettel und Kuverts in den Briefkasten, er sollte doch wissen, wo seine Bücher geblieben waren.

»Es geht ihnen gut«, schrieb eine Frau.

Auf staatliche Entschädigung konnte Norbert Paulini nicht hoffen. Er besaß keinen offiziellen Mietvertrag, keine Versicherung, beim Gewerbeamt war er weiterhin als insolvent gemeldet. Und seine Mietwohnung hatte keinerlei Schaden genommen.

Spendengelder aber erhielt er. Auch sein Vater, Elisabeth und Marion legten für ihn zusammen. Treue Kunden – also jene, die keine Rechnung brauchten – kauften oder schossen ihm Geld vor. Und Viola erlöste ihn aus der Insolvenz. Nun brauchte Norbert Paulini nur noch in der »Prellerstraße« zu kündigen und seine Bücher einzusammeln. Ein entkerntes und mit dem nötigsten ausgestattetes Bauernhaus erwartete ihn und seine Bücher in Sonnenhain im Landkreis Sächsische Schweiz-Osterzgebirge.

Schnell hatte sich herumgesprochen, dass dem Antiquar, der »fast alles verloren hatte« oder, wie man auch sagte, dem »alles genommen worden war«, keine andere Wahl blieb, als die Stadt zu verlassen. Und seine Helfer strömten wieder herbei. Kaum dass der Umzugswagen zum ersten Mal vorgefahren war, erschienen aus den Nachbarhäusern, später aus ganz Niederpoyritz, schließlich auch aus Wachwitz, Pappritz, Rockau und anderen Stadtteilen, jene, die in der Stunde der Not zur Stelle gewesen waren. Sie brachten ihm seine Bücher zurück. Norbert Paulini sah durchaus auch die anderen Bücher, die hier und da beigemengt waren, Bücher, die er selbst nicht in seinem Antiquariat geduldet hätte. Aber was machte das schon. Die jungen Kellner aus dem »Erbgericht« trugen ihre kleinen runden Tische, von denen weiße Tischdecken wehten, wie Baldachine über dem Kopf heran und bauten darauf das Buffet für Kuchen und Schlagsahne, Kaffee und Wein, Salate und Gebäck, Kartoffelsuppe und Chili con carne, so dass sich die Abfahrt zum Leidwesen des Fahrers um mehrere Stunden verzögerte. Bei der zweiten Fuhre, die für den ersten Samstag im Oktober angekündigt gewesen war, bedankte sich Norbert Paulini seinerseits mit einer kargen Bewirtung. Beinah alle, die ihn ansprachen, erzählten von einem Sohn oder einer Tochter, einer Verwandten oder einem Freund oder gar von ihrem Mann oder ihrer Frau, die gleich ihm die Stadt hatten verlassen müssen, weil sie hier keine Arbeit fanden oder keine Wohnung. Es sei auch kein Wunder, wenn nicht mehr sie bestimmten, sondern die Chefs aus dem Westen. Oder? Schließlich hatte sich Norbert Paulini auf den Beifahrersitz des Möbelwagens geschwungen, der Motor sprang an und langsam setzte sich das Gefährt in Bewegung. Norbert Paulini blieb ausreichend Zeit, von seinem erhöhten Platz aus den Zurückbleibenden zuzuwinken. Er lächelte und seine Hände schienen beschwichtigen zu wollen, als jemand »Hoch Prinz Vogelfrei« rief, aber seine Augen leuchteten.

Auf der Fahrt über Lohmen und Hohenstein fiel ihm

jene Episode ein, die er in diesem Sommer aus dem »Humoristen« von 1849 abgetippt hatte, »Humboldt im Gedränge« hieß sie und schilderte, wie Berliner Arbeiter und Bürger im März 1848 die Öffnung der Häuser verlangten, um sich gegen die anrückenden Truppen verteidigen zu können. Als sie in ein Haus in der Oranienburger Straße eindrangen, fanden sie an der Wohnungstür im ersten Stock kein Namensschild. Nichts tat sich auf ihr Klopfen hin, also brachen sie die Tür auf. Nun kam ihnen ein alter Herr entgegen, der sich unglücklich darüber zeigte, dass sie die Wohnung eines Mannes, der ganz der Wissenschaft lebe, so zweckentfremdet verwenden wollten. Gefragt nach seinem Namen antwortete er: Humboldt. Wie? War er der berühmte Mann dieses Namens? Er heiße Alexander von Humboldt, wiederholte er. Daraufhin zogen sie ihre Mützen und Hüte vom Kopf, bedauerten unter wiederholten Entschuldigungen, dass weder ein Schild noch ein Nachbar sie darauf aufmerksam gemacht hatte, wer hier wohnte. Das wäre sonst niemals geschehen. Zu seinem persönlichen Schutz postierten sie vor der Haustür eine Wache.

Diejenigen, die Norbert Paulini in Sonnenhain erwarteten, bewachten schon seit Tagen seine neue Bleibe. Norbert Paulini wunderte sich darüber, wie selbstverständlich die Fingerkuppen seiner rechten Hand die Schläfe berührten, um die Leute vor seiner Tür salutierend zu grüßen. Die meisten jedoch, das sah er von hier oben genau, bemerkten es nicht einmal.

Kapitel XXXVIII

»Auf Besuch bin ich leider unvorbereitet«, sagte Norbert Paulini mit einer leichten Verbeugung. »Jedenfalls nicht auf ein Verhör. – Ich weiß schon«, er hob beschwichtigend die Hände, »Sie werden das anders nennen. Darf ich Ihre Dienstgrade erfahren?«

»Kriminalhauptkommissar, Kriminalkommissar«, sagte der Ältere, ohne sich nach dem großen schlanken Mann im Anzug umzusehen, der sich erneut sein schwarzes, glänzendes Haar zurückstrich.

»Sie müssen ja beschäftigt sein«, sagte Norbert Paulini an diesen gewandt, »Sie finden wohl keine Zeit, sich ordentlich zu rasieren. Oder tun Sie es vorsätzlich?«

Der Angesprochene ging nicht darauf ein, und auch sein älterer Kollege schwieg. Die Betrachtung des Raumes schien sie ganz in Anspruch zu nehmen.

»Donnerlittchen!« Der Ältere sog Luft durch die Zähne. »Da haben Sie ja was zusammengebracht.«

»Tun Sie sich nur keinen Zwang an«, sagte Norbert Paulini und machte eine einladende Geste. »Was anderes werden Sie hier nicht finden.«

»Ein einziges Zimmer?«, fragte der Jüngere.

»Zimmer ist gut.« Norbert Paulini nahm die zwei Stufen aus dem Eingangsbereich in den Innenraum mit einem Satz. Ihnen voran schritt er die Bücherfront ab, die hinauf bis an den offenen Dachstuhl reichte und sich über die gesamte Länge des Hauses erstreckte. Erst vor dem großen Fenster am Ende des Raumes blieb er stehen.

»Südwesten, abends steht hier fast regelmäßig die Welt in Flammen«, sagte er. »In späten Himmel tauchen Türme zart und ohne Schwere, die Ufer hütend, die im Schoß der kühlen Schatten schlafen, nun schwimmt die Nacht auf dunkel starrender Galeere, mit schwarzem Segel lautlos in den lichtgepflügten Hafen.«

»Haben Sie das gedichtet?«, fragte der Jüngere und strich sich das Haar zurück. Norbert Paulini sah ihn kurz an.

»Von hier geht es hinab ins Kirnitzschtal, dann wieder hinauf«, sagte er. »Was Sie da sehen sind die Affensteine. Wissen Sie, wer Kirnitzsch gewesen ist? Sein Grab ...«

Der ältere Kommissar hob die Hand.

»Könnten wir uns irgendwo setzen?« Unter dem Fenster lagen quer zwei zusammengeklappte Liegestühle gegen die Wand gelehnt, deren rote und blaue Farbstreifen ausgebleicht waren.

»Kirnitzsch war ein junger Mann, der hier vor langer Zeit verunglückt ist«, erklärte Norbert Paulini und trat den Rückweg an. »Sein Tod ist nie aufgeklärt worden. Wir kennen nur Gerüchte. Heute ist das auch nicht anders, eine Halbwahrheit jagt die andere.«

Die Kommissare folgten ihm und sahen in die aus Bücherregalen gebildeten Schluchten hinein, die im rechten Winkel abgingen.

Der jüngere Kommissar bat darum, den einzig verfügbaren Stuhl von einem Tisch mit zwei Bildschirmen heranrücken zu dürfen. Er schob ihn dem Kollegen hin und zog unter dem mit Kuverts, Kartons, Klebeband und anderen Postutensilien bedeckten Tisch einen Schemel hervor. Norbert Paulini ließ sich in den alten ledernen Sessel fallen und beobachtete, wie sich die beiden ihm gegenüber zurechtrückten.

»Beeindruckend Ihre Sammlung«, sagte der Jüngere und lächelte. »Wirklich beeindruckend.«

Norbert Paulini, die Ellbogen auf die Seitenlehnen gestützt, machte eine Geste des Dankes, die er mit einem kurzen Nicken begleitete.

»Um mir dieses Kompliment zu machen, haben Sie sich vermutlich nicht hierher bemüht. Geht es womöglich um einen meiner Kunden?«

»Seit wann betreiben Sie Ihr Gewerbe in Sonnenhain?«, fragte der Ältere.

Norbert Paulini schlug die Beine übereinander, seine Hände berührten sich an den Fingerkuppen und bildeten ein Dach über seiner Brust.

»Sie lehnen es ab, auf meine Frage zu antworten? Also, was kann ich tun, Sie stellen die Fragen. Ich darf Ihnen sagen: Eingezogen bin ich hier mit Sack und Pack Anno Domini 2002, im November, aber damals befand sich in diesem Raum eine Baustelle, ich könnte Ihnen Fotografien zeigen. Meiner Arbeit im vollem Umfang nachzugehen war mir erst ab dem Sommer 2003 möglich, jener Hitzesommer, an den Sie sich vielleicht erinnern. Die abermalige Wiedereröffnung des Antiquariats Dorothea Paulini, Inhaber Norbert Paulini«, er lächelte und deutete auf sich, »fand am 1. Juli 2003 statt. Ich bin registriert unter der Steuernummer fünfzwofünf …«

»So genau …«

»Ich will Ihnen nichts schuldig bleiben. Sie sehen, ich verfüge über ein Klosett, das funktioniert, über ein Waschbecken mit fließend warmem und kaltem Wasser. Und das war es dann auch schon. Früher konnte ich noch zwei Campingliegen, DDR-Produktion, mein Eigen nennen. Die haben allerdings das Zeitliche gesegnet. Verschwiegen habe ich Ihnen noch eine Kochplatte, Spaghetti oder Spiegeleier, und einen Kühlschrank, der steht jetzt gegenüber, zwei angemietete Zimmer, eines für meinen Filius Julian, eines für mich. Die Zimmer können Sie gern besichtigen! Sie werden Augen machen, wie unsereiner lebt, will sagen, wie einer lebt, der sein Leben der Literatur verschrieben hat, von mir aus auch der deutschen Kultur oder, wie es jetzt so schön heißt, der Leitkultur …«

»Ihr Sohn? Der …«

»Eins noch, pardon, wenn ich Sie unterbreche. Aber ich verfüge über kein Auto. Ich habe nie die Fahrschule besucht. Ein Auto in Gang zu setzen und zu steuern bedeutet ein Zuviel an Technik für mich. Ich bedauere das nicht. Doch wenn es eines schönen Tages den Lebensmittelladen dort vorn nicht mehr geben sollte, und ich sage Ihnen, die Dame macht keinen Gewinn mit ihren Wurstkonserven, dem Pumpernickel und Toastbrot und ihrer H-Milch, das ist reine Nächstenliebe, die sie antreibt … Von den Alten hier sind etliche reif fürs Grab, und ich bin auch nicht mehr der Jüngste. Wir aber sind die Kundschaft. Wir werden die Kundschaft gewesen sein. Wenn unser Lädchen dereinst oder morgen schließt, werde ich mich eines Fahrrads bedienen müssen, um nach Sebnitz oder Bad Schandau zu gelangen, sofern ich dann überhaupt noch in der Lage sein werde, mit meiner Muskelkraft …«

»Herr Paulini!«, unterbrach ihn der Ältere. »Ihr Sohn, der wohnt bei Ihnen. Seit wann?«

Norbert Paulini blies die Backen auf und ließ die Luft langsam entweichen.

»Seit wann, seit wann … Das kommt auf die Art und Weise der Zählung an, die Sie bevorzugen. Im Grunde wohnt er schon immer bei mir, auch bei mir, wir hatten uns auf ein gemeinsames Sorgerecht geeinigt. Nur war das plötzlich schwierig, so von heute auf morgen. Ich konnte ihn nicht abholen, und Viola, die Schlange – sie ist dabei, bereits ihren dritten Laden zu eröffnen, die dritte Goldgrube, eine Friseuse. Das Geld interessiert mich nicht – nein, stimmt nicht, das Geld hätte ich schon gern, für die Bücher, Sie können heute Erstausgaben …«

»Seit wann, Herr Paulini, lebt Ihr Sohn …«

»Immer schön der Reihe nach. Viola, ausgewiesene Stasi-Tante, besitzt also ihren dritten Laden. Und das Verwerfliche ist: Die wirklich feinen Damen wollen nur von der Chefin frisiert werden. Das ist wie Chefarztbehandlung, verstehen Sie? Sie hetzt von Laden zu Laden, weil es hier diese Madame, dort jene Madame gibt, die nur unter ihr Messer – was red ich! Die nur unter ihre Schere, man könnte fast sagen ›Haube‹ will, Sie kennen das sicherlich, Trockenhauben?«

Die beiden Kommissare verzogen keine Miene.

»Das Gemeine daran ist nicht das Geld, soll sie nur schuften. Aber sie darf machen, was sie will. Und was will ein Mensch wie Viola? Tratschen, aber den lieben langen Tag lang, den lieben langen Tag Tratsch hören und selbst tratschen. Und weil sie so viel tratschen darf – ich glaube, meine einstige Ehefrau und Mutter meines Sohnes war aus Leidenschaft bei der Staatssicherheit, sie wollte tratschen, solche wie sie sind noch für jeden Geheimdienst geeignet, und wer weiß –, also deshalb muss ich schweigen, so kommt mir das vor. Verstehen Sie? Das ist seit Menschengedenken nicht anders gewesen: Die einen müssen schweigen, damit die anderen tratschen können, das ist ein empirischer Befund, würde ich glatt behaupten.«

»Beantworten Sie jetzt unsere Frage, Herr Paulini?«

Norbert Paulini stieß die Knöchel seiner Fäuste gegeneinander. »Viola brachte ihn manchmal zu mir. Meistens aber holte und brachte Lisa ihn. Seit Julian volljährig ist, ist dies hier sein erster Wohnsitz. Hier hat er mehr Freunde als in Dresden. Und seine Mutter existiert als Mutter nicht. Deshalb ist er hergezogen.«

»Und wie würden Sie Ihr Verhältnis zu Ihrem Sohn beschreiben? – Könnten Sie das vielleicht lassen?«

Norbert Paulini sah ihn fragend an. Für einen Moment war das Klopfen seiner Fingerknöchel das einzige Geräusch. Nun spreizte er seine Finger ab und fügte sie wieder vor der Brust zusammen.

»Gern hätte ich mehr Kinder gehabt. Aber ich habe nicht die richtige Frau dafür gefunden. Julian – er ist ein seltsamer Junge, liebenswürdig, sehr liebenswürdig, aber nicht zu jedem. Und auch nicht immer. Aber man kann auf ihn zählen. Das ist heutzutage wichtig, dass man sich auf jemanden verlassen kann. – Sie haben wohl keinerlei Fragen?«, wandte sich Norbert Paulini an den Jüngeren, der die ganze Zeit mit hochgezogenen Augenbrauen dasaß.

»Und Ihr Verhältnis zum Sohn?«

»Sehr gut, sofern ich darauf überhaupt antworten muss. Was soll er denn ausgefressen haben? Wenn einer mal danebengetreten ist, dann schiebt man ihm regelmäßig das, was andere verbockt haben, gleich mit in die Schuhe. Das ist leider so, das verjährt nicht.«

»Es wäre auch für Sie das Einfachste, wenn Sie nur meine Fragen beantworten würden.« Der Hauptkommissar nahm seine Brille ab, wischte sich erst mit dem Daumen der Rechten, die die Brille hielt, den Schweiß von dem einen Nasenflügel, dann mit den Fingern der Linken den anderen Nasenflügel und setzte die Brille wieder auf.

»Wissen Sie noch, wo Ihr Sohn am 20. April gewesen ist, das war ein Freitag, der Freitag vor drei Wochen?«

»Da war er hier bei mir«, antwortete Norbert Paulini. Der jüngere Beamte sah zu seinem Kollegen, der aber zu Boden blickte, als suchte er nach den Spuren seiner Schweißtropfen. Der erste heiße Tag des Jahres hatte ihn offenbar überrascht.

»Das wissen Sie so genau, ohne in den Kalender zu sehen?«

Norbert Paulini lachte. »Wozu einen Kalender? Ich bin jeden Tag hier. Manchmal muss ich nach Sebnitz, einmal, zweimal im Monat. Aber Ihnen geht es doch um den Abend, habe ich recht? Abends bin ich immer hier. Auch nachts, falls Sie das beruhigt.«

»Und Ihr Sohn?«, fragte der Ältere und sah ihn über seine Brille hinweg an.

»Das sagte ich bereits. Julian war natürlich auch hier. Julian ist wie ich immer hier. Man will uns ja sonst nirgendwo haben. Denken Sie, in Dresden oder Leipzig könnte ich die Miete für die Bücher zahlen? Wir werden unsichtbar. Abends ist Julian am Computer. Was soll er denn sonst machen? Jetzt geht es vielleicht, aber im Winter? An den Ecken stehen? Im Wirtshaus sitzen? Das Wirtshaus ist ein Restaurant geworden, das ist nicht mehr für unsereinen. Da kann man nicht mal mehr ein Bier trinken. Denken Sie, die jungen Kerle hätten so viel Geld?«

»Wann kam er nach Hause am 20. April?«

»Mit Einbruch der Dunkelheit.«

»Wie spät?«

»Wenn es dunkel wird. Vor drei Wochen wurde es gegen acht dunkel, acht Uhr abends. An seinem Fahrrad geht das Licht nicht, deshalb muss er im Hellen kommen. Ein bisschen faul ist er, das gebe ich gern zu. Das Licht repariere ich ihm nicht, das muss er schon selbst machen.«

»Er wurde aber am 20. April nach zweiundzwanzig Uhr in Bad Schandau gesehen. Da war es schon dunkel.«

»Dann muss eine Verwechslung vorliegen. Er war hier. Denn wenn er nicht hier gewesen wäre, wüsste ich das.«

»Er ist dreiundzwanzig. Führt er nicht sein eigenes Leben?« Der Kriminalhauptkommissar erhob sich unvermittelt. Norbert Paulini sah ihn erwartungsvoll an. Er zog sein Jackett aus. Unter den Achselhöhlen kamen tellergroße Schweißflecken zum Vorschein.

»Der Mensch muss gehorchen, das ist das Erste, sonst taugt er nichts«, sagte Norbert Paulini. »Aber das Zweite ist, er muss nicht gehorchen, sonst taugt er auch nichts. Wer immer gehorcht, das ist ein fauler Knecht ohne Lust und Liebe und ohne Kraft und Mut. Aber wer die rechte Lust und Liebe hat, der hat auch einen Willen. Und wer einen Willen hat, der will auch mal anders, als andere wollen. Das steht zwar bei Fontane, aber auf Julian passt das genauso wie auf jeden anderen Menschen, von dem Sie glauben, er habe sich etwas zu Schulden kommen lassen. Denken Sie, bei den Tschechen wird genauso viel Aufhebens von der Sache gemacht?«

»Es geht nicht um Tschechen.«

»Um was geht es denn dann? – Ich gebe zu Protokoll: Julian Paulini befand sich am 20. April mit Einbruch der Dunkelheit bei mir in Sonnenhain, in der Hauptstraße.«

»Es gibt allerdings mehrere Zeugen. Auch jemand, der ihn auf einem Moped gesehen hat. Mit Stahlhelm, einem Wehrmachtsstahlhelm und in einem Totenkopf-T-Shirt.«

Als Reaktion ließ Norbert Paulini seine Arme über die Seitenlehnen baumeln und streckte die Beine von sich. Der graublaue Kittel spannte über der tiefsitzenden kleinen Halbkugel seines Bauches. Mit seinem runden Kopf, den vollen Wangen und der spitzen Nase sah er nun aus wie eine abgelegte Marionette.

»Wie lässt sich das miteinander vereinbaren, Herr Paulini?«, fragte der Jüngere, der, kaum hatte er gefragt, wieder die Augenbrauen hochzog.

»Was soll ich denn Ihrer Meinung nach jetzt tun? Sie schenken mir keinen Glauben, ich aber bin bereit, es unter Eid zu bezeugen«, sagte Norbert Paulini und lächelte. »Ich könnte Ihnen ohne weiteres den Namen des Stahlhelmjungen nennen, der die Eigenart hat, auf unseren Feldwegen seine Patrouillen zu fahren. Den Stahlhelmjungen kennt jeder. Er wohnt zwei Dörfer weiter in Richtung Bad Schandau. Aber das sollten Sie schon selbst herausfinden. Und wenn Sie die Identität des Stahlhelmjungen festgestellt haben, können Sie auch sein Alibi überprüfen, sofern er eines hat. Oder sehen Sie das anders?«

Der jüngere Kommissar nickte und zuckte, als ihn der andere ansah, nur mit den Schultern.

»Und wo waren Sie am 20. April?«, fragte er dann in einem fast beiläufigen Tonfall.

In Norbert Paulinis Körper kehrte wieder Leben ein.

Er nahm die Arme hoch, seine Knöchel klopften gegeneinander.

»Old Shatterhand wagt einen Ausfall! Sie fragen nach Julian, haben es aber auf den Alten abgesehen. Sie werden meinen Worten nach Lage der Dinge kaum Glauben schenken, aber ich versichere Sie, mich freut es, wenn sich Vater Staat auch mal für mich interessiert und jemanden vorbeischickt, der nach dem Rechten sieht. Kaum zu glauben, aber es ist das erste Mal, dass sich Vater Staat bei mir meldet. Sonst traktiert er unsereinen stets nur mit Formularen, die mir a priori unterstellen, ich würde auf Kosten der Gesellschaft schmarotzen. Aber ich sehe schon, damit wecke ich nicht Ihr Interesse.« Er setzte sich gerade, hob kurz beide Hände und legte sie auf den Seitenlehnen ab. »Ich bin hier gewesen, wo denn sonst? Wie sollte ich auch für Julian zeugen können, ohne tatsächlich hier gewesen zu sein? Wenn ich Ihnen einen Rat geben darf, dann betrachten Sie die Geschichten mit den Ausländern so, als wären die ein anderer Fußballclub, gewissermaßen die Halbstarken oder Rowdys aus dem Nachbardorf. So ist das. Ob mit Tschechen oder Polen, Türken oder was weiß ich was, es ist halt immer wieder dasselbe. Kümmert Sie das nicht, dass ich hier oben hausen muss, während sich Tausende, Zehntausende frisch zugereister junger Männer aussuchen dürfen, in welcher Stadt sie sich auf unser aller Sozialhilfepolster niederzulassen die Güte haben, um fleißig weiter Kinder zu zeugen und zwischendurch ihre Stirn auf dem Moscheeteppich zu wetzen? Finden Sie das denn gerecht? Ich hab nichts gegen Ausländer, ich werde sogar einen einstellen. Es gibt nämlich solche und solche. Und solche, die ich meine, die sind gebildet und bescheiden. Die ziehe ich den meisten Deutschen vor, weil die noch um der Sache willen arbeiten und zufrieden sind, wenn sie hier leben dürfen. Also den Jugo Livnjak, Jugo ist sein Vorname, den werde ich einstellen. Der hat keine überdrehten Ansprüche. Aber sonst, ist doch klar, will man unter sich bleiben. Wenn die aus jedem alten Schornstein ein Minarett machen. Das muss doch nicht sein!«

»Herr Paulini, wir müssen Ihnen sagen, dass es mehrere übereinstimmende Aussagen gibt, die Sie

Teil II

Zum ersten Mal begegnete ich Paulini an einem spätsommerlichen Septemberabend. Ich war siebzehn und hatte im August während der Ferien drei Wochen in der Dresdner Skulpturensammlung gearbeitet. Meine erste Aufgabe war es gewesen, nach den Anweisungen des Archäologen Scheffel zwei Statuenköpfe der Athena in einem kleinen Sandkasten millimeterweise zu drehen und zu kippen, weil er die charakteristischen Übereinstimmungen der Häupter fotografisch belegen wollte. Während der Mittagspause in der Kantine des Albertinums hatte mir Scheffel das Studium der Altsprachen, also Latein und Griechisch nahegelegt, ja es im Grunde als unabweislich dargestellt, wenn man sich, so wie ich, für Literatur interessiere. Ich besuchte die altsprachliche Klasse der Kreuzschule – wer die damaligen Verhältnisse kennt, weiß, dass eher für mich entschieden worden war, als dass ich es als meine Wahl hätte ausgeben können.

Scheffel sprach mit nahezu geschlossenen Augen, wobei sich sein ohnehin nervöser Wimpernschlag nochmals verstärkte. »Das wäre doch phantastisch!«, rief er nach jedem Argument, das er mir lieferte. Durch seine vollen, geradezu üppigen Lippen erhielt jedes Wort eine einprägsame Nachdrücklichkeit, ja fast Bildhaftigkeit.

Zu Beginn meiner zweiten Arbeitswoche requirierte mich Scheffel für eine Bibliotheksrevision. Eine dieser länglichen schmalen Schubladen des Zettelkataloges vor sich auf dem Schreibtisch, rief er mir Autor und Titel zu, bei veränderten Auflagen des gleichen Buches auch das Bibliothekssigel. Ich stand auf einer Leiter und hatte das Exemplar als vorhanden, ausgeliehen, dann befand sich eine Karteikarte an seiner statt, oder als nicht vorhanden zu melden. Wir kamen im Schneckentempo voran, weil Scheffel mich unentwegt über Autoren und Bücher aufklärte, die zu kennen einem Altphilologen gut zu Gesicht stünde. Für ihn war es bereits ausgemachte Sache, dass ich mich in Jena bewerben und nach Abitur und Armee mit dem Studium beginnen würde. Immer wieder reichte ich ihm ein Exemplar hinab, der Stapel der von mir auszuleihenden Bücher wuchs unaufhörlich.

An meinem letzten Arbeitstag bot mir Scheffel das Du an und lud mich zu dem Vortrag eines Philosophen und Altphilologen ein, der hierzulande berühmt für seine Übersetzung des Sophokles war, erschienen in der »Bibliothek der Antike« bei Aufbau in Weimar, ansonsten aber bei uns kaum verlegt. »Antisemitismus bei Luther, Nietzsche und Marx« laute der Titel, nichts Geheimes, aber auch nicht öffentlich, ein eher familiärer Rahmen, sagte er, und seine Lippen verzogen sich zu einem freudigen Lächeln. Er reichte mir den Zettel mit Datum und Adresse, erbat ihn zurück und schrieb »Erster Stock! Antiquariat!«, jeweils mit Ausrufezeichen versehen, darunter.

Das letzte Stück meines Schulweges von der Haltestelle der Straßenbahnlinie 6 am Schillerplatz in die Kreuzschule verlief parallel zu jener Brucknerstraße, in die mich der Zettel führte. Die »Villa Kate« kannte ich wegen der verwaschenen Frakturschrift an der Fassade, mit der sie ihren Namen kundtat. Ich staunte, tatsächlich eine »Pension He. Kate« im Erdgeschoss zu finden. Ein Ziegelstein hielt die Haustür offen. Ich stieg in den ersten Stock und drehte die Klingel. Eine junge Frau, etwas älter als ich, streckte mir die Hand entgegen.

»Lisa«, sagte sie und bat mich einzutreten.

Als hätte sie ein »Sesam, Sesam öffne dich« gesprochen, betrat ich eine Welt aus Büchern, aus Bücherwänden! Sie standen Spalier in der großen Diele. Ein Hausmeister im blaugrauen Kittel war gerade dabei, aus einem Sammelsurium an Stühlen Sitzreihen zu bilden. Mir kam es vor, als wären die großen hohen Zimmer mit Büchern regelrecht ausgekleidet, so vollendet waren die Regale eingepasst. Mehr Bücher hatte ich nur im Lesesaal der Sächsischen Landesbibliothek zu Gesicht bekommen. Hier aber waren sie schöner. Waren sie besser erhalten und die Umschläge farbiger? War es der fehlende Staub, der diesen Eindruck von Familiarität erweckte, oder hatte hier jedes Buch einen Leser?

Es roch wie vor einem Sinfoniekonzert. Zu dem Duft von Parfum und Kaffee kam noch der von Ölfarbe, als wäre gerade ein frisch gemaltes Bild aufgehängt worden. In der Küche, in der sich die meisten drängten, durfte man rauchen.

Ein älterer Mann kam aus einem Raum, der unzweifelhaft ein Schlafzimmer sein musste. Das Monstrum einer alten Kasse schien eher aus dekorativen Gründen dazustehen. Und als ich nach der Toilette fragte, landete ich in einem Badezimmer mit Zahnbürsten, Rasierzeug und allen möglichen Tuben. Von den Handtüchern war wohl keines für Gäste vorgesehen, jedenfalls war das nicht zu erkennen. Ich zweifelte, ob ich mich tatsächlich in einem Antiquariat befand.

Ohne sie anzusprechen, versuchte ich mich in der Nähe von Elisabeth und ihrer Freundin Marion zu halten. Von beiden Frauen trennte mich mehr als der Altersunterschied ihre Vertrautheit mit jeder und jedem. Sie wurden wie Töchter oder Enkelinnen begrüßt, schienen aber die unbestrittenen Herrinnen dieser Gemächer zu sein. Sie waren es, die dem Mann im Kittel Anweisungen erteilten.

Endlich erblickte ich Scheffel an der Seite des Gelehrten, dessen langsamem Gang er seinen Schritt angepasst hatte. Scheffel winkte mich heran.

Der Gelehrte setzte sich und platzierte sein Manuskript, die rechten oberen Ecken waren leicht aufgebogen, vor sich auf dem Tisch. Er knipste die Leselampe an und wieder aus und schob sie etwas weiter weg. Die Gäste suchten so eilig nach Plätzen, als spielten sie Stuhlwalzer. Inzwischen hatte Scheffel begonnen, mich dem Gelehrten als zukünftigen Studenten der Altphilologie vorzustellen und unsere gute Zusammenarbeit zu preisen. Scheffel log nicht gerade, aber seine Erzählung stellte mich ins

Rampenlicht eines Bildungsromans. Da ich nichts zu fragen oder zu sagen wusste, wollte ich, das hatte mir mein Vater empfohlen, dem Gelehrten meinen Sophokles zum Signieren reichen – doch der Schutzumschlag klebte derart zäh an meinem linken Handballen, dass ich das elfenbeinfarbene Papier langsam wie ein Pflaster abziehen musste. Bis heute hat sich die Spur der damaligen Peinlichkeit, die unkommentiert blieb, als welliges Oval inmitten des rot umrahmten Elfenbeinweiß erhalten.

Ohne es zu wissen, trennte mich damals nur ein Handschlag von Jaspers und Heidegger, von Viktor Klemperer und Günther Anders. Auch Proust war zum ersten Mal in seinem Deutsch zu lesen gewesen, bevor Benjamin und Hessel den zweiten Band übernommen hatten.

Ich wandte mich um, das signierte Buch mit dem verunstalteten Schutzumschlag unterm Arm – und blickte auf ein Publikum, in dem sich gerade ein langhaariger Mann in kurzer Lederjacke durch die zweite Reihe schob und auf den letzten freien Stuhl fallen ließ.

Über allen hockte der Hausmeister auf der Bibliotheksleiter, vorgebeugt, den Kopf zwischen den Schultern, als fürchtete er, sich an der Decke zu stoßen. Er winkte und dirigierte mich gestenreich zur Kasse, stand plötzlich neben mir und wies auf den Tisch – ich sollte mich darauf setzen. Zwischen den Pausbacken seines rundlichen Kopfes stach schmal und spitz die Nase hervor.

Zwei Stunden später, die ersten gingen bereits, überreichte er mir ein Buch.

»In diesem Land«, sagte er, »ist die Kaegi-Grammatik

nur antiquarisch erhältlich. Deshalb rate ich Ihnen, dieses passable Exemplar zu erwerben – sollte es sich noch nicht in Ihrem Besitz befinden.«

Außer meiner Monatskarte hatte ich nur Kleingeld dabei.

»Geben Sie her!«

Ich schüttete die Münzen in seine ausgestreckte Linke, mit der anderen pickte er sie einzeln wieder heraus, verschloss sie in der Faust und tippte mit abgespreiztem Zeigefinger den Betrag von drei Mark und zweiundsechzig Pfennigen in die monströse Kasse. Dann drehte er die Kurbel, die Kassenlade sprang auf, und er verteilte seine Einnahme auf die einzelnen Fächer, als fütterte eine Vogelmutter ihre Brut. Im Stehen füllte er eine Quittung aus, stempelte sie und überreichte mir das kalligraphische Blatt. Einem gewissen »Stud. phil.«, der meinen Vor- und Nachnamen trug, gehörte laut dieser Urkunde die »Kurzgefaßte Griechische Schulgrammatik« von Adolf Kaegi aus dem Jahr 1896, 6. Auflage. Somit war auch ich in den Stand eines Kunden erhoben worden im »Antiquariat und Buchhandlung Dorothea Paulini, Inh. Norbert Paulini«, der sich für meinen Einkauf in gedruckter Form bedankte.

Damals war ich überzeugt gewesen, dem Inhaber von »Antiquariat und Buchhandlung Dorothea Paulini« meine Achtung und Dankbarkeit am besten dadurch erweisen zu können, indem ich ihn nicht sofort wieder behelligte, seine Zuvorkommenheit nicht ausnutzte und ihn in Ruhe ließ.

Bei einer Taschenkontrolle in der Schule am Montag vor den Herbstferien wurde unser Klassenlehrer fündig. Triumphierend hielt er meinen »Kaegi« hoch.

Unser Klassenlehrer, der es nicht lassen konnte, immer wieder auf den Unterschied zwischen einer sozialistischen »Erweiterten Oberschule« und einem bürgerlichen Gymnasium hinzuweisen, einer »Penne«, wie er mit aller ihm zu Gebote stehenden Abschätzigkeit von sich gab, schlug das Buch auf. »1896 – Kaiserreich!«

Zur Rede gestellt, erwiderte ich im Vertrauen auf Paulini, dass es bedauerlicherweise noch keine sozialistische altgriechische Grammatik gäbe. Das versetzte meinen Klassenlehrer in Rage. Zweimal zerplatzte das P von »Penne« auf seinen Lippen. Ich hoffte, er würde meinen »Kaegi« aus der Hand legen oder wenigstens aufhören, das Buch immer wieder auf seinen linken Handteller zu schlagen.

Am übernächsten Tag wurde mir der »Kaegi« von unserem Latein- und Griechischlehrer wie eine Auszeichnung vor der Klasse überreicht. Ich harrte bis fünfzehn Uhr aus, um dann den Klingelknopf des Antiquariats zu drücken – vergeblich, es war Mittwoch. Deshalb bekam Paulini die Geschichte, die mir seine Grammatik beschert hatte, erst am folgenden Tag zu hören. Meine Rede beendete er jedoch mit einer Geste. Diese Geschichte interessierte ihn angesichts zweier weiterer Kunden nicht.

Einen Tag später forderte ich Paulini heraus. Er öffnete, fragte, was ich wünsche, als käme ich zum ersten

Mal, ließ mich dann aber überaus freundlich ein und setzte vor meinen Nachnamen, an den er sich offenbar wieder erinnerte, ein Herr, was mir bisher nur in der Tanzschule Graf widerfahren war.

»Meine Herzenswünsche«, tönte ich und überreichte ihm eine Liste mit fünf Buchtiteln. Paulini stülpte die Lippen vor. Sein unmerkliches Nicken war eigentlich nur sichtbar, wenn man sich auf seine Nasenspitze konzentrierte. Vierundzwanzig Stunden früher hätte ich mein Verhalten als Unverschämtheit gewertet. Es war unmöglich, jene kostbaren Bücher, die ich mir gegen Unterschrift bei Scheffel ausgeliehen und aus denen ich unzählige Passagen abgeschrieben hatte, selbst zu besitzen.

Er reichte mir den Zettel zurück.

»Eins habe ich da«, sagte er, »der Rest kann dauern.« Damit schritt er zu dem Regal rechts von seiner Kasse, ging in die Hocke – im nächsten Moment sah ich sie tatsächlich vor meinen Augen: »Die Stoa« von Max Pohlenz, der Schutzumschlag, in dessen monochromer Weite Autor und Titel sich einsam erhoben, war makellos glatt, von keinem Handschweiß und keinem Bibliotheksaufkleber befleckt.

»Gleich zwei?«, fragte ich fassungslos.

»Der Kommentarband«, sagte Paulini und hob das eine Buch etwas höher. »Tadelloses Exemplar.«

Die Situation war so unwirklich, als hätte ich plötzlich in den Westen fahren dürfen. »Die Stoa« zu besitzen war nur noch eine Frage des Geldes.

Die Situation ähnelte der meiner ersten Erwerbung.

Nur hatte ich zufällig einen Zwanziger dabei. Paulini setzte sich an seinen Tisch. Die beiden Bände lagen nun zwischen uns.

»Eine Anzahlung«, sagte ich.

»Brauchen Sie es jetzt?«, fragte er. Brauchte dieser Zwölftklässler an einer Erweiterten Oberschule am Freitag vor den Herbstferien »Die Stoa«?

Ich nickte ebenso vorsichtig, wie er vorhin genickt hatte.

Und dann wartete ich, bis er seine Prozedur abgeschlossen, mir zwanzig Mark quittiert und die anderen Buchwünsche auf einer eigens angelegten Karteikarte notiert hatte.

»Den Wilamowitz hatten wir noch nie. Der Schadewaldt kann dauern. Griechischlexika sind kein Problem, aber nicht vorrätig. Sie werden wohl immer mal hereinschauen müssen.«

Damals wusste ich noch nicht, dass Paulini seine Verkäufe normalerweise nur, wenn überhaupt, in Zeitungspapier hüllte. Packpapier galt als Auszeichnung. Im Farbton war es kaum dunkler als die Schutzumschläge. Er faltete es langsam und gewissenhaft.

In der Brucknerstraße zu klingeln, gestattete ich mir nur, wenn ich Zeit hatte und mit mir im Reinen war. Besuche bei Paulini sollten nicht von alltäglichen Nöten und Querelen beeinträchtigt werden. Sein Antiquariat galt mir als exterritorial, als eine Insel der Seligen.

Der Grundwehrdienst, der sich ans Abitur anschloss, beschränkte meine Besuche bei Paulini auf zwei pro

Halbjahr. Zudem durfte ich nur in der DDR erschienene Bände mit in die Kaserne nehmen. Meinen monatlichen Sold – wenn ich mich richtig erinnere, waren das hundertzwanzig Mark – teilte ich zwischen Paulinis Antiquariat und der Regimentsbuchhandlung auf.

Einmal machte mir mein Vater schwere Vorwürfe – ich war schon dabei, meine Uniform wieder anzuziehen, um gleich zum Zug zu hetzen –, weil ich es in drei Tagen Urlaub nicht fertiggebracht hätte, auch nur zwanzig Minuten für meine Mutter zu erübrigen, dafür aber alle Zeit der Welt bei diesem Paulini verbummelte.

Im Antiquariat Paulini fand ich, wonach ich als Schriftsteller, der ich zu werden trachtete, suchte. Dafür stand Paulinis Lieblingszitat, das er bei Novalis gefunden hatte: »Die Poesie ist das echt absolut Reelle. Je poetischer, je wahrer.« An ihm und seinem Kreis erlebte ich, was Hingabe an die Literatur bedeutete. Und ich wusste: Wer vor Paulini bestand, bestand überall.

Ilja Gräbendorf war der Beweis. Paulini hatte ihn während seiner Armeezeit kennengelernt. Ilja Gräbendorf, der Frühvollendete, für dessen Stücke sich sogar Franz Fühmann und Christa Wolf, später auch Heiner Müller eingesetzt hatten, von dem im Osten nichts gespielt wurde, von dem aber immerhin zwei Einakter in »Sinn und Form« erschienen waren, Gräbendorf, der bereits zwei eigene Bücher vorweisen konnte, veröffentlicht in Westberlin bei Rotbuch, Gräbendorf, der Adonis, dessen schulterlanges rotblondes Haar nur der nach außen gekehrte Beweis für sein Ausnahmetalent war. Selbst sein Familienname hatte eine tiefere Bedeutung, verwies dieser doch indirekt – und alles Poetische ist indirekt! – auf Magister Tinius, das Sinnbild des Büchersammlers, der aus Büchergier gemordet haben soll und 1813 in Leipzig verhaftet, später angeklagt und verurteilt, nach etlichen Jahren jedoch begnadigt wurde und verarmt und mittellos in Gräbendorf, einem Flecken südöstlich von Berlin zwischen Bestensee und Prieros, seine letzten Jahre verbracht hatte.

Aus Gräbendorfs Verhalten gegenüber Paulini verschwand nie ganz die Subordination des zwei Diensthalbjahre später eingezogenen Soldaten.

Für Gräbendorf war ich der Student der Klassischen Philologie. Trafen wir bei Paulini zusammen, bestürmte er mich umgehend mit Fragen, die ich ihm kaum je sofort beantworten konnte. Einmal bemerkte er, wir beide kämen ja aus demselben Stall. Er meinte natürlich Paulini. Eine größere Sympathieerklärung war kaum denkbar.

Gräbendorf und Lisa, Paulinis rechte Hand, waren in der zweiten Hälfte der achtziger Jahre ein Paar geworden. Man hätte Gräbendorf für ihren älteren Bruder halten können. Lisas Vater, ein Physiker, arbeitete in dem damals legendären Institut von Ardenne und bewohnte mit seiner Familie auf dem Weißen Hirsch ein Haus mit Garten. Sie und Gräbendorf lebten in den drei kleinen Zimmern unterm Dach.

Von Gräbendorf hörte ich die Namen der französischen Poststrukturalisten, die es bei Paulini nicht gab. Deren Namen sprach er mit ungemeiner Präzision und

Eindringlichkeit aus, was mich jedes Mal animierte, sie ihm nachzusprechen. Aber das war ein Sakrileg. Diese Franzosen gehörten ihm, nicht nur ihre Bücher. Wegen seiner Notizen und Anstreichungen darin wollte er sie nicht aus der Hand geben, er bat um Verständnis.

Zweimal war auch ich zusammen mit einigen aus Paulinis Kreis bei Lisa und Gräbendorf eingeladen gewesen. Gräbendorf wurde von ihren Eltern freundlich und respektvoll behandelt, Paulini hingegen mit Ehrerbietung. Sie schätzten sich glücklich, ihn bewirten zu dürfen.

Als ich um die dreißig Gedichte zusammen hatte, die ich als vorzeigbar avisierte, zeigte ich sie als Erstem Ilja Gräbendorf. Mich bereits jetzt an Paulini zu wenden schien mir verfrüht. Außerdem hoffte ich, von den Gräbendorf'schen Verlagskontakten profitieren zu können. Die Enttäuschung Gräbendorfs war echt. Sie galt weniger den Gedichten selbst als der Tatsache, dass auch ich mich – wie alle Welt – als ein Schreibender entpuppte. Gräbendorf benahm sich, als hätte ich unter Vorspiegelung falscher Tatsachen sein Vertrauen erschlichen. Lisa hingegen mochte mein »Frühwerk«, wie sie es nannte. Und da sie ihr Urteil auch ausführlich und für mich schmeichelhaft begründete, kam ich langsam wieder aus dem Loch hervor, in dem ich durch Gräbendorfs Zurückweisung verschwunden war.

Das besondere Verhältnis zwischen Paulini und mir hatte nichts mit meinem schriftstellerischen Ehrgeiz zu tun. Ihn interessierte im Grunde nur Gedrucktes, Manuskripte las er höchst unwillig. Paulini hatte mir etliche

Ausgaben von Nietzsche unter der Hand verschafft, obwohl Nietzsche gar nicht auf meiner Wunschliste stand. Er drängte sie mir fast auf. Und ich begann, Nietzsche zu verschlingen. Er gehört zu jenen Denkern, die man nie zu Ende liest, die einen jederzeit wieder überraschen, auch wenn man glaubt, dieses oder jenes seiner Bücher nach der zweiten oder dritten Lektüre zu kennen.

Unter den Bänden war auch »Die fröhliche Wissenschaft«, in deren Anhang sich die »Lieder des Prinzen Vogelfrei« befanden. Manche seiner Gedichte sind als Gedichte unerträglich, andere wundervoll, aber darum ging es nicht. Ich hatte mich hinreißen lassen, gegenüber Lisa zu erwähnen, »Prinz Vogelfrei« passe eigentlich gut auf Paulini. Ich meinte wirklich nur den Namen.

Einige Wochen später erhielt ich die Einladung zu einem der Vorträge bei Paulini. Überschrieben war das Ganze zu meiner Verwunderung mit »Salon Prinz Vogelfrei«. Das waren damals keine gedruckten Einladungen, sondern handschriftliche oder auf der Schreibmaschine mit drei bis vier Durchschlägen getippte Texte. Deshalb glaubte ich zunächst an einen Scherz Paulinis, der mir gelten sollte. Doch Ironie und Humor waren nie seine Stärken.

Als ich das nächste Mal bei ihm auftauchte, empfing er mich mit einer Herzlichkeit, die ich nicht von ihm kannte oder die mir zumindest noch nicht zuteilgeworden war. Paulini gegenüber bin ich nie ganz unbefangen gewesen. Natürlich siezten wir uns, und sein Zitatenschatz hatte stets etwas Einschüchterndes. Diesmal aber sprach er mich mit Vornamen an und bedankte sich unumwunden für meine Anregung. Gerade mit jenem Buch, aus dem der Name entlehnt sei, habe es für ihn eine besondere Bewandtnis. Als Kind habe er gewissermaßen auf diesem Buch, auf dieser »Neuen Ausgabe« geschlafen, auf der zweiten Ausgabe, 1887, erschienen bei Fritzsch in Leipzig. Paulini erzählte mir vom Antiquariat seiner Mutter und wie sein Vater und dessen Kollegen die Bücher in die Brucknerstraße gekarrt hatten und wie es hier damals ausgesehen habe. Er hüte dieses Exemplar bis heute. Damit verschwand er in einem der abgeschlossenen Zimmer und kam mit der »Fröhlichen Wissenschaft« zurück. Ich nahm an, er wollte mir das Buch zeigen. Ich studierte das Titelblatt und blätterte vorsichtig um. Wir sprachen über das Verhältnis von Dichtung und Philosophie und wie fließend die Grenzen bei Nietzsche werden. Paulini meinte, viele Philosophen sehnten sich einfach nur danach zu schreiben. Aber da sie keine poetische Begabung hätten, schrieben sie eben andersartige Texte.

»Nein, nein, das ist für dich, Prinz Vogelfrei verehrt es dir«, rief er, als ich ihm das Exemplar zurückgeben wollte.

Mir war nicht wohl bei der Sache, er schenkte mir nicht nur ein Vermögen, sondern offenbarte sich mir zudem in einer geradezu pubertären Eitelkeit. Zudem wusste ich nun nicht mehr, wie ich ihn anreden sollte.

Lisa und Marion, die ich ins Vertrauen zog, wollten an Paulinis Gabe nur Gutes erkennen. Außerdem bezeichne er seinen Salon mit diesem Namen, nicht sich selbst. Ich schwieg. Bereits die nächste Einladung war mit »Prinz Vogelfrei« unterzeichnet.

Lisa arbeitete damals beinah täglich in zweiter Schicht im Antiquariat, ohne dafür bezahlt zu werden. Bestenfalls steckte Paulini ihr alle paar Wochen einen Fünfziger zu. Sie betrachtete das nicht als Arbeit, obwohl sie den Großteil des Versands erledigte und die Kundschaft betreute, wenn Paulini in seiner Lektüre versunken war.

Gegen Ende der Achtziger kam ich immer seltener nach Dresden. Dafür schickte ich meine Bestellungen und Suchaufträge an Paulini. So entstand ein reger Briefwechsel mit Lisa, die auch den Großteil der Korrespondenz erledigte. Ihr hatte ich es zu verdanken, dass ich letztlich alles, was ich im Buchhandel bestellte, auch bekam. Gelangte das Begehrte erst gar nicht zu Paulini, die Zuteilungen an ihn waren schmal oder blieben manchmal ganz aus, so zweigte Lisa das Gewünschte stillschweigend aus ihrer Volksbuchhandlung für mich ab. Zudem war ich bei Paulini Abonnent der Insel-Bücherei, der Spektrum-Reihe und der Weißen Reihe. Mitunter musste ich anschreiben lassen. Paulinis Angebot an neu erschienenen Büchern umfasste nie mehr als einige Regalfächer. Die Handelsspanne bei antiquarischen Büchern war bedeutend größer und seine Angaben kaum zu kontrollieren.

Dank Lisa war ich auch in Sachen Gräbendorf auf dem Laufenden. Man hatte ihn endlich zur Uraufführung eines seiner Stücke in den Westen fahren lassen.

Mich interessierten die Publikumsreaktionen, schließlich war das Stück für ein ganz anderes Publikum, also für eines von hier, geschrieben worden. Es sei ein großer Erfolg gewesen, nicht nur im Saal, auch in der Presse, sogar das ZDF habe ein Interview mit ihm gesendet, sagte Lisa. Die Reise aber habe ihn verändert, sie habe ihn unduldsamer gemacht. »Im Westen geht die Zeit weiter, hier nicht«, resümierte sie.

»Irgendwann wird er uns auch noch darlegen, warum und zu welchem Zweck sich sein Stuhlgang im Westen besser generiert oder eine temporäre Engführung erleidet«, sagte Paulini, der zugehört hatte, ohne von seinem Buch aufzuschauen. Ich muss wohl große Augen gemacht haben, wie mir Lisa später gestand, eine solche Grantigkeit und Eifersucht bei Paulini zu entdecken.

Lisa entgegnete, dass dies nicht auszuschließen sei, denn selbst das Essen sei im Westen anders. Paulini überhörte das. Die Westerfahrung, fuhr sie seelenruhig an mich gewandt fort, entfremde ihn hier von vielen. In Berlin sei das weniger ein Problem als in Dresden. Für die nächste Reise, diesmal nach Frankreich und Italien, liege der Pass schon bereit.

Von Marion erfuhr ich, Paulini habe sich zum allgemeinen Erstaunen von einer Friseurin um den Finger wickeln lassen. Ob ich Viola schon kennengelernt hätte?

Wieder zwei oder drei Jahre später, ich arbeitete bereits am Museum, sprachen Lisa und ich über die anstehenden Kommunalwahlen im Mai ’89. Als Paulini eintrat – sie wohnten schon unterm Dach – verstummten wir.

»Ein Käfig ging einen Vogel suchen«, begrüßte er uns. Wir sollten nicht politisieren, das wäre Zeitverschwendung. Erst danach gab er mir die Hand.

Wir hatten Bloch in den alten Ausgaben gelesen, die Paulini uns verschafft hatte, in der Bibliothek auch Adorno und Herbert Marcuse und von einem Freund sogar Bahros »Alternative«. Trotzdem hätte ich mich überwinden müssen, den Namen Gorbatschow in Gegenwart Paulinis auszusprechen. Er fand alles überflüssig und unnütz, was uns von den eigentlichen Dingen abhielt, also von den Büchern. Ein paar Jahre zuvor hatte er mich einen »Dussel« genannt, weil ich mich geweigert hatte, die Bereitschaftserklärung zum Reserveoffizier zu unterschreiben. »Wegen solcher Formalien setzt man nicht sein Studium aufs Spiel!«, schimpfte er und fand sich in seiner Meinung bestätigt, als meine Teilnahme am Studentenaustausch mit der Uni von Tbilissi gestrichen wurde, weil ich nicht bei der Maidemonstration gewesen war. Das geschehe mir recht.

»Ich gehe zur Wahl«, erklärte Paulini ungefragt, »falte den Zettel, ohne ihn anzusehen vor aller Augen und schmeiße ihn in die Urne und fertig. Ich laufe denen nicht ins Messer!«

Den Herbst 1989 missdeutete Paulini vollkommen. Er steckte wohl bereits zu tief in dem Land, um sich noch vorstellen zu können, dass sich etwas ändern könnte. In jenen Wochen muss Paulini regelrecht manisch den Kafka-Satz vom Käfig, der einen Vogel suchen geht, wiederholt haben.

Gräbendorf war zu dieser Zeit an irgendeinem College in den USA und haderte mit seinem Schicksal.

Als ich kurz vor Weihnachten '89 bei Paulini klingelte, wartete ein beträchtlicher Bücherstapel auf mich. Obwohl ich am Museum siebenhundert netto verdiente, reichte mein Geld nicht aus, um alles zu kaufen. Erstmalig gewährte mir Paulini keinen Kredit, weshalb ich einige Bücher bei ihm zurücklassen musste. Mein langes Ausbleiben empfand er offenbar als Kränkung. Er sprach davon, am Vortag an der Ruine der Frauenkirche auf Helmut Kohl gewartet zu haben, war aber, genervt von den Sprechchören, bald wieder verschwunden.

Ich hatte Paulini anvertraut, gerade im Begriff zu sein, mit Freunden eine Zeitung zu gründen, ein Lokalblatt, um die Demokratisierung des Landes zu begleiten. Paulini hielt das für eine Schnapsidee und redete mir ins Gewissen, meine Kündigung am Museum auf der Stelle zurückzuziehen. Normalerweise widersprach ich ihm nicht. Diesmal aber hielt ich dagegen, die Demokratisierung werde Jahre brauchen. Und jeder müsse an seinem Platz etwas dazu beitragen.

»Dein Platz ist das Museum, sind die Bücher!«, mahnte er. Er lehnte es ab, darüber zu diskutieren. Dieser Besuch war, wie ich gestehen muss, mein letzter Besuch in der Brucknerstraße. In den folgenden drei Jahren war ich ganz und gar damit beschäftigt, meine Altenburger Zeitung erst ins Laufen zu bringen, dann über die Währungsunion zu retten und schließlich Woche für Woche über Wasser zu halten und gegen die Konkurrenz der

Konzerne zu behaupten. Wir waren ein Papierschiffchen auf hoher See.

In dieser Zeit war ich tatsächlich zum Nichtleser mutiert. Ich hätte nicht einmal zu sagen gewusst, welches Buch ich mir von Paulini hätte wünschen sollen. Und wäre tatsächlich ein Wunsch aufgetaucht – jeder Buchladen hätte ihn mir wahrscheinlich bis zum nächsten Tag erfüllt.

Von Paulinis Pleite und seinem Versuch, als Kassierer sein Brot zu verdienen, erfuhr ich mit einiger Verzögerung. Um ehrlich zu sein, empfand ich auch Genugtuung.

Nachdem ich im September '93 nach Berlin gezogen war, meldete ich mich bei Ilja Gräbendorf. Er war nun das, was meine Eltern einen »gefragten Mann« nannten. Lisa studierte Germanistik und Kunstgeschichte an der Humboldt, ich schrieb an meinem ersten Romanmanuskript und lebte von dem Geld, das ich von meiner Zeitung bekam.

Ilja Gräbendorf lud mich in ein japanisches Restaurant nach Kreuzberg ein und erklärte mir, wie man die Stäbchen zu halten habe. Ich verschwieg, dies bereits in Jena von einem Vietnamesen gelernt zu haben, und verblüffte ihn durch meine Gelehrigkeit, was ihn außerordentlich freute. Lisa solle sich an mir ein Beispiel nehmen.

»Unser Norbert«, sagte Gräbendorf gedehnt und lehnte sich zurück, als ich nach Paulini fragte. Lisa bat um eine Gabel und listete die dramatischen Wendungen auf, die Prinz Vogelfrei widerfahren waren, die Enttarnung Violas und die Trennung von ihr, der Tod von Frau

Kate, der Verlust des Hauses unter Beibehaltung der Kreditzahlung, seine Pleite und die Versuche, als Kassierer zu arbeiten. Schließlich die Erlösung im Nachtwächterjob. Und nun, wie eine märchenhafte Belohnung, Hana, die Slowakin, mit der er zusammenlebe.

Wir hatten alle Lehrgeld zu zahlen, dachte ich, warum sollte es ihm anders ergehen?

Lisa erzählte von ihrem letzten Besuch bei Paulini, Gräbendorf unterbrach sie: »Man muss den Quatsch nicht noch rumposaunen!« Offenbar hatte ihn Paulini beleidigt. Lisa und Gräbendorf stritten sich, ob Paulini mutwillig gehandelt habe oder ob es an ihm, Gräbendorf, liege, der nicht vertrage, kritisiert zu werden. Die beiden versuchten mehrmals, ihren Streit zu beenden, aber weder er noch sie konnten auf eine Replik verzichten. Gräbendorf kreidete ihm an, sich nie für das Verhalten seiner Frau entschuldigt zu haben. Lisa beharrte darauf, Paulini sei der am meisten Geschädigte und habe schließlich seine Konsequenzen gezogen, trotz des Kindes.

»Oder gerade seinetwegen«, sagte ich, um mich in Erinnerung zu bringen.

»Es lässt sich alles lernen!«, sagte Ilja Gräbendorf, deutete auf meine leere Schale und bat um die Rechnung.

Nachdem sich Lisa und Gräbendorf getrennt hatten, verlor ich Lisa für etliche Jahre aus den Augen. Dafür sah ich Gräbendorf jetzt häufig. Nachdem mein erstes Buch erschienen war, verschaffte er mir als Mitglied einer Jury sogar ein halbjähriges Stipendium in New

York, versorgte mich mit Hinweisen für das Leben dort und einigen New Yorker Adressen, die mir tatsächlich manche Türen öffneten. Kollegialer als er konnte man sich nicht verhalten.

Ich hatte erwartet, bei meinen ersten Lesungen in Dresden Lisa oder Paulini im Publikum zu finden. Stattdessen tauchten Menschen auf, an die ich schon gar nicht mehr gedacht hatte.

Um die Jahrtausendwende nahm ich eine dieser Einladungen zum Anlass und fuhr am Nachmittag vor der Lesung in die Brucknerstraße. Ich spielte damals mit dem Gedanken einer Paulini-Erzählung, ohne recht zu wissen, welche Handlung ihr zugrunde liegen sollte. Ja, so lang trage ich diese Idee schon mit mir herum. Wundert Sie das? Es war eher ein Tonfall, der mir vorschwebte. Ich wollte jene Paulini'sche Antiquariatswelt beschwören, die mir einmal alles bedeutet hatte und die nun bereits in einer mythischen Vorzeit zu liegen schien. Allerdings kam ich damals mit meiner Paulini-Legende nie über den Anfang hinaus.

Obwohl mir kaum eine Straße in Dresden vertrauter gewesen war als die Brucknerstraße, lief ich an dem Grundstück vorüber. Dort, wo einst die »Villa Kate« gestanden hatte, erhob sich jetzt ein Gebilde, das aus verschieden großen ineinandergeschachtelten weißen Kästen zu bestehen schien. Die Scheiben der kleinen und großen Fenster waren getönt. Erst in dem Moment fiel mir wieder ein, was ich ja eigentlich wusste, dass Paulini längst andernorts seine Zelte aufgeschlagen hatte.

Doch in meiner Vorstellung sah ich ihn noch stets in den alten Gemächern. Dort wollte ich ihn auch lassen. Und wo hätte ich ihn auf der anderen Elbseite suchen sollen? Weder besaß ich seine private Adresse noch existierte zu jener Zeit ein Antiquariat Paulini.

Zum ersten Mal sah ich ihn dann gewissermaßen in zweifacher Gestalt wieder, in Leipzig bei der Kurz- und Dokfilmwoche. Es ging um einen Film über den Buch- und Antiquariatshandel vor und nach 1989, in dem Paulini einer der Protagonisten war. Anfangs hatte ich regelrecht Schwierigkeiten, ihn auf der Leinwand zu erkennen, als hätte er sich einer Gesichtsoperation unterzogen, so markant erschien mir sein Kinn. Vor der sich anschließenden Diskussion fragte die Moderatorin auf Englisch, ob jemand kein Englisch verstehe. Als sie dann auf Englisch ihre erste Frage formulierte, erhob sich im Publikum ein Mann und rief, man möge doch bitte Deutsch reden, er verstehe kein Englisch, und es bestehe seiner Meinung nach auch kein Grund, warum über einen deutschen Film in Deutschland nicht auf Deutsch gesprochen werden könne. Im Dämmerlicht des Zuschauerraums erkannte ich Paulini an der Stimme. Es gab vereinzelte Pfiffe, aber auch ich applaudierte ihm. Nach der Veranstaltung bedankte ich mich bei Paulini. Ich wusste nicht, wie ich ihn anreden sollte. Das »Du« erschien mir nach so langer Zeit anmaßend. Mit einem »Sie« fürchtete ich andererseits, ihn zu verletzen. Er fragte, ob wir nicht zusammen essen gehen sollten, und schlug »Auerbachs Keller« vor, sonst kenne er hier nichts mehr. Wir hatten Glück und bekamen schnell einen Tisch. Ich lud ihn ein, er starrte lange in die Speisekarte, fragte dann, ob ich ihm etwas mit so ganz dünnen Spaghetti und vielen Krabben in einer schönen Sauce bestellen könne. Aber es gab nichts mit Shrimps. Ich bestellte ein großes Pils und Roulade mit Klößen, er sagte, das wolle er auch. Und davor ein Würzfleisch. Nach dem Essen war er immer noch hungrig. Auch das Tiramisu verschlang er mit dem größten Appetit. Wir sprachen wenig. Bei allem, was ich ihn fragte, kam eine kurze, niederschmetternde Antwort. Er lebe am Existenzminimum, die Preise der Bücher, selbst die der Erstausgaben, hätten wegen des Internets nur noch einen Weg, nämlich den in den Abgrund. Mich fragte er nichts. Er ließ nicht erkennen, ob er jemals etwas von mir gelesen hatte oder gar, was er davon hielt. Er war athletisch wie eh und je, sein Kinn erschien mir wieder ganz normal. Eher hatte sein Kopf etwas Vogelartiges angenommen. Ich fragte ihn nach dem Film. Aber er schien die Lust am Reden verloren zu haben. Auf meine Frage, wo er übernachte, antwortete er: Zu Hause. Man habe ihn zur Premiere des Films nicht eingeladen, ihm kein Hotelzimmer angeboten? Er reise auf eigene Kosten und müsse jetzt zum Zug.

Zum vierzigjährigen Geschäftsjubiläum – Paulini sprach stets von »Wiedereröffnung« – des »Antiquariats Dorothea Paulini, Inh. Norbert Paulini«, erhielt ich über meinen Verlag eine Einladung von Lisa. Sie bat mich um einen Beitrag für eine Festschrift, die Paulini am

23. März kommenden Jahres überreicht werden sollte. Besonders schön wäre es natürlich, so Lisa, wenn ich die Zeit fände, selbst zu kommen, um meinen Text vorzutragen. Es würde ein rauschendes Fest, dafür verbürge sie sich.

Ich sagte sofort zu. Auch wenn ich mir einredete, kein schlechtes Gewissen haben zu müssen, so empfand ich doch ein Unbehagen oder Ungenügen meinerseits, wenn ich an Paulini dachte. Etwas hochgestochen formuliert: Ich hoffte, mein gegenwärtiges Leben mit meinem alten Leben zu verbinden, beide miteinander zu versöhnen, also letztlich mich selbst, wenn Sie so wollen, zu vervollständigen.

Allerdings drohte ich ausgerechnet an diesem Paulini-Text zu scheitern. Ich wusste nicht, warum ich mich so quälte. Es klang alles falsch und bemüht. Machte es mich unfrei, keine Figuren erfinden zu dürfen? War es die Vorstellung, es in Anwesenheit von Paulini vorlesen zu müssen? Hatte ich ihn denn nicht bei jedem meiner Bücher auch immer als einen meiner imaginären Leser im Kopf gehabt? Als dieser Mitleser war Paulini im Grunde nie aus meinem Leben verschwunden.

Lisa musste mich mahnen. »Schreib doch, wie es war, wie er dir vorkam, als du noch Schüler gewesen bist und er der große Paulini!« Sie rief mir die damalige Welt ins Bewusstsein, die eigens angereisten Büchernarren, die Punkt zehn vor der Tür standen und die Leiter rauf- und runterkletterten, alle Regale absuchten und deren Hosen dreckige Knie bekamen. Und wie man immer glaubte, eine Parole kennen zu müssen, um bei ihm eingelassen zu werden. »Hab keine Hemmung!«

Ich durchsuchte meinen Computer und fand tatsächlich die alte Paulini-Datei wieder. Der Anfang der Legende las sich, als wäre ich Lisas Aufforderung bereits vor gut fünfzehn Jahren nachgekommen. Ich brauchte nicht viel zu verändern und hatte meinen Paulini-Text.

Obwohl ich etwas vor der angegebenen Zeit Sonnenhain erreichte, war es schwer, an der Hauptstraße noch eine Parklücke zu finden. Im Zwielicht der Laternen sah ich auf die Autokennzeichen. Die meisten waren aus Dresden und Umgebung angereist, einzelne aus Hamburg, Rügen, Köln und Rosenheim, zwei Wohnmobile mit holländischem Kennzeichen und eine rote Ente aus der Schweiz. In der Menschentraube vor dem Haus standen fast nur Raucher. Drinnen konnte man sich kaum bewegen, das Gedränge war schlimmer, als ich es aus den Studentenclubs kannte.

Lisa fiel mir um den Hals.

»Na, habe ich zu viel versprochen?«

Es gibt wenige Frauen, die wie Lisa mit jedem Jahr anziehender werden – wenn ich das so sagen darf. Sie versorgte mich mit Wein und bahnte mir einen Weg. Das gesamte Antiquariat, erklärte sie, bestehe aus einem einzigen Raum. Diese hier links sei die Königswand – ein hohes, durchgehendes Buchregal. Die anderen, im rechten Winkel dazu, seien die Hilfstruppen. Wie konnte man nur auf die Idee kommen, in so einem Raum zu feiern?

Als ich drohte, von Lisa getrennt zu werden – die meisten Gäste waren einander offenbar fremd, aber alle kannten Lisa –, fasste sie mich an der Hand und zog mich weiter. Ich dachte, sie schleppe mich zu Paulini. Ihr Ziel aber war ein großes Fenster, aus dem man angeblich den Sonnenuntergang beobachten konnte. Gegen den helleren Himmelsstreifen zeichneten sich die Konturen der Felsen ab. Ich hätte nicht sagen können, wie weit sie entfernt waren.

»Du musst bei Tageslicht kommen! Oder am Abend. Und im Sommer!«

Sie sagte mir so viele schöne Dinge über meinen Paulini-Text und sprach dabei so nah an meinem Ohr, dass ich mich beherrschen musste, nicht einen Arm um sie zu legen. Die Jahrzehnte hatten unserer Vertrautheit nichts anhaben können.

»Sieh an«, dröhnte es plötzlich in mein anderes Ohr, »kennen wir uns nicht?« Paulini streckte mir seine Linke entgegen und biss im selben Moment in ein Stück Blechkuchen, das er auf seiner flachen Rechten balancierte. Bevor ich antworten konnte, fragte er kauend, wo Lisa den Schnaps, diesen holländischen Schnaps versteckt habe.

»In einer halben Stunde, früher nicht«, erwiderte sie und wandte sich wieder meinem Ohr zu. Paulini blieb Kuchen essend neben uns stehen. Ich lauschte Lisa und betrachtete Paulini, der bei jedem Biss die Zähne wie ein Pferd entblößte und auch den Kopf dabei schief hielt. Winzige Fältchen befielen seine Wangen von den Mundwinkeln her. Mit etwas Abstand ließ sich jedoch glauben, er hätte sich nicht verändert, nur sein Haar wäre ergraut. Ich versuchte, ihm ein Kompliment für das Antiquariat zu machen, es sei enorm, was er hier geschaffen habe. Aber weder unterbrach er sein Essen noch hörte Lisa auf zu reden.

Selbst wenn er meinen Blick zu erwidern schien, wusste ich nicht, ob er nicht ins Nirgendwo starrte, nur stand ich ihm dabei zufällig im Weg.

Viel habe nicht gefehlt, sagte Lisa, und er – mit »er« meinte sie immer Paulini – hätte auch heute seinen graublauen Kittel angezogen. Fünfzehn Beiträge gebe es in der Festschrift, meiner sei der erste, und ich würde, wenn es nach ihr ginge, auch als Erster sprechen, ob ich das für sie tun würde?

»Für dich tue ich alles!« Ich meinte das ernst. Paulini schleckte sich abwechselnd die Hände und rieb sie mit einem karierten Stofftaschentuch trocken.

Jemand hatte es geschafft, halbwegs unbemerkt ein kleines Pult herbeizuschaffen und eine funktionierende Lautsprecheranlage samt Mikro aufzubauen. Lisa sprach nun von einem Podest herab. Paulini fiel tatsächlich aus allen Wolken, als Lisa begann. Er lächelte beinah verlegen. Das war mir neu.

Lisa forderte ihn auf, sich auf den bereitstehenden Stuhl direkt vor das Pult zu setzen. Darauf legte sie die Seiten, von denen sie die Büroklammer abzog. Im Grunde sprach Lisa frei, blätterte aber regelmäßig um, was jeweils der einzige Moment war, in dem ihre Fingerkuppen das Spiel mit der Büroklammer unterbrachen.

Dieses unablässige Traktieren einer Büroklammer während einer Rede hatte ich schon oft beobachtet. Doch erst an Lisa verstand ich, welch angenehme Haltung und Gestik eine Büroklammer zwischen den Fingern ermöglichen kann.

»Lass dich nicht vom Bösen überwinden«, zitierte sie, »sondern überwinde das Böse mit Gutem.« Und dann war schon ich dran.

Beim Reden kam es mir so vor, als ahmte ich Lisas Intonation nach. Oder war es nur der Dresdner Dialekt, der mich wieder umgab und nolens volens verwandelte? Mich verunsicherte der ernste Blick, mit dem Paulini meiner Rede folgte. Er hielt eine Wange in die Hand gestützt und sah auf seine Schuhe. Dann aber applaudierte er kurz, erhob sich und reichte mir die Hand, als wollte er mir vom Podest helfen.

Der Beifall war freundlich und anhaltend, was eine sächsische Eigenheit ist. Auch denjenigen, die nach mir sprachen, wurde ausgiebig gehuldigt.

Als Schlusspunkt erwartete ich eine kurze Ansprache Paulinis, wenigstens ein paar Sätze, irgendeine Geste des Dankes – aber nichts, gar nichts! Paulini scheint die Huldigungen ebenso sehr einzufordern, wie er diese auch rasch wieder loszuwerden wünscht. Auch die Eröffnung des Buffets war Lisas Sache.

Ich war erleichtert, es hinter mir zu haben, und hätte mich am liebsten mit Lisa irgendwo hingesetzt und geredet. Ich erwartete auch, angesprochen zu werden und irgendetwas Lobendes zu meinem Text zu hören. Aber das hielt niemand für nötig. Ich glaubte, einige Gesichter zu kennen, manchmal fielen mir sogar die Vor- und Nachnamen ein, aber ein Gespräch wollte sich nie ergeben.

Ich fühlte mich nicht unwohl zwischen den Bücherwänden. An den Stirnseiten der Gänge hingen ein paar obskure Bilder, »Beifang«, alles Mögliche, was bei Buchankäufen eben so abfällt. Im Unterschied zu früher war es staubig. Vielleicht hielt Paulini das Staubwischen in einem Versandantiquariat ohne Publikumsverkehr für überflüssig.

Plötzlich stand ich vor Scheffel. Er thronte, oder besser gesagt, lag, die Arme auf den breiten Seitenlehnen, in einem Ledersessel, der einzigen Sitzgelegenheit außer zwei Stühlen. Er brauchte einen Moment, um mich zu erkennen. Er habe meine Rede gehört, aber mich nicht sehen können. So zielsicher, wie sein Zeigefinger auf mich zufuhr, begann er, wieder mit halb geschlossenen Augenlidern, von der Bibliotheksrevision zu reden und von dem Vergleich der Athena-Köpfe.

»Ich hab gehört, du schreibst jetzt?«

»Ja«, antwortete ich.

Scheffel fragte, warum ich mich von meinem schönen Fach abgewandt hätte. Zum Glück schob sich eine Frau mit herzförmigem Gesicht und schlohweißem Haar zwischen uns und offerierte Scheffel einen Teller, bestückt mit den aufgefächerten Kostproben des Buffets. Scheffel erkundigte sich bei ihr, ob da irgendwo Sellerie dabei sei, ganz gleich in welcher Form, Sellerie dürfe er unter keinen Umständen essen. »Bei Strafe des Untergangs!«, rief er und lachte.

Peinlicherweise erkannte ich Marion nicht wieder. Die mir einst so vertrauten Züge waren in der Fülligkeit ihres Gesichtes verlorengegangen.

Vor dem Buffet traf ich auf Paulini.

»Ich habe nie eine Brille getragen, aber das nur nebenbei«, sagte er »Und wo ist Gräbendorf?«

Wir hätten uns etwas auseinandergelebt, sagte ich.

»Ihr passt doch bestens zusammen«, antwortete er und grinste mir ins Gesicht. »Ich würde sogar sagen, ihr beide ergänzt euch ganz hervorragend!«

Paulini verströmte einen leichten Schweißgeruch, der nicht ganz überdeckt wurde vom Duft seines frischen Hemdes, das offenbar lange im Schrank gelegen hatte, jedenfalls roch er nach altem Mann. Die Apfelhaut seines Gesichts sparte die Partie um die Wangenknochen aus, auch um die Augen wirkte er jünger.

»Er hätte wenigstens noch mal ›danke‹ sagen können«, beklagte ich mich bei Lisa, die mir Vorwürfe machte, weil ich mich hatte davonstehlen wollen.

»Sei nicht so egoistisch«, besänftigte sie mich. »Über nichts freut er sich so wie über dein Kommen. Und deine Rede natürlich, ich kenn ihn doch!« Paulini, so Lisa, habe sich von allen sitzengelassen und verraten gefühlt. »Euch geht es doch so gut!«, sagte sie, als sie mein skeptisches Gesicht sah. »In allem geht es euch unendlich gut, während er … Verstehst du das nicht?«

»Wen meinst du mit ›euch‹?«, fragte ich.

»Na, Ilja und dich!«

»Belästigt hier jemand?« Ein junger Mann schob sich halb zwischen uns. Mich würdigte er keines Blickes.

»Lass uns mal reden«, sagte Lisa und fuhr ihm durch sein kurzes blondes Haar. Er lächelte, als wäre es genau das gewesen, was er bezweckt hatte.

»Behalt euch im Auge«, sagte er und touchierte meine Schulter.

»Julian, ein Kindskopf«, beschwichtigte mich Lisa. »Er spielt gern Beschützer.«

Lisa stellte mir einen kleinen Mann um die sechzig vor, mit einem Schnauzbart, tiefbraunen Augen und einer Halbglatze, dessen große Brille auf die Stirn geschoben war. Als er mir die Hand reichte, wich er zugleich mit dem Oberkörper zurück, als könnte er mich nur so ganz erfassen.

»Es freut mich«, sagte er und drückte mir fest und lange die Hand, »einen Rhetor wie Sie in unseren bescheidenen Hallen begrüßen zu dürfen. Ihr Text war großartig!«

Lisa erklärte den vor mir stehenden Juso Podžan Livnjak zum Genie und Mitarbeiter Paulinis. Sie kenne keinen Menschen, der mehr Sprachen spreche und mehr über Bücher wisse als Juso. Natürlich widersprach er. Warum war er dann Paulinis Angestellter geworden? Diese Frage, die sich doch aufdrängte, stellte ich nicht, aber womöglich bemerkte Livnjak meine Vorbehalte.

»Und wer hat das hier alles gebaut?«, fragte ich ihn Lisa zuliebe.

»Ein Maurer – ein Maurer*meister*!«, korrigierte sich Livnjak und erhob den Zeigefinger seiner Rechten. »Der hat seine zweite Frau mit einem Atelier überrascht, sie malte. Aber das Fenster war auf der falschen Seite. Und nun sind sie geschieden, und wir haben den Blick nach Süden.«

Seine ausgeprägte Gestik und Mimik wechselte so stetig und bedachtsam, dass ich unwillkürlich an japanisches Theater denken musste.

Auf Lisas Drängen hin und von ihr unterbrochen, musste er über sich Auskunft geben. Livnjak war Bosnier, hatte in Sarajevo studiert und war spezialisiert auf Handschriften, die zwar auf Bosnisch, also in einer heute noch gut verständlichen Sprache abgefasst seien, aber in arabischer Schrift. »Alhamiado« nenne man das. Sein Arbeitsgebiet wurde ausgelöscht, als die Bibliothek, die Vijećnica, – er wiederholte den Namen mehrmals wie auch das Datum – am 25. August 1992 mit Phosphorgranaten beschossen worden war und niederbrannte. Ihm und seiner Frau war die Flucht aus Sarajevo möglich gewesen, über Graz, Wien und Bergen in Norwegen und weitere Stationen waren sie schließlich in Deutschland gelandet, ein Zufall, in Dresden, ein weiterer Zufall.

Lag es daran, dass ich Livjnak nach Sarajevo fragte, oder daran, dass ich zu bemerken wagte, für jemanden mit seinen Fähigkeiten sei es doch besser, an der heimischen Universität zu lehren? Oder störte ihn etwas an mir, oder war er einfach nur müde? Die Lust, eine Unterhaltung mit mir zu führen, die er enthusiastisch begonnen hatte, erlahmte sichtlich und erlosch bald ganz. Nachdem wir mit Lisas Hilfe voneinander losgekommen waren, flüsterte sie mir etwas über seine Eltern ins Ohr.

»Er weiß, wer seine Eltern umgebracht hat, seinetwegen …«

Aber was hatte ich damit zu tun?

Ich fragte Lisa, ob ich sie zu einem Spaziergang entführen dürfte, ein Stück die Dorfstraße hinab oder hinauf.

»Warte noch«, beschied sie mich. »Ich kann ihn jetzt nicht im Stich lassen.«

Ihretwegen quälte ich mich geschlagene zwei Stunden herum, wobei ich darauf achtete, weder in Livnjaks noch Scheffels und schon gar nicht in Paulinis Nähe zu geraten. Schließlich wartete ich vor der Tür. Auch dort verspürte ich keine Lust, in ein Gespräch gezogen zu werden.

Als Lisa endlich auftauchte, behauptete sie, bereits mehrmals gefragt worden zu sein, ob wir was miteinander hätten.

»Das glaube ich nicht«, sagte ich.

»Dass wir was miteinander haben?«

»Nein, dass man dich gefragt hat«, antwortete ich.

»Ist aber so«, beharrte sie und schob ihren Arm unter meinen.

Ich hatte keine Lust, sie nach Livnjak zu fragen oder nach Paulini. Ich hatte überhaupt keine Lust zu reden. Und auch sie schien es zu genießen, endlich schweigen zu dürfen.

Vor meinem Auto umarmten wir uns zum Abschied – und pressten uns plötzlich wie auf Verabredung aneinander. Ich versuchte, Lisa zu küssen. Sie wich mir aus. Ich ließ los, während sie mich noch festhielt.

»Wo übernachtest du eigentlich?«, flüsterte sie.

Ich fuhr dann hinter ihr her nach Dresden. Kann man von einer Sekunde auf die andere kapieren, jemanden schon lange zu lieben, ohne es bis zu diesem Augenblick gewusst zu haben? Das ist eine rhetorische Frage. Sie müssen nicht antworten. Lisa, so schien es mir, hatte mich an meine Liebe zu ihr nur erinnert, mich auf sie aufmerksam gemacht. In ihrer Wohnung, im Dachgeschoss der Villa, war es dann, als hätten wir uns ein Leben lang danach gesehnt, den anderen endlich in Besitz zu nehmen.

Lisa war, um es nüchtern zu sagen, leidenschaftlich. Ich hätte die Verwandlung einer fürsorglichen Freundin in eine nicht nur fordernde, sondern in ihrem Verlangen fast rücksichtslose Frau nicht für möglich gehalten. Trotz zweier Ehen und einiger Beziehungen war mir etwas Ähnliches unbekannt geblieben.

Auch Träume glaubt man noch auf der Haut zu spüren, auch Träume verwandeln das eigene Fühlen und Sehnen. Oder? Ich hielt Lisa nicht für einen Traum, trotzdem wurde sie für mich erst vollkommen wirklich, als sie wenige Stunden nach meiner Rückkehr nach Berlin bereits wieder vor mir stand, einen kleinen, altmodischen Koffer mit beiden Armen umschlungen hielt und wortlos eintrat.

Von Lisa und mir will ich nur erzählen, was in Bezug auf Paulini Bedeutung hat. Allerdings ist das eine geringfügige Einschränkung. Auch wenn ich es lange nicht verstanden habe oder wahrhaben wollte, es war von Anfang an eine Ménage à trois – und wurde es mit jedem Tag nur noch mehr.

Mit Lisa sah ich mich selbst und die Welt anders. Ich wunderte mich über die Leichtigkeit, die es bedeutete, eine Frau zur Seite zu haben, die wusste, wie man aufgewachsen war, der gegenüber man sich nicht dafür entschuldigen musste, früher auch glücklich gewesen zu sein, die wusste, was es bedeutete, nur anderthalb Jahre zur Armee gegangen zu sein, die wusste, was ein Subotnik war und warum man immer einen Pullover über dem FDJ-Hemd getragen hat und so weiter und so fort. Aber das greift alles zu kurz. Ich sollte sagen: eine, die frei ist von der natürlichen Verachtung des Westens gegenüber dem Osten. An diese Verachtung – man könnte es auch das westliche Überlegenheitsgefühl nennen – hatte ich mich im Laufe der Zeit gewöhnt, ohne es selbst zu bemerken. Es war wie ein Dauerton, etwas Selbstverständliches. Und es spielte für den, der es erlebte, auch keine Rolle, ob er nur ein Glied war in der Kette der Verachtung, die sich in Richtung Osten oder Süden fortsetzte. Abstrakter formuliert könnte ich sagen: Der Grund, auf dem ich mich bewegte, verlor dank Lisa sein Gefälle. Lisa gab mir meinen aufrechten Gang zurück.

Lisa hingegen war erneut an einen Schriftsteller geraten, der obendrein in Berlin wohnte. Sie habe nichts gegen die Stadt, sie habe nur Gräbendorf nicht mehr ausgehalten, dessen panische Angst, als Ostler kategorisiert zu werden. Gräbendorf habe dem Westen den fälligen Tribut durch seine Erklärung erstattet, nur durch Zufall nicht im Gulag gelandet zu sein, weshalb er die Freiheit mehr zu schätzen wisse als die Gleichaltrigen im Westen, die sie für selbstverständlich hielten wie die Zuckertüte. Lisa verfügte über eine ganze Palette von Adjektiven, um die Bemühungen Gräbendorfs zu beschreiben, vom Westen anerkannt zu werden: »beflissen« und »eilfertig« zählten zu den harmloseren. Einmal nannte sie seinen Ehrgeiz einen »turnerischen«, mit dem er sich Manieren anzutrainieren suchte, die ihn als weltläufig ausweisen sollten. Unser Fast-Dissident fürchte nichts mehr, als etwas zu sagen, das nicht nach allen Seiten abgesichert sei.

Rein körperlich habe sie ihn nicht mehr ertragen. Manchmal, fügte Lisa hinzu, habe sie Angst gehabt – und Paulini mit ihr –, dass auch ich meine östliche Selbstentleibung zu weit treiben könne.

»Zu weit treiben?«, fragte ich.

»Du willst doch auch Erfolg im Westen haben, also musst du Konzessionen machen, oder?«, fragte sie.

Machte ich Konzessionen? Oder merkte ich das schon nicht mehr? War ich für Lisa einer jener Hampelmänner, von denen sie sprach, die überall und immer verfügbar waren, wenn sie nur einen Zipfel Öffentlichkeit ergattern konnten, die ganz automatisch, wenn sie sprachen, sich an ein Publikum im Westen wandten?

In ihren Augen war Paulini derjenige, der allem widerstand, der aufrechte Zinnsoldat. Lisa las mir sogar das Märchen von Andersen vor, in dem der Zinnsoldat, der nur ein Bein hat, weil das Zinn nicht mehr gereicht hatte, sich in eine Tänzerin aus Papier, angetan mit einem linnenen Rock, verliebte. Die hatte ein Bein so hoch geschwungen, dass der Zinnsoldat glaubte, auch sie wäre einbeinig. Der aufrechte Zinnsoldat fiel aus dem Fenster, bestand seine Odyssee, kehrte im Bauch eines Fisches in dieselbe Wohnung, auf denselben Tisch zurück, doch nur, um dort, ins Feuer geworfen, gemeinsam mit der Tänzerin zu sterben.

»Vor allem: Er kann gar nicht anders sein! Und das macht ihn so verloren und einsam.«

Paulini, der mir – anders als Lisa – mit Sicherheit unterstellte, mich einer »Ost-Entleibung« schuldig gemacht zu haben, würde mich, an der Seite von Lisa, mit anderen Augen sehen – eine Vorstellung, die mir gefiel und die mich regelrecht entspannte.

Lisa besuchte ihn nun weitaus seltener als früher. Schließlich hatte er diesen Livnjak, und Julian war längst erwachsen. Sie verschwieg mir auch nicht, wie unzufrieden und deshalb oft ungerecht Paulini mitunter war, weil Lisa sich so selten blicken ließ. Nebenbei erfuhr ich, dass Lisa früher jahrelang gemeinsam mit Vater und Sohn Paulini in Urlaub gefahren war. Sie können sich vorstellen, wie mir das Herz stockte.

»Ihr wart zusammen, in einem Zimmer?«, fragte ich.

»Ja, klar«, sagte Lisa.

»Ihr wart nachts im selben Zimmer? Habt ihr miteinander geschlafen?«

»Bist du eifersüchtig?«, fragte sie und lächelte zufrieden, wie ich fand. Alle, selbst ihre Eltern und erst recht Paulinis geschiedene Frau und insbesondere Gräbendorf, würden ihr seit Jahr und Tag ein Verhältnis mit Paulini unterstellen.

»Das ist so jenseitig«, sagte sie. »Wir machen uns nicht einmal mehr darüber lustig.«

Lisa bewohnte wie eh und je die Zimmer unterm Dach. Ihre Eltern waren hinfällig geworden, und die Villa lockte immer wieder alles mögliche Volk an, weil sie mittlerweile die einzige weit und breit war, die noch nicht saniert worden war. Auch so verschlang die Miete den Großteil der Renten.

»Ich dachte, das gehört euch«, gestand ich.

»Ich bin keine gute Partie«, sagte Lisa.

»Du bist die beste, die sich denken lässt«, erwiderte ich. Ich weiß noch genau, dass ich in diesem Moment am liebsten vor ihr niedergekniet wäre und mich dann ärgerte, es nicht getan zu haben.

Lisa und ich verbrachten beinah mehr Zeit gemeinsam als getrennt. Da sie montags nie und nur jeden zweiten Dienstag arbeiten musste, was als Ausgleich für ihre ständigen Überstunden galt, kam sie am Samstagabend oft nach Berlin. Mir wiederum hatte sie in ihrem schönsten Zimmer einen Tisch direkt vors Fenster gerückt, so dass ich, wenn ich von meinem Laptop aufsah, über das Elbtal hinweg bis ins Osterzgebirge blickte. Die Eltern bekamen mich nie zu Gesicht, weil jede Veränderung sie verstörte. Sie sollten gar nicht erst auf den Gedanken kommen, Lisa könnte sie in Richtung Berlin verlassen. Zweimal übernachteten sogar meine Töchter bei ihr. Sie kannten Dresden von den Besuchen bei meinen Eltern, die drei oder vier Jahre zuvor von Jena zurück nach Dresden in die Südvorstadt gezogen waren. So eine verwunschene Villa aber mit Blick über die Welt fanden sie cool und Lisa ebenso. Selbst meine Eltern, die in Sachen Frauen bei mir an Kummer gewöhnt waren, gaben schnell ihre Reserviertheit Lisa gegenüber auf. Sie hätten nichts dagegen gehabt, wenn ich ganz zu ihr auf den Weißen Hirsch gezogen wäre. Sie sehen, eigentlich war alles in Butter.

Es muss Ende August oder Anfang September gewesen sein, noch vor der ersten OP ihrer Mutter, als ich Lisa vorschlug, endlich mal nach Sonnenhain zu fahren, um Paulini zu besuchen. »Wir laden ihn zum Essen ein!«, fügte ich hinzu.

»Warum willst du ihm weh tun?«, fragte Lisa und starrte mich an, als hätte ich meine Augenfarbe gewechselt.

Ihre Antwort und ihr Blick gaben mir einen Stich. Das ist ein abgegriffener Ausdruck, aber zugleich auch die genaueste Beschreibung dessen, was ich empfand. Es gab mir einen Stich ins Herz. Warum willst du ihm weh tun? Sie haben keine Vorstellung davon, welche Bedeutung dieser Satz fortan in meinem Leben haben sollte.

»Warum willst du ihm weh tun? Denkst du denn, für

ihn ist es schön, wenn so ein glückliches Paar vor ihm herumtanzt?«

»Wieso?«, fragte ich. »Weiß er es denn nicht?«

»Was bringt das denn? Willst du über ihn triumphieren?«

Wollte ich das? Ich musste mir tatsächlich eine gewisse Genugtuung bei dem Gedanken eingestehen, gemeinsam mit Lisa vor Paulini zu treten. Das verwirrte mich.

»Also wünscht er sich, wieder mit dir in Urlaub zu fahren oder ganz mit dir zusammenzuleben«, resümierte ich.

»Was ist denn mit dir los?«, fragte sie. Ich spürte selbst, wie ich in mich zusammengefallen war. Ohne es zu bemerken, hatte ich mich an den Küchentisch gesetzt.

»Das ist zwar schmeichelhaft, wenn du allen Männern unterstellst, sie wollten mit einer fünfundfünfzigjährigen Frau zusammenleben. Aber auch einer einsamen Freundin würde ich mein Glück nicht unter die Nase reiben. Ist das so schwer zu verstehen?«

Ich weiß nicht mehr, was wir schließlich noch an jenem schrecklichen Tag unternahmen, aber als ich das nächste Mal nach Dresden kam und es nun Lisa war, die vorschlug, einen Ausflug in die Sächsische Schweiz zu machen, war ich überzeugt, sie habe ihre Ansicht geändert, sie wollte gemeinsam mit mir zu Paulini. Erst unterwegs begriff ich: Es ging zum Wandern.

An Touren, wie sie Lisa unternahm, war ich nicht mehr gewöhnt. Einmal im Jahr umrundete ich mit den Töchtern den Stechlin, am Wochenende in Berlin ab und an den Schlachtensee. Wanderschuhe besaß ich schon lange nicht mehr.

Lisa hingegen verfügte über eine ganze Wanderausrüstung. Das Wort »zünftig«, das bei uns zu Hause früher oft zu hören gewesen war, fiel mir bei ihrem Anblick ein. Sie sprang vor mir her von Stein zu Stein, als brauchte sie weder hinzusehen noch Luft zu holen. Ihre Wanderschuhe, Größe 37, waren eins mit ihr, wie Hufe. Die Strümpfe waren herabgerutscht, weshalb ich, wenn es steil bergan ging, ihre gebräunten jugendlichen Waden unmittelbar vor Augen hatte. Ihr Rucksack war eine Kraxe aus DDR-Tagen, deren einstmals dunkelblauer Bezug an mehreren Stellen geflickt war. Schnell hatte ich Unterhemd und Hemd durchgeschwitzt und fror, die rechte Ferse brannte in meinen sonst an Bequemlichkeit nicht zu übertreffenden Camper-Turnschuhen – wir mussten umkehren.

Vielleicht täuscht die Erinnerung, aber mir kommt es so vor, als wären wir fortan immer nur in die Sächsische Schweiz gefahren. Sie müsse raus, sagte Lisa, raus! Anders ertrage sie das Eingesperrtsein in der Buchhandlung und zu Hause mit ihrer Mutter nicht.

Lisa brauchte keine Wanderkarten, keine Routenführer. Diese Felsen und Wälder waren ihr Garten. Begegneten wir jemandem, grüßte sie mit »Ahoi«, wie ich es früher in der Hohen Tatra erlebt hatte. Am schönsten waren jene Augenblicke, in denen Lisa mir einen Arm um den Hals legte, damit ich über ihren Zeigefinger hinweg das Gewünschte anvisierte. Zwischen ihren Erklärungen küsste sie mich, ohne dass es mir erlaubt war, den Kopf zu wenden. Wie ein Schüler hatte ich ihr die Namen der Felsen und Plateaus zu wiederholen, die, das war mir früher nie aufgefallen, eine Art Canyonlandschaft bildeten, nur grün und belebt und von der Elbe, die in der Abendsonne regelrecht gleißend werden konnte, durchzogen.

Neuerdings lebte ich für diese Inseln der Innigkeit, von denen nie vorhersehbar war, wann sie auftauchten, wann wir sie erreichten. Dann verstummten auch alle Fragen, wie es mit uns weitergehen solle, ob Lisa je nach Berlin ziehen würde, ich je zurück nach Dresden.

Als wäre es ein Ziel wie jedes andere, konnte sie auf Sonnenhain deuten und auf das Haus Paulinis. Seine große Fensterscheibe blitzte sogar einmal in der Sonne auf, als glühte dort der Mittelpunkt der Welt. Ich ertrug ihre Paulini-Plaudereien nur schwer. Sie schnürten mir die Kehle zu. Merkte sie das denn nicht? Sollte ich Lisa bitten, Paulini kritischer zu sehen? Sie gar vor die Wahl stellen, sich endlich vor Paulini zu mir zu bekennen oder sich zu trennen? In den dunkelsten Stunden fragte ich mich, warum wir ausgerechnet in der Sächsischen Schweiz umherwanderten. Wollte sie Paulini etwa nah sein, wagte sich aber mit mir im Schlepptau nicht zu ihm?

Auf einer Wanderung über das »Hintere Raubschloss« zur Goldsteinaussicht entsprang aus Qual und Glück der Wunsch, über Paulini zu schreiben. Und ob Sie es glauben oder nicht, sofort spürte ich am ganzen Körper: Das ist die Rettung! Es genügte schon, ein paar Sätze im Kopf zu formulieren, um mich leicht und frei zu fühlen, vor allem aber souverän. Solch ein Aufatmen bringt mehr oder weniger jede Idee für ein Buch mit sich, aber in diesem Fall war es noch etwas anderes. Für mich war es regelrecht notwendig geworden, über Paulini zu schreiben. Dies war der mir mögliche Weg, Klarheit über ihn zu gewinnen, darüber, wer er war und wie er zur Welt stand. Es war meine Methode, mit Lisas Paulini-Manie klarzukommen. Ich wollte nicht länger passiv sein müssen. Ich kehrte den Spieß um. Ich würde etwas daraus machen! Und das auf die mir gemäße Art. Ich wunderte mich, wieso ich nicht früher darauf gekommen war.

Lisa bemerkte meinen Sinneswandel sofort. Ich sei mit einem Mal so gut gelaunt.

»Bin ich sonst ein Miesepeter?«

»Das nicht gerade, aber so gefällst du mir viel besser!«

Über Paulini zu schreiben war offenbar das, was ich für Lisa und mich tun konnte. Es war eigenartig, bei ihr zu Hause am Schreibtisch zu sitzen und sich ein Dresden zu imaginieren, das noch vor meinen ersten Erinnerungen lag. Lisa hatte mir einiges über Paulinis Kindheit berichtet, über seine Großmutter, von der bis heute ein Foto auf seinem Nachttisch stehe ... Man musste ja nicht gleich mit jemandem schlafen, um dessen Nachttisch zu kennen.

Lisa erzählte höchst anschaulich, so dass ich das Gefühl hatte, ich brauchte vieles nur aufzuschreiben. Zugleich würde ich erfinden müssen, selbst wenn ich alles haarklein über Norbert Paulini wüsste. Andernfalls hätte ich die Stimmigkeit zwar im Kopf, aber nicht auf dem Papier. Um einen von Paulinis Lieblingssprüchen zu bemühen: Die Dichter müssen lügen. Und Platon selbst hat gelogen, hatte Paulini stets hinzugefügt, sonst würde es nicht seine Dialoge geben.

Meine Erzählung sollte Paulini als den großen Leser zeigen, der über die Zeiten und Systeme hinweg aufgrund seiner Veranlagung und Leidenschaft zum Bollwerk wird gegen das, was uns Büchermenschen bedroht, der, weil er seinen Wünschen und Überzeugungen treu bleibt, sich gewissermaßen auf natürliche Weise gegen das stemmt, was uns Jahr für Jahr aushöhlt und wegschwemmt und eines Tages nichts mehr von dem übrig gelassen haben wird, wofür wir zu leben geglaubt haben. Wären wir nicht ohne die Paulinis dieser Welt verloren?

Sie werden kaum ermessen können, was es bedeutet, wenn plötzlich alles brauchbar, alles Recherche wird. Bei Lisa in Dresden lebte ich in der Welt, über die ich schrieb. Vorläufig brauchte ich Paulini gar nicht mehr zu begegnen. Lisa freute sich, in unserem allwöchentlichen heimlichen Tauziehen, wer zu wem kommt, so leichthin die Oberhand zu gewinnen.

In Berlin war Lisa anders, ruhiger und in Gesellschaft regelrecht schweigsam, als schämte sie sich ihres gezähmten Sächsisch. Auch hier zog es sie in die Umgebung. Wir genossen das preußische Arkadien von Schinkel und Lenné und Fürst Pückler, wanderten von Caputh aus um den Schwielowsee, selbst nach Paretz fuhren wir. Ich fand mich allmählich in die Chronologie der preußischen

Kurfürsten und Könige hinein und ihrer wichtigsten Bauten. Ich wollte nicht mit Lisas Kenntnis sächsischer Kunst und Architektur, der Barockgärten und Historie im Allgemeinen wetteifern, aber auch mir sollte es möglich sein, den Reiseführer zu spielen. Einmal juchzte Lisa auf, als wir, vor dem Marmorpalais im Neuen Garten stehend, durch eine schmale Schneise das weiße Schloss der Pfaueninsel wie ein weit entferntes Medaillon erblickten. Das war die Gelegenheit, mein frisch erworbenes Wissen über Peter Joseph Lenné und seine Sichtachsen zum Besten zu geben.

»Er ist immer ohne Kriegserklärung in Sachsen eingefallen«, beschwerte sich Lisa später aus heiterem Himmel über Friedrich den Großen.

In Berlin war auch ihr Verhältnis zu meinen Töchtern anders. Eine unerklärliche Scheu hielt sie hier auf Distanz, die zu überwinden nicht in ihrer Macht stand und auch nicht notwendig gewesen wäre, wenn es mich nicht in beide Richtungen gehemmt hätte. Was konnte ich tun, wenn sich meine Töchter rechts und links bei mir einhakten und Lisa neben uns herlief, was sie klaglos tat und ohne Vorwurf. Ich weiß nicht, wie oft ich in meiner Erzählung den Satz: »Berlin war nichts für Lisa«, gestrichen und wieder hingeschrieben habe.

Einmal begegneten wir Gräbendorf, das war im Gropius-Bau, beim jährlichen Abend der Villa Massimo im Februar. Gräbendorf wurde fast wie ein Staatsgast hofiert. Er übersah uns lange und wusste dann nicht, wie er Lisa und mich begrüßen sollte. Auch er und ich hatten verlernt, miteinander umzugehen. Man hätte glauben können, er freute sich ungemein, uns beide zu sehen, uns vor allem so vereint zu sehen. Ständig berührte er Lisa oder mich an der Schulter oder am Ellbogen.

Als Lisa fragte, ob sie Paulini grüßen solle, wehrte Gräbendorf ab. Wie er behauptete, bot Paulini die Gräbendorf'schen Bücher, die dieser mit Widmung versehen ihm über die Jahre hinweg hatte zukommen lassen, auf seiner Internetseite an. Wegen Signatur und Widmung kosteten sie das Drei- bis Vierfache des Neupreises.

»Ein Geschenk weiterzuschenken ist schon peinlich, es zu verkaufen ist schlimm, aber ein Geschenk, das als solches auch noch kenntlich ist – das ist mir zu tief unter der Gürtellinie. Und jetzt sag bitte nicht«, fügte Gräbendorf an Lisa gewandt hinzu, »das wäre ein Versehen.«

»Du solltest wissen«, erwiderte Lisa, »dass Norbert keine eigenen Bücher mehr besitzt. Schon seit 1990 hat er keine eigene Bibliothek mehr. Das kann er sich gar nicht leisten.«

Gräbendorf verdrehte die Augen. »Ich habe sie mir zurückgekauft, und er hat sich nicht entblödet, sie mir auch brav zu schicken«, sagte er, reichte erst Lisa, dann mir die Hand und wandte sich ab.

»Merkt denn keiner von euch, dass ihr immer und überall zuerst »ich« sagt und euch dabei in der dritten Person betrachtet, als hättet ihr immer schon euer Denkmal im Schulterblick?«

»Was hat das jetzt damit zu tun?«, fragte ich. Gräbendorf hatte doch recht! Ich war überrascht und sogar beschämt von seiner Fürsorge und Treue. Ich selbst hatte Paulini nie ein Buch geschickt!

Unseren Dissens beendete ein Fotograf aus Leipzig, den ich nicht kannte. Lisa und er umarmten einander, was bei Lisa selten geschah. Nun allerdings verschanzte sie sich hinter ihm. Mehrmals kam ich mit jemandem zu ihr, um sie einander vorzustellen. Lisa schien davon eher gestört, und der Fotograf, der jedes Mal einen Schritt zurücktrat und dessen Nachnamen ich mir nicht merken konnte, erschwerte die Prozedur.

Wir waren unter den Ersten, die gingen. Die Schlange derer, die draußen in der Kälte ausharrten, um eingelassen zu werden, war kaum kürzer geworden.

»Das ist alles so verkommen und absurd«, sagte Lisa, während wir auf die U-Bahn warteten. »Den einen stopft man es vorn und hinten rein, und die anderen wissen nicht, wie sie über die Runden kommen sollen. Mit Qualität hat das alles gar nichts zu tun.«

Da ich in ihrer Wahrnehmung zu jenen gehörte, die alles reingestopft bekamen, schwieg ich.

»Warum lässt man die Leute hier draußen in der Kälte stehen?«, rief sie.

»Das ist bei jeder Ausstellung so«, erwiderte ich. »Es dürfen halt nicht mehr rein …«

»Erbärmlich«, sagte sie, »verkommen und erbärmlich.«

Unser Schweigen währte den gesamten Rückweg. Ich hatte mich ebenfalls unwohl gefühlt, jedoch ihretwegen. Nur konnte ich Lisa schlecht bitten, den Abend anders zu empfinden, als sie es tat. Ich fürchtete sogar, sie würde, zu Hause angekommen, ihren alten Koffer packen und ins Auto steigen.

»Kannst du dir Paulini dort vorstellen?«, fragte sie, als wir meine Wohnung betraten. Dies war Lisas quod erat demonstrandum. Danach war jeglicher Widerspruch sinnlos.

»Das mag sein«, erwiderte ich trotzig. »Dafür scheint er es nicht zu ertragen, dass du bei mir bist.«

Seit ich über Paulini schrieb, war ich nicht mehr darauf zurückgekommen, obwohl es weiter in mir rumorte und ich mir oft vorstellte, wie es wäre, ihm zufällig auf einer Wanderung zu begegnen. Lisa überging meine Bemerkung.

Wie Sie sich unschwer vorstellen können, machte mich mein Paulini-Projekt keinesfalls unverwundbar. Manchmal kam es mir sogar so vor, als züchtigte ich mich mit diesem Thema selbst. Aber ging es mir um Paulini? War er nicht eher ein Zeichen, eine Chiffre, wenn Sie so wollen, für das, was unsere Welt einmal ausgemacht hatte und was jetzt erbarmungslos unter die Räder kam? Ich meine gar nicht den Osten, ich meine die Bücher überhaupt, deren Wertschätzung und Unersetzlichkeit. Stimmte es etwa nicht, dass sich in Paulinis Räumen die Weltliteratur sammelte, wenn auch in deutscher Sprache? Und jede und jeder konnte sie dort erwerben. Die schönsten Ausgaben! Und Paulini, er mochte sein wie er wollte, stellte sein Leben in diesen Dienst. Stürben die Leser aus, so wäre er der letzte.

Ich kam mir kleinlich und engherzig vor, auf Lisas Bekenntnis zu pochen. Woher dieser Drang, fragte ich mich, aller Welt unsere Zweisamkeit verkünden zu müssen?

Bei einem ihrer selten gewordenen Besuche in Berlin fuhren wir mit der Fähre über den Wannsee nach Kladow und gingen von dort nach Sacrow zur Heilandskirche, die auf Abbildungen immer aussieht wie ein vor Anker liegender Mississippi-Dampfer. Ich mag den Blick hinüber auf Glienicke samt seiner Agentenbrücke und den Schwenk nach rechts zur Meierei und zu den Türmen des Belvedere. Links und rechts des Eingangs der Heilandskirche sind längere Bibelzitate in Stein gehauen. Ich hatte den Text auf der linken Seite vorgelesen und war mitunter ins Stocken geraten, einige Buchstaben waren verwittert. Die rechte Seite dagegen, Korinther 13, trug Lisa vor wie ein Gedicht. Beim Lesen nahm ihre Stimme einen anderen Klang an, noch inniger und zugleich bestimmter. Mir erschien es wie eine Belehrung, als sie an die Stelle kam, an der es heißt: DIE LIEBE IST LANGMUETHIG UND FREUNDLICH, DIE LIEBE EIFERT NICHT, DIE LIEBE TREIBET NICHT MUTHWILLEN, SIE TRACHTET NICHT NACH SCHADEN, SIE FREUT SICH NICHT DER UNGERECHTIGKEIT, SIE FREUT SICH ABER DER WAHRHEIT. LIEBE VERTRAEGT ALLES, SIE GLAUBET ALLES, SIE HOFFT ALLES, SIE DULDET ALLES. DIE LIEBE HOERET NIMMER AUF.

Wir hielten uns an der Hand, und ich konnte spüren, wie sie unwillkürlich mal mehr, mal weniger drückte, so wie manchmal, wenn sie neben mir einschlief.

In solchen Momenten war ich unser ganz gewiss. Dann war der Gedanke, Paulini könnte uns etwas anhaben, einfach nur abwegig. Im Gegenteil. Gerade sie und ich verdankten ihm nicht nur viel. Ohne ihn wären wir einander nie begegnet.

Merkwürdigerweise fiel es mir schwer, meinem Paulini das einzuhauchen, was ich als Leser wohl am meisten von ihm erwartet hätte, nämlich dass ihm jedes Buch zum brennenden Dornbusch wurde. Ich wusste ja selbst, wie Bücher die Wirklichkeit veränderten, wie ihre Figuren in mein Leben eintraten, wie ich in das Leben der Figuren eintrat. Aber das hatte ich an Paulini nie erlebt. Und als ich Lisa fragte, wofür Paulini eigentlich brenne, welche die Bücher seien, für die er sich vierteilen ließe, wich sie mir aus, als wäre das eine kindische Frage. Aber sie hatte mich verstanden, und mir gefiel es, dass es plötzlich einen winzigen Riss gab, der, das war nur eine Frage der Zeit, größer werden würde.

Als ich die Nietzsche-Gedichte des Prinzen Vogelfrei wieder las, war ich hin- und hergerissen. Vieles erschien mir einfach lächerlich, im nächsten Augenblick glaubte ich gerade darin etwas Geniales zu erkennen. Derselbe Zwiespalt erfasste auch immer wieder die Figur des von mir vor langer Zeit leichtfertig als Prinz Vogelfrei titulierten Paulini. Als Erzähler erschrak ich, wenn ich bei der Vergegenwärtigung Paulinis Seiten an ihm entdeckte, die ich damals nicht bemerkt oder mir nicht eingestanden hatte. Sie stellten plötzlich mein ganzes Vorhaben in Frage. Mir, als dem Mann, der um Lisa kämpfte, waren sie willkommen, widersprachen sie doch offensichtlich dem Bild, das sie von ihm propagierte.

Und hatte ich nicht auch schon früher eine gewisse Ambivalenz empfunden? Selten war ich Paulini ruhig und gelassen gegenübergetreten. Waren die Abstände zwischen meinen Besuchen größer geworden, hatte mich Unsicherheit befallen, beinah Furcht, die ich wie ein Schuldgefühl zu unterdrücken bereit gewesen war.

Einmal fragte ich Lisa, ob es außer Viola und jener Slowakin, von der ich nichts wusste und der selbst Lisa nur einmal in der Pension »Prellerstraße« begegnet war, noch andere Frauen in Paulinis Leben gegeben habe.

»Norbert ist ein Frauentyp«, behauptete Lisa. Ich widersprach. Paulini mochte einen von Liegestützen trainierten Oberkörper haben, aber sein Gesicht sah aus wie Burattino, seine spitze Nase und die aufgeschwemmten Wangen, sein hölzernes Kinn und seine sich lichtenden Fusselhaare …

»Er ist ein Intellektueller, er ist charismatisch, und wenn du ihn mal an der Ostsee gesehen hättest …«

»Also hatte er viele?« Nicht, dass sie wüsste. Ich erfuhr von der Frau eines Offiziers, die habe ihn entjungfert.

»Nicht auf der Buchhändlerschule?«, fragte ich. Lisa zuckte mit den Achseln. Sie verriet mir noch sein Verhältnis mit einer Professorenwitwe auf dem Weißen Hirsch. Doch sowohl Hana, die Slowakin, als auch die Professorenwitwe hatten Paulini abserviert oder sich ihm zumindest entzogen. Das gestand Lisa indirekt ein, indem sie sich darüber empörte. Warum hielt ausgerechnet Lisa bei ihm aus? Oder sah ich vor Eifersucht Gespenster?

»Als er noch in Dresden war«, sagte Lisa, »ist er regelmäßig im Bordell gewesen.«

»Woher weißt du das?«

»Weil er's mir erzählt hat.« Sie sei die Einzige gewesen, mit der er darüber habe sprechen können. Anfangs habe sie davon nichts wissen wollen, aber er lebte allein, er betrog niemanden. »Und ein anständiger Kerl ist er ja«, sagte sie. Eine Zeitlang habe er das Geld, das ihm blieb, für diese Besuche gebraucht. Er habe ihr von den Frauen erzählt, die er bewunderte, Frauen, die wussten, was sie wollten. Er habe es sogar geschafft, sie, Lisa, so lange zu bereden, bis sie selbst tatsächlich einmal hingegangen sei.

»Du? Zu den Frauen?«

»Viele sind da bi«, sagte Lisa, »jedenfalls machen sie es für Geld.« Sie habe das ausprobieren wollen, ohne irgendwelche Verpflichtungen. Aber dann hätten sie doch nur nebeneinander gelegen und erzählt.

An diesem Abend beichteten Lisa und ich einander unsere Lieben und Bettgeschichten. Da waren wir immerhin schon fast anderthalb Jahre zusammen. Leider kann ich auch nachträglich eifersüchtig werden. Bei Lisa war es anders. Da empfand ich ihre Männer eher wie Verbündete gegenüber Paulini. Sie lächeln, aber ich bilde mir das nicht erst nachträglich ein.

Selbst bei Dingen, die gar nichts mit Paulini zu tun hatten, spürte ich seinen Geist.

So war es nicht einfach, Lisa zu verwöhnen. Im Laufe der Zeit hatte ich ihr ein paar Sachen geschenkt, Schuhe, Bettwäsche, zwei Nachthemden, ein Necessaire, Unterwäsche, Stifte und zwei dieser orangefarbenen französischen Eisenpfannen, die sie liebte. Geschenke im Alltag nannte sie abartig. Selbst zu Weihnachten waren mehr als zwei Geschenke verpönt. Ich kaufte die Dinge trotzdem. Für Lisa fiel mir ständig etwas ein.

»Bei ihm habe ich gelernt, was man alles nicht braucht«, sagte sie beinah schuldbewusst, als ich ihr einen Koffer für die Berlinfahrten offerierte. Ich wollte kein Theater machen, aber meine Freude war dahin. Nur als ihr Schnellkochtopf seinen Geist aufgab, durfte ich noch am selben Nachmittag einen neuen beschaffen.

Es war im September 2018, als ich zum ersten Mal zu spüren bekam, was es bedeutete, dass Lisa kein Handy besaß und auch ablehnte, eines zu besitzen. Waren wir getrennt, telefonierten wir morgens und abends, abends manchmal sogar mehrmals. Wurde es bei ihr später, rief sie mich auch aus der Buchhandlung an.

Am ersten Abend, an dem ich sie nicht erreichte, versuchte ich es, ohne mir etwas dabei zu denken, alle halbe Stunden. Ich hatte mir eine witzig beleidigte Bemerkung zurechtgelegt. Als es Mitternacht wurde, begann ich mir Sorgen zu machen. Ich griff ständig nach dem Handy, als hätte ich es überhört, rief unentwegt an, weil ich fürchtete, Lisa hätte Hemmungen, es so spät noch zu versuchen. In mir war eine Wachheit angeknipst, als leuchtete mich inwendig ein grelles Neonlicht aus.

Morgens muss ich kurz eingenickt sein, aber auch als ich erwachte, fand sich kein Zeichen von ihr, nichts, gar nichts, keine E-Mail. Ich wartete bis neun und rief in der Buchhandlung an, aber es war ihr freier Dienstag.

Abends rief sie endlich zurück. Was denn in mich gefahren sei, ihren Anrufbeantworter derart zu traktieren. Eine Freundin, sie nannte einen Namen, sei zu Besuch, sie hätten den Abend gemeinsam verbracht, und dann sei es zu spät gewesen, sie habe bei ihr im Hotel übernachtet, und heute hätten sie sich einen schönen Tag gemacht. Sie habe doch nicht im Traum daran gedacht, dass ich verrücktspielen würde.

War es an mir, mich zu entschuldigen? Ich war erleichtert und beleidigt und glücklich und verzweifelt.

Wenig später bat sie mich zum ersten Mal, nicht zu kommen, sie müsse sich auf ihre Mutter konzentrieren, bei der stehe eine zweite OP bevor, und niemand wisse, ob und wenn ja wie sie diese überleben werde, die Narkose sei das Problem. Jedes Mal wenn wir gemeinsam vor ihre Eltern getreten waren, hatte ich einige Zeit warten müssen, bis die beiden sich »in Form« gebracht hatten. Ihre Mutter nannte mich regelmäßig Ilja.

Nach ihrer zweiten OP hatte sie mit Angstattacken zu kämpfen. Deshalb übernachtete Lisa in ihrem Zimmer. Sie nahm unbezahlten Urlaub, als ihr Vater gestürzt war und sich nur mit Stock bewegen konnte. Ich bot Lisa Geld an. Selbst bei vollem Lohn konnte sie keine großen Sprünge machen.

»Hör auf, mit deinem Geld rumzuwedeln«, sagte sie

am Telefon, entschuldigte sich aber sogleich, und dann schwiegen wir eine Weile.

In mir wuchs der Wunsch, trotz meiner Kinder nach Dresden zu ziehen, um bei Lisa zu sein. Dann wäre die Situation ein für alle Mal entschieden.

Sie brauche keine Opfer, erklärte sie.

Über Ostern hörte ich vier Tage nichts von ihr. Sie weinte dann bitterlich am Telefon. Ich glaubte schon, ihre Mutter wäre gestorben. Stattdessen war sie voller Selbstvorwürfe. Sie habe in so einem Loch gesessen, sie sei unfähig gewesen, zum Hörer zu greifen. Sie hätte, wie sie es ausdrückte, nur in den Hörer stummen können.

Verstehen Sie mich nicht falsch. Wenn es mit Lisa hart auf hart kam, nützte die Schreiberei einen feuchten Kehricht. Aber gerade in jenen Tagen kam ich mit meiner Paulini-Novelle in die Zeit nach '89, in der ich ganz auf Lisa, auf ihre Zuarbeit angewiesen war. Und auch wenn ich noch nicht so weit war, wusste ich, dass ich spätestens für Paulinis Zeit in Sonnenhain Schwierigkeiten bekommen würde. Was gäbe es da noch über ihn zu erzählen? Dass er am Computer saß und auf einen Käufer oder eine Anfrage wartete? Und weiter? Ich wusste nicht, was er las, was ihm gefiel, worüber er mit jemandem wie Livnjak sprach oder ob er ihn überhaupt ernst nahm. Auch davor gab es etliche weiße Flecke. Vor allem suchte ich nach Episoden, um die DDR nicht als verkapptes Paradies zu schildern. Aber Lisa wusste von keiner Einschüchterung und keinem Besuch der Staatssicherheit. Wussten sie durch Viola genug? Hatte das

Interesse der Staatssicherheit an Büchern gegen Ende nachgelassen?

Manchmal erschien es mir wie ein offenes Geheimnis, dass ich über Paulini schrieb. Manchmal wiederum war ich mir sicher, dass Lisa nicht das Geringste ahnte. Manchmal hielt ich mein Manuskript für einen Trumpf im Ärmel, manchmal fürchtete ich, es würde in Sachen Lisa ein Rohrkrepierer.

Immer häufiger kam ich in Versuchung, mich ihr zu offenbaren, ja, ihre Mitarbeit regelrecht einzufordern. Warum sollte es nicht auch eine Arbeitsbeziehung zwischen uns geben? Eines Tages würde sie sehen, dass ich mir von meiner Eifersucht die Geschichte nicht hatte kaputt machen lassen. Oder wartete sie sogar darauf, die Novelle als Liebesbeweis, mit einer Widmung an Lisa Samten?

Wie meistens wenn ich in Dresden war, besuchte ich auch meine Eltern in der Südvorstadt. Diesmal musste ich aus der Straßenbahn aussteigen, weil Pegida demonstrierte. Die Menge war längst nicht mehr so groß wie am Anfang. Außerdem war es hell, die Einzelnen waren erkennbar. Die Leute begrüßten einander regelrecht herzlich, Plakatträgern wurde applaudiert. Die Sprechchöre hingegen, als gäbe es nur Männerstimmen, klangen brutal. Lag das an der sächsischen Aussprache von »Volk«? War das nicht auch im Herbst ’89 in Leipzig so gewesen? Damals jedoch hatte ich in den Rufern Beschützer gesehen, Demonstranten, die für mich einstanden. Jetzt fühlte ich mich bedroht. Auch wenn ich keinen früheren

Schulfreund oder Nachbarn traf, wusste ich, dass etliche von ihnen hier mitliefen. Als ich abends Lisa fragte, ob sie sich Paulini als Demonstrant vorstellen könne, lachte sie. Nach dem ersten Sprechchor wäre der weg.

»Was die da treiben ist nicht in Ordnung. Aber was hier Tag für Tag abläuft, ist es auch nicht. Und immer dieses Einverständnis, euer Einverständnis mit den Verhältnissen!«, rief sie plötzlich. »Ein paar zu viele Neonazis neuerdings, großer Schreck, bisschen mehr Umweltschutz, aber eigentlich ist alles in Butter. Ist doch pervers!« Sie könne sich nicht darum kümmern, zurzeit wolle sie nur die Welt aus ihren vier Wänden heraushalten. Sie ertrage nicht einmal mehr das Radio.

»Dann komm doch mit«, sagte ich.

»Wohin?« Lisa sah mich entgeistert an. Dann brach es aus ihr heraus: Ob ich mir nicht merken könne, was sie hier zu Hause zu tun habe. Außerdem müsse sie schleunigst wieder arbeiten gehen. Und was zum Teufel solle sie denn in Berlin?

»Du hast doch alles! Wozu brauchst du noch mich? Deine Kinder sind lieber allein mit dir, und deine Leute denken, ich hätte mir einen dicken Fisch geangelt und ginge mit deiner Kreditkarte shoppen. Die Paulinis haben niemanden! Für die ist jedes Mal Weihnachten, wenn ich da bin!«

Wie sie denn jetzt auf die Paulinis komme, fragte ich. Nun rückte sie damit raus, dass Paulini sie gebeten hatte, sie zu Julians Geburtstag zu besuchen. »Und natürlich muss ich da etwas vorbereiten, sonst gibt's dort nichts«, sagte sie vorwurfsvoll, als könnte ich etwas dafür. Außerdem habe er sie gebeten, sie zum Begräbnis einer Tante seiner ehemaligen Frau zu begleiten, nach Plottendorf, um nicht allein Violas Familienclan gegenüberzustehen.

»Und deine Mutter?«

»Die muss es eben mal eine Nacht ohne mich aushalten!«

»Übernachtet ihr denn auch dort?«, fragte ich.

Später ließ mich Lisa wissen, dass Julian, von dem ich ohnehin nicht viel hielt, eine Gefängnisstrafe drohte, wenn die Zeugen weiter bei ihren Aussagen blieben.

Ich musste wieder und wieder nachfragen, bis Lisa die Formulierung »fremdenfeindliche Ausschreitungen« über die Lippen brachte. Mit den Fingern kratzte sie die Anführungsstriche in die Luft. Sie meinte, Schlägereien zwischen Deutschen und Tschechen habe es in der Sächsischen Schweiz immer mal gegeben. Das sei nicht neu und habe auch nichts mit Rassismus zu tun. Die seien eben wie verschiedene Fußballfans.

»Du backst ihm einen Kuchen zur Belohnung dafür, dass er jemanden zusammengeschlagen hat?«

Lisa stieß einen Laut der Verachtung aus und wandte sich ab. Zum ersten Mal überlegte ich, ob ich nicht zurückfahren sollte. Aber schließlich gehörten auch diese unangenehmen Geschichten in die Paulini-Erzählung.

Meine Anziehungskraft auf Lisa schien von Woche zu Woche zu schwinden. Um unser Verhältnis zu beschreiben, fielen mir immer nur Vergleiche aus der Welt der

Technik ein, als benötigte ich eine »neue Batterie« oder als brauchten wir einen »Neustart«, ein »Reset«. Ich könnte aber auch sagen, Lisa entzog mir die Empathie des Erzählers. Sie machte die Nebenfigur zum Protagonisten. Nun ist es dessen Sichtweise, die plötzlich plausibel erscheint, des Lesers Anteilnahme geht jetzt auf ihn über, während uns der ursprüngliche Protagonist fremd wird, sein Schicksal berührt uns nicht mehr.

Als ich Lisa am Telefon um eine Erklärung bat, warum sie sich schon wieder zwei Tage nicht gemeldet habe, sie wisse doch, wie mich das paralysiere, bekannte sie umstandslos, sie sei frustriert von mir und frustriert von meiner Art zu leben.

Das, worauf ich stolz war, es ihr bieten und ermöglichen zu können, stieß sie ab. Statt zu Lesungen, Diskussionen und Empfängen zu gehen, wollte sie lesen oder ins Theater. Sie wollte wandern, statt Schriftsteller und Künstler zu treffen und zu deren Partys eingeladen zu werden. War ich für sie zu einem zweiten Gräbendorf geworden? Warum hatte ich ihn ihr gegenüber nie wirklich verteidigt? In seinen Essays und Stück-Fragmenten fand ich doch immer wieder etwas, das zu mir sprach und um dessentwillen ich ihm sein Gewese und seinen ihn selbst verzehrenden Ehrgeiz nachsah, mit dem er mich immer zum Vergleich, zum Wettkampf zwang. Einmal war ich kurz davor gewesen, mich an ihn zu wenden. Aber ich wollte wissen, wie ich Lisa halten konnte. Ich wollte keine direkte oder indirekte Empfehlung, mich von ihr zu trennen.

Lieber belauerte ich mein Telefon und mein Handy, versuchte, mich in Arbeit zu vergraben, heulte vor Wut und vor Sehnsucht, lief durch die Stadt, ohne es irgendwo auszuhalten, strebte nach Hause, wo mir die Hand zitterte, wenn ich das blinkende Telefon aufnahm, das eine hinterlassene Nachricht anzeigte.

Ich wusste nicht, wie es weitergehen sollte. Würde es denn anders werden, wenn ihre Eltern starben? Und sollte ich darauf hoffen? Und wohin würde Lisa dann ziehen?

Sie hatte mir gesagt, sie brauche die Berge, vor allem aber brauche sie den Blick aus ihren Fenstern. Diese Aussicht gehöre zu ihr. Freiwillig werde sie niemals davon lassen. Und was passierte, wenn ihre Eltern einmal nicht mehr die Miete für die Villa würden zahlen können? Würde nicht auch sie dann ausziehen müssen?

Beim Schneiden der Fingernägel dachte ich jedes Mal daran, wie es beim nächsten Schneiden um Lisa und mich bestellt sein würde. Ich musste mir eingestehen, früher solche Zeiteinteilungen nur für die Fußnägel unternommen zu haben. Oder mit dem Friseurtermin. Lief es zwischen uns schlecht, wusste ich, es würde bald wieder besser, war es gut, wusste ich, es würde nicht lange so bleiben.

Als Lisa endlich einmal wieder nach Berlin kam, brach sie einen Streit vom Zaun. Zuerst schien sie mir verwandelt, sie war weich und liebevoll und bedankte sich für die saubere, aufgeräumte Wohnung, überhaupt dafür, dass ich ihr so einen schönen Empfang bereitete. Ich sagte, ich würde ihren Dank an Tatjana weiterleiten, und wusste im selben Moment, da ich es aussprach, welch fatalen Fehler ich beging. Den ganzen Abend kam Lisa nicht darüber hinweg, dass ich, ein kräftiger gesunder Mann, eine Putzfrau beschäftigte. Ich hielt dagegen, dass es darauf ankomme, wie viel man bezahle und wie man miteinander umgehe, dass es eine Form der Arbeitsteilung sei, dass es keine Hilfe für Tatjana bedeuten würde, wenn ich sie nicht mehr bestellte …»

»Kannst du dich hören?«, rief Lisa. »Du bestellst sie! Merkst du gar nicht, wie verroht du schon bist?!«

Zu guter Letzt gab sie mir »und solchen wie dir!« die Schuld an der Wut und dem Aufruhr, der erst begonnen habe. Ich weigerte mich, mit ihr auf diese Art und Weise zu reden.

»Du bist schuld, Gräbendorf ist schuld, diese ganze literarische Mischpoke …« Sie hielt inne. »Das nehme ich zurück«, sagte sie. »Ich meinte, dieses literarische Gesindel.«

Wirkliche Schriftsteller, so ihr Postulat, seien nur jene, die keine Schriftsteller sein wollten, so wie Kafka oder Emily Dickinson. Wer schreibe und dabei schon an die Öffentlichkeit denke, sei ein König Midas, dem alles, was er anschaue oder berühre, erstarren und absterben würde, auch wenn er damit Geld scheffelte. Wer nicht bereit sei, sein Leben rückhaltlos und wahrhaftig zu führen, wer zu kalkulieren beginne, sei als Künstler nicht zu gebrauchen und lächerlich. Sie wiederhole: »Die Voraussetzung für ein Kunstwerk ist ein wahrhaftiges Leben.«

Wer sich dem nicht unterwerfe, brauche gar nicht erst den Griffel in die Hand zu nehmen.

»Du wiederholst nicht nur brav die Sätze deines Meisters, du klingst auch schon wie er«, sagte ich und musste mich beherrschen, keine Tür zu knallen.

Sie kam mir nach und fuhr unbeirrt fort. Ob einer von uns jemals etwas gesagt habe, womit er wirklich angeeckt sei?

»Wenn mir etwas nicht passt, sage ich das«, antwortete ich, »auch öffentlich, das weißt du!«

»Dir passt aber 'ne Menge! Du hast genug Geld, du kannst überall schreiben und sagen, was du willst, weil sie wissen, dass du weißt, wie weit du gehen kannst. Ach, hör mir auf … Außerdem kommt es nicht darauf an, was du sagst, sondern wie du lebst! Veränderung ist nur das, was du hier spürst, da, wo du gerade stehst.« Und dann kam sie damit, dass selbst nach meinen grünen Kriterien Norbert Paulini der Held sei, denn Paulini würde sein Leben lang nicht Auto fahren, und in ein Flugzeug werde er ebenfalls nie steigen. Schon allein dafür solle man ihm einen monatlichen Scheck ausstellen. Ich hielt mir die Ohren zu. Ich konnte es wirklich nicht mehr hören.

Am Ende saßen wir in verschiedenen Ecken meiner breiten Couch und schwiegen vor uns hin. Lisa schlief sogar ein und schreckte irgendwann auf. Sie fragte, wie spät es sei. Es dämmerte. Lisa zog Bluse und Hose aus, kam zu mir und wollte sich auf meinen Schoß setzen.

»Frieden«, sagte sie.

»Ich kann jetzt nicht«, sagte ich.

»Doch«, sagte sie.

Als sie mir ein paar Tage vor ihrem Geburtstag telefonisch zu erklären versuchte, warum es besser sei, wenn ich nicht nach Dresden käme, legte ich auf. Ich ging auch nicht ans Telefon, als sie zurückrief und mich auf meinem Anrufbeantworter aufforderte, ich solle rangehen. »Geh ran, geh bitte ran, du gehst jetzt bitte ans Telefon!« Beim vierten oder fünften Anruf hörte ich sie weinen. Es war schon kein Weinen mehr, es war ein Wimmern. Mitten in einem Aufschluchzen waren die fünfundzwanzig Minuten Speicherzeit aufgebraucht.

Mir kam der Bibelspruch von Sacrow in den Sinn, die Liebe fordert nicht, die Liebe glaubt alles, sie erträgt alles, sie endet nicht. Mir fehlte die Kraft, Lisa anzurufen. Ich stellte das Telefon leise und ging aus dem Zimmer.

Zu ihrem Geburtstag fuhr ich nach Dresden. Ich hatte mich auf ein Geschenk beschränkt, auf eine sechzig Jahre alte goldene Rolex-Männer-Armbanduhr, die waren früher so groß wie Damenuhren heute und sehr schön, in nichts vergleichbar mit der gegenwärtigen Scheußlichkeit der Marke. Dieses Geschenk war nicht nur teuer, es erfüllte auch die Ansprüche, die sie stellte: Es war überlegt und gut ausgesucht und passte zu ihr, auch das Armband. Ich rief in der Buchhandlung an, aber Lisa hatte heute frei. Auf dem Weißen Hirsch öffnete mir nach langem Warten ihr Vater. Er bedauerte, auch er habe Lieschen noch nicht zu Gesicht bekommen, aber nach Geschäftsschluss komme sie sicherlich schnell nach Hause, und dann werde es hier ganz bestimmt eine Geburtstagsfeier geben, das sei bisher immer so gewesen. Und es wäre schön, wenn ich als Gast bliebe, er bot mir sogar an, im Haus zu warten. Er hatte noch glatte Wangen, auch um sein Kinn war die Haut straff. Nur seine Augen sanken immer tiefer. Oder war es seine Stirn, die sich vorwölbte?

Er sprach über seinen Wintergarten, über die Feigen, ihr Dessert, das sie sich jeden Sonntag dort pflückten.

Ich fragte ihn, wie es seiner Frau gehe und ihm, ob er die Folgen des Sturzes überstanden habe.

»Oh, wir kommen seit eh und je gut miteinander aus«, antwortete er. Und wenn jemand für sie einkaufe, dann habe er den Haushalt im Griff. Ihm mache das sogar Freude, das habe er gar nicht gewusst. Sonst hätte er sich früher dafür interessiert. Auf meine Frage, ob er denn auch koche, sagte er: »Jetzt wird unser Lieschen schon sechsundfünfzig.« Sein Kopf ging dabei auf und ab und beruhigte sich langsam wie ein Zweig, von dem ein Vogel geflogen war. Er wünsche so sehr, dass Lieschen endlich jemanden finde, mit dem sie glücklich werden könne, denn allmählich würde es ja Zeit.

Obwohl ich zu wissen glaubte, welchen Stellenwert ich seinem Gerede beimessen durfte, kämpfte ich mit einem Kloß im Hals.

»Und wo wohnen Sie?«, fragte er.

»Berlin«, brachte ich heraus, worauf er mich durchdringend ansah.

»Berlin«, sagte er leise. »Elisabeth will sich ja verändern.«

Was er damit meine, fragte ich.

»Lieschen behauptet, sie bleibe hier. Aber dort stehen schon Kartons, draußen im Flur.«

Ich hatte vorhin tatsächlich Kartons bemerkt, aber nicht weiter darauf geachtet. Ich versprach Lisas Vater, die Geburtstagsfeier nicht zu verpassen, und verabschiedete mich. Neben der Treppe waren zwei Umzugskartons postiert. Aus dem oberen ragte der Holzstiel der orangefarbenen Pfanne.

Ich hatte es nicht wissen wollen, nun wusste ich es. Aus dem Spiegel über der Flurkommode sah mir die Eifersucht starr ins Gesicht. Es war wie sieben Minuten vor dem Ende einer »Tatort«-Folge, wenn den Kommissaren endlich ein Licht aufgeht, wer der Täter ist, und nun alle losrennen oder losrasen, um im letzten Augenblick einen weiteren Mord zu verhindern. Ich raste auch los, hatte jedoch nicht bedacht, dass auf der Pillnitzer Landstraße wieder gebaut wurde, und geriet, kaum hatte ich den Körnerplatz passiert, in einen Stau. Es kam mir vor, als würde ich mit Absicht aufgehalten, als sollte ich hier verweilen und Loschwitz bewundern. Ich kannte es ja von früher und von den Spaziergängen mit Lisa. Jetzt erschien es mir traumhaft unwirklich. Kein Haus, das nicht restauriert war, kein Garten, der nicht gepflegt wurde, die paradiesische Kulisse für einen Kostümfilm. Noch nie hatte ich so viele Leute entlang der Gartenzäune arbeiten gesehen. Sie jäteten Unkraut oder beschnitten die überhängenden Zweige. Alles, was diese geradezu ideal eingerichtete Ordnung verletzte, musste per se als störend empfunden werden.

Als ich das letzte Mal diese Strecke allein gefahren war, hatte es nur den legendenhaften Prolog meiner Paulini-Erzählung gegeben. Jetzt fehlten höchstens noch drei oder vier Kapitel.

Wie die Neonlicht-Wachheit meiner Nächte, in denen Lisa verschollen blieb, unbezwingbar gewesen war, ebenso unbezwingbar war jetzt eine andere Wachheit, die in mir leuchtete und ein Ende verhieß, so oder so. Ich sah mich wie einen Indianer auf einem Pferd voranstürmen, dicht an den Hals des Pferdes geschmiegt. Oder wenigstens wie die preußische Kavallerie, wenn sie Attacke ritt.

Bei Tageslicht wirkte Paulinis Hausfassade schäbig. Davor stand ein kleiner weißer Opel von der Volkssolidarität. Bekam Paulini Essen geliefert?

Womöglich verwende ich das Adjektiv »unwirklich« inflationär. Doch seit Lisas Weigerung, Paulini gemeinsam mit mir zu besuchen, spukte ein Aufeinandertreffen mit dem Herrn der Bücher unaufhörlich in meiner Phantasie umher. Zudem würde ich dem leibhaftigen Helden meiner Erzählung gegenübertreten.

Ein wenig war es dann tatsächlich wie im »Tatort«. Selbst draußen war zu hören, dass sich zwei Männer stritten. Plötzlich flog mit einem harten Glockenklang die Tür auf, Juso Livnjak kam heraus. Er riss die Fahrertür des Opels auf und fuhr in Richtung Sebnitz davon. Die Haustür war angelehnt, ich klopfte.

»Geschlossen!«, rief Paulini. Ich schob die Tür weiter auf und erschrak, als die Glocke erneut anschlug, bevor ich die Tür hinter mir schloss. Einen Moment spitzte offenbar auch Paulini die Ohren.

Ich hörte das Schurren eines Stuhls und dann Schritte und trat hinter der Garderobenwand hervor. Ich wollte etwas sagen, um meinem Auftritt die Überraschung zu nehmen, war aber nun von der Helligkeit des Raumes und dem Anblick der Bücher überwältigt. Es würde schwer werden, das angemessen zu beschreiben.

»Komme ich ungelegen?«, fragte ich dann so laut, dass, falls noch jemand im Raum war, er oder sie mich ebenfalls hören musste. Paulini fuhr herum.

»Na, sieh einer an«, sagte er dann und trat auf mich zu. »Endlich haben Sie den Weg hierher gefunden.«

Er sprang vom Podest herunter, ich war überrascht von seiner Beweglichkeit. »Alte Kunden haben selbstverständlich auch ohne Anmeldung Zutritt. Oder kommen Sie gar nicht meinetwegen? Wir sind allein, für die Party sind Sie zu spät.« Er streckte mir die Hand entgegen, ich reichte ihm meine.

»Lisa erzählt immer so viel von Ihnen. Wollen Sie nicht Platz nehmen? Im Grunde geht es in unseren Gesprächen meistens um Sie.« Er wies auf den Ledersessel, in dem damals Scheffel gesessen hatte. »Wir können aber auch hinüber zu mir gehen, da dürfen Sie rauchen. Kaffee? – Ist das für Lisa?« Er deutete auf das verpackte Schächtelchen in meinen Händen.

»Sie ist nicht hier?«, fragte ich.

»Nein, auf dem Weg zu ihren Eltern. Die wünschen sich immer einen Kindergeburtstag.«

»Sie ist aber hier gewesen?«, fragte ich unsinnigerweise.

»Wollen Sie nicht auch noch wissen, wie lange? Seit gestern Abend, falls Sie das interessiert. Gönnen Sie uns beiden ein halbes Stündchen. Und kosten Sie von Lisas Kuchen. Gehören Sie mittlerweile auch zu denen, die ›lecker‹ sagen, wenn ihnen was schmeckt?«

Statt mit mir feierte Lisa gemeinsam mit Paulini und dessen Gehilfen. Eigentlich reichte mir das schon. Oder finden Sie mich kleinlich? Am liebsten hätte ich losgeheult. Lisa und ich mussten sogar aneinander vorbeigefahren sein. Aber was änderte das? Ich hätte nun gehen können, um entweder als unerwünschter Gast bei Lisa und ihren Eltern aufzutauchen oder nach Berlin zurückzukehren, wo ich erst recht keine Ruhe finden würde. Der Tisch auf dem Podest war für drei gedeckt, in der Mitte prangte noch Lisas ewiger Gugelhupf.

»Sie sind unglücklich«, sagte Paulini. Er schaltete einen futuristisch anmutenden Wasserkocher aus Glas an, der das Wasser blau und rot beleuchtete. »Das versteht niemand besser als ich«, fügte er seufzend hinzu.

Bis auf einen Teller räumte er das Geschirr ab. Er stellte alles in ein tiefes rechteckiges Waschbecken und entnahm dem Regal, das die andere Seite der Garderobenwand bildete, Geschirr und Löffel. Seine Haare waren so gekämmt, als würden sie im Gehen nach hinten wehen. Dennoch hatte es den Anschein, als wäre sein Kopf im Verhältnis zu den breiten Schultern geschrumpft.

»Sind Sie vor Kummer stumm geworden? Ein schlechtes Gewissen dürfen Sie von mir nicht erwarten. Nicht ich bin es gewesen, der versucht hat, Lisa hier herauszureißen.«

Paulini öffnete den Verschluss einer mit Papageien verzierten Büchse, klappte den Deckel auf und schüttete den Kaffee in ein hohes Glas. Sein gekrümmter athletischer Kittelrücken erschien mir plötzlich familiär vertraut.

»Wie viele Liegestütze sind es denn jetzt?« Was für eine blöde Frage. Ich wollte nur irgendwas sagen, das nichts mit mir zu tun hatte.

»Siebzig morgens und siebzig irgendwann nachmittags, ich bewege mich zu wenig.« Im Gegensatz zu mir brauchte er nicht lauter als sonst zu reden, um das Brodeln des Wasserkochers zu übertönen.

»Auf Musik können wir wohl verzichten«, sagte er dann, als wir uns an den Tisch gesetzt hatten. Paulini zog die Kanne heran.

»Wissen Sie, wie man dieses nützliche Gerät nennt? ›French Press‹, als gäbe es keine deutschen Namen mehr. ›Kaffeestampfer‹ ist doch viel hübscher. Aber es muss Englisch sein. Und dann auch noch ›french‹!« Mit übereinandergelegten Händen begann er, die Kugel seines »French Press« herunterzudrücken. Allerdings geschah das so unmerklich, dass ich zuerst glaubte, er verharrte in dieser Pose.

»Ich hatte wirklich gehofft, Sie würden eher mal kommen. Mich zu Ihnen auf den Weg zu machen, nach Berlin, kam mir ehrlich gesagt etwas lächerlich vor. Aber

Sie, Sie sind ja ständig vor meiner Tür herumgewandert, wenn ich Lisa recht verstanden habe.«

»Wir glaubten, Sie schonen zu müssen«, sagte ich und sah wie er auf den Kaffeedrücker.

»Lisa meint immer, alle schonen zu müssen. Sie sollten auch geschont werden. Als wäre die Wahrheit eine Enttäuschung. Eine Ent-täuschung«, wiederholte er, mit einer Pause nach der ersten Silbe. »Dabei sind Enttäuschungen das Einzige, was den Blick klärt. – Er ist wohl ein bisschen stark geworden.« Paulini nahm die Hände von dem Kugelgriff, der sich kaum bewegt hatte.

»Sie haben mich maßlos enttäuscht, lieber Schultze. Sie haben mich fast vernichtet, damals, als Sie weggeblieben sind und Ihre Kraft und Ihr Talent an dieses Käseblatt vergeudeten. Alle blieben weg, Sie waren keine Ausnahme. – Nein, keine Entschuldigungen, so meine ich das nicht. Heute verstehe ich Sie. Ich verstehe Sie vielleicht besser als Sie sich selbst.« Er massierte mit dem Daumen die Handfläche seiner Linken.

»Wenn es das Antiquariat nicht gegeben hätte …«, setzte ich an, er schüttelte unwillig den Kopf.

»So habe ich das nicht gemeint. Ich bin nicht deprimiert, schon gar nicht gebrochen, wie Lisa immer fürchtet. Wäre Lisa nicht gewesen, ich hätte Sie und den armen Gräbendorf nie in die Hand genommen, ein Fehler, wie ich Ihnen versichern kann. Wir haben übrigens ein Gästebuch, auch so eine Lisa-Erfindung – also nur, wenn Sie mögen.«

Mit einem Küchenmesser schnitt er ein Stück vom

Gugelhupf und transportierte es zwischen Klinge und Fingerspitzen auf meinen Teller.

»Mein Leben brauche ich Ihnen nicht zu erzählen. Sie sollten sich aber nicht unnütz quälen. Das mit mir und Lisa, das ist vorbei, ein für alle Mal. Ihre Probleme liegen ab heute in der Vergangenheit.«

Er packte sich selbst ein noch größeres Stück Kuchen auf den Teller, rieb sich die Hände und legte sie dann wieder übereinander auf den Knopf des Kaffeestampfers.

Nachdem wir eine Weile geschwiegen hatten, fragte ich, ob seiner Ansicht nach Lisa und er ein Paar seien, ob er sich so gefühlt habe.

»Gefühlt? Es ist so gewesen, nein, besser Plusquamperfekt, es war so gewesen. Man sollte sich die Verkündigung von Entscheidungen für Festtage aufsparen. Heute habe ich Lisa geraten, nach Berlin zu gehen, also zu Ihnen zu ziehen.«

Plötzlich sackten seine Hände nach unten, im Glas des Stampfers blubberte es, Kaffee spritzte aus der Tülle.

»Mist!«, rief Paulini und lachte. Ohne sich um die Spritzer auf dem Tisch zu kümmern, hob er seine Untertasse samt Tasse hoch, schenkte sich halb voll ein, dann mir, danach füllte er seine Tasse auf. Offenbar hatte er den Kaffeesatz aus der Tülle nicht seinem Gast zumuten wollen.

»Wäre Lisa auf meinen Heiratsantrag eingegangen, ich meine damals, vor vielen Jahren«, Paulini bewegte seine Hand über der rechten Schulter, als werfe er etwas hinter sich, »wenn wir gemeinsame Kinder gehabt hätten, dann wäre es etwas anderes. Aber sie war zu jung und ich zu dumm, ich geriet an die falsche Frau. Ich hatte immer ein bisschen Pech, bis ich die Mädchen entdeckte, meine Huren.«

Ich ließ ihn reden. Mir war alles gleich.

»Ich sage lieber Mädchen, auch wenn jetzt überall ›girls‹ steht. Darüber darf man ja auch nicht reden, aber ich finde die meisten recht bemerkenswert, das muss ich sagen. Ausnahmen bestätigen die Regel. Von denen kann man viel lernen. Keine Bange, ich war immer nur bei deutschen, der eine oder andere Schokokuss war schon dabei, aber im Grunde immer bei Deutschen, von denen ich wusste, die machen das, weil sie keine Lust haben, anderes zu machen. Meine Mädchen wussten schon damals: keine Kanaken, keine Schwarzen, und überhaupt, Vorsicht bei Ausländern, Ausländer nur im Notfall. Die Mädchen wussten das früher als alle anderen. Warum essen Sie nicht?«

»Beim letzten Mal waren wir noch per du, Prinz Vogelfrei«, sagte ich.

»Ah, ein Nostalgiker! Aber Sie kratzen sich nicht bei mir ein. Ein Sie gibt jeder Unterhaltung von vornherein ein gewisses Niveau, finden Sie nicht?« Die Unterarme auf die Tischkante gestützt, riss er den Mund auf und stopfte ein großes Stück hinein. Die Kuchengabeln waren von Lisa, aus demselben Zwölfer-Kasten und mit demselben Monogramm wie ihr übriges Besteck. Hatte sie es für ihn geteilt? Oder nur zum Geburtstag mitgebracht?

»Ich dachte«, fuhr er kauend fort, »mit Lisa würde

nun alles seinen Platz finden. Von Ihnen hat sie mir dasselbe erzählt, was Sie wahrscheinlich von mir zu hören bekommen haben. Nur habe ich das Lisa nie abgenommen, dass es zwischen euch«, seine Gabel zeigte zwischen mir und dem freien Stuhl hin und her, »platonisch zugehen sollte. Dafür ist Lisa nicht gemacht. Sie müssen dazu nichts sagen! Es ist ja im Grunde auch nichts dabei. Hauptsache, man ist ganz bei der Sache. Nur beim Ficken an einen anderen zu denken, das wäre nicht in Ordnung. Aber so blöd ist ja keine, darüber auch noch zu reden. – Jetzt tun Sie nicht so, als hätte ich Ihnen den Appetit verdorben. Lisa und ich sind fertig miteinander. Alles Vergangenheit. Und ich nehme stark an«, fuhr er fort, verstummte jedoch, weil er ein zu großes Stück im Mund hatte. Stattdessen hob er die Gabel, wie um anzumelden, dass er gleich weiterreden wollte. Er kaute, den Kopf gesenkt, und fuhrwerkte auf seinem Teller herum. Wie konnte Lisa ihn überhaupt eine Mahlzeit lang ertragen, sie, die jede Speisekarte vor sich hielt wie eine Oratoriensängerin ihre Noten?

»Das ist genial, wenn der Tortenguss, da ist viel Zitrone drin, nicht wahr? Wenn der so dick ist. Der Teig braucht nicht süß zu sein, aber der Guss darauf …« Er lachte vor sich hin, als hätte er gerade einen lustigen Einfall. Ich rückte meinen Stuhl zurück, um zu gehen. Es war nicht nur Lisa. Auch meine Erzählung war irgendwie hin.

»Bitte«, sagte Paulini. »Seien Sie nicht kindisch. Wann werden wir je wieder miteinander reden. Sie wissen doch selbst, es tut nicht so weh, wie Sie jetzt glauben. Mir geht's um etwas anderes.« Er stach wieder in seinen Kuchen.

»Und?«, fragte ich.

»Lisa hat ein paar Andeutungen gemacht. Sie schreiben über mich? Ein ziemlich langer Riemen sogar?«

»Lisa?«

»Wer sonst? Sie müssen die arme Lisa nach allen Regeln der Kunst ausgequetscht haben. Warum kommen Sie nicht zu mir? Sind Sie feige?«

Er sah kurz auf, ein Lächeln zuckte in seinen Mundwinkeln. Er genoss es, mich überrumpelt zu haben.

»Ich hielt das für eine Frechheit«, sagte Paulini. »Oh, wir sollten trinken, bevor er ganz kalt ist.« Er goss Milch in seinen Kaffee, fasste seine Tasse mit Daumen und Zeigefinger an den Rändern und prostete mir zu. Auch ich trank.

»Was denken Sie sich eigentlich? Kann man verkommener sein als der, der so etwas unternimmt? Könnten Sie sich vorstellen, dass ich, der da zum Opfer Ihrer Künste werden soll, ein Messer wie dieses nimmt und es Ihnen irgendwohin rammt? Und was tun Sie Lisa damit an?«

»Sie glauben, ich würde schlecht über Sie schreiben?«

»Darum geht's nicht. Es geht darum, dass Sie überhaupt über mich schreiben. Dass Sie mir da etwas aufzwingen wollen ...«

»Es ist nicht so, wie Sie denken.« Für einen Moment fürchtete ich tatsächlich, er könnte etwas Dummes anstellen.

»Nicht so, wie ich denke?« Paulini lachte. »Ganz sicher ist es so, wie ich denke, da können Sie nichts dafür, da können Sie aber auch nichts dagegen tun. Und ganz sicher werde ich dieses Werk von Ihnen nicht lesen. Das ist es ja, was Sie wollen, gelesen werden. Es ist genau das, was wir immer sagen, diese Anmaßung, uns euer Gespräch aufzudrängen, uns mit euren Urteilen zu umstellen, in eine Arena zu sperren, in der wir dann kämpfen sollen. Morituri te salutant! Nein, Herr Großschriftsteller, das machen wir nicht länger mit.«

Paulini erhob sich, fasste seinen Stuhl an der Lehne, drehte ihn um und schob ihn sich zwischen die Beine, die Rückenlehne vor sich. Es wirkte wie ein einstudierter Trick.

»Also«, sagte er und platzierte seine Arme auf der Lehne. »Ich lasse die Vorgeschichte weg, viel zu viel müsste ich Ihnen an den Kopf werfen, Stein um Stein, der Verrat an Ihrem Herkommen, an Ihren Freunden und Förderern, an der geistigen Welt und so weiter und so fort, an all dem, was Ihnen, wie Lisa nicht müde wurde zu betonen, wichtig ist. Ich weiß nicht, wie viel Sie noch über mich schreiben wollen oder schon geschrieben haben, fleißig sind Sie ja und talentiert, mir liegt es fern, Sie madig zu machen. Worauf das Ganze aber hinauslaufen soll, ist mir allerdings schleierhaft.«

»Das weiß man nie, wenn man damit anfängt.«

»Brav, sehr brav, das Genie verlässt sich darauf, wohin ihn der Text führt, oder, wie unser Freund Gräbendorf so gern behauptet, der Text wähle ihn aus, der Text wolle geschrieben werden. Ziemlich viele Erwählte …« Paulini lachte, ein wieherndes Lachen, das mir neu war und das hinter den oberen Eckzähnen Zahnlücken entblößte. »Vielleicht wollen Sie das Scheusal vorführen, das Ihnen hier gegenübersitzt? Vielleicht wollen Sie demjenigen, dessen Schüler Sie sind, ein Denkmal setzen …«

»Sie überschätzen mich – und sich«, unterbrach ich ihn.

»Das lassen Sie meine Sorge sein.«

Er machte eine Bewegung, als würde sich ein Reiter aus dem Sattel drücken, langte über die Lehne hinweg nach seiner Tasse und trank sie aus. Dann schenkte er uns nach.

»Ich bin mir unsicher, ob ich es Ihnen sagen soll«, begann er wieder, wobei sein Lächeln maliziös wurde. »Wenn ich Sie warne, tue ich Ihnen einen Gefallen. Da Sie mir schaden wollen, wäre es unklug, Schaden von Ihnen abzuwehren und damit letztlich mir selbst zu schaden, indirekt nur, versteht sich.«

»Warum soll ich Ihnen schaden wollen?«, fragte ich.

»Weil ich gefährlich bin, ein Ungeheuer.«

»Wem zürnen Sie? Dem Westen? Gott? Der nicht existierenden Linken? Dem Weltgeist?« Ich wollte gegenhalten. Ich wollte mich nicht abfertigen lassen wie ein Schuljunge.

»Ich zürne denen, die sich zum Gott, zum Weltgeist aufwerfen – und ihren vielen kleinen Helfershelfern. Außerdem können Sie Gott nicht ohne den Teufel haben. Und beide befehligen ihre Heerscharen. An die lichten

Heerscharen, da glauben sie, die Klugen, die Aufgeklärten und Selbstgerechten, aber an die finsteren Heerscharen, da glauben sie nicht. Die leugnen sie vom Erdboden weg, diese Toren.«

Ich sagte nichts dazu und schenkte mir Milch ein.

»Nun ist er lauwarm«, befand er und setzte die Tasse ab. »Als mein Schüler möchte ich Sie darauf hinweisen, bevor Sie diese quälende Erfahrung selbst machen – oh, nein, ich bin mir sicher, dass Sie selbst dieser Erfahrung bereits teilhaftig geworden sind, Sie haben sie nur vergessen, aus dem Sinn verloren …« Paulini lächelte. Er schien es zu genießen, mit seinen Gedanken vor mir hin und her zu kreuzen.

»Wollen Sie mir drohen?«, fragte ich und hoffte, dass es beiläufig klang.

»Sie sind es, der droht. Verkehren Sie nicht immer die Fakten. Wann habe ich Ihnen je gedroht? – Sie schweigen? Na also! Sie haben bei mir als Erstes gelernt, dass Literatur Eindeutigkeiten nicht mag. Wir reden hier von Literatur, nicht von Schmarrn, dass wir uns da richtig verstehen. Entweder schreiben Sie Schmarrn, weil Sie ein Monster vorführen wollen. Oder Sie werden gezwungen sein, genauer hinzusehn, was mich betrifft. Sollten Sie nichts finden, müssen Sie etwas erfinden, um mich schillernd zu machen … Und was Sie betrifft, den Autor und Erzähler, ganz gleich, ob Sie sich selbst auftreten lassen oder ob Sie es vermeiden, wären Zweifel angebracht, gründliche Zweifel. Sie müssen sich nolens volens ebenfalls in Frage stellen, wie Sie das selbst formuliert haben. Sie sehen, ich habe von Ihnen gelernt – Nein!«, rief er und schnalzte, »an Ihnen! So wird ein Schuh draus! Denn wenn Sie was tun wollen, dürfen Sie sich nicht selbst in Frage stellen. Wenn Sie Erfolg haben wollen, müssen Sie klar sein, müssen Sie wissen, woher Sie kommen, wer Sie sind und was Sie wollen. Und vor allem müssen Sie wissen, wer Ihre Feinde sind.«

»Das ist ein alter Hut«, erwiderte ich. »Aber hat mich nicht gerade jemand gewarnt, dass Eindeutigkeit tödlich wäre, literarisch tödlich?«

»Literatur und Leben sind zweierlei, um es eineindeutig zu sagen.«

»Literatur braucht Ambivalenz, im Leben aber ist sie fehl am Platz, meinen Sie das?«

»Sapere aude! Sie beginnen, Ihren Verstand zu gebrauchen.«

»Aber Sie leben für die Literatur, Prinz Vogelfrei! Der berühmteste Leser weit und breit!«

»Den können Sie haben, Ihren Leser, den schenke ich Ihnen«, sagte er. »Bedienen Sie sich!«

Ich verstand nicht.

»Das hier, alles! Ich schenke es Ihnen! Lisa will es nämlich nicht, und Julian kann nicht, und Juso und seine bosnische Mischpoke – die wird man wohl bald hinauskomplimentieren, was ich persönlich bedauere, grundsätzlich jedoch begrüße.«

Er lächelte und schien sich an der Wirkung seiner Worte zu weiden.

»Man kann nie genug lernen, nicht wahr? Lesen Sie!

Lesen Sie bis an Ihr unseliges Ende! Beschäftigen Sie Ihre Leute mit Büchern, solange die überhaupt in der Lage sind zu lesen. Nur zu! Umso weniger kommen uns dann in die Quere. Noch spielen die Jagdhunde im Hof, aber das Wild entgeht ihnen nicht, so sehr es jetzt schon durch die Wälder jagt. Na, wer hat das gesagt?«

»Sie wollen Ihr Antiquariat aufgeben?«

»›Antiquariat aufgeben‹. Sie begreifen nichts! Die Bücher verstehen heißt, die Bücher zu überwinden.«

»Was wollen Sie?«

»Noch so eine Buchfrage.« Paulini schüttelte den Kopf. »Jede Antwort darauf ist so gut wie die andere. Suchen Sie es sich aus. Sie behaupten selbst, ich wäre vogelfrei. Wenn schon jeder auf mich Jagd machen darf, dann nehme ich mir die Freiheit und mache auch ein bisschen Jagd. Für die Freiheit, für das Glück der Deutschen. Die einen wollen Revolution oder irgendeine Hoffnung, soll mal wieder Leben in die Bude rein, nicht ständig zu Hause rumhocken mit demselben Mann und derselben Frau. Die Antworten liegen auf der Straße. Suchen Sie sich aus, welche zu Ihnen passt, aber tun Sie es, die Tat ist die Antwort.«

»Faust, erster Teil, Studierstube«, antwortete ich.

»Ich sag doch, suchen Sie es sich aus!«

»Das ist unter Ihrem Niveau, Norbert Paulini«, sagte ich. Ich sagte es, weil ich sonst nichts zu sagen wusste. Vielleicht war er auch über meinem Niveau. Er lächelte auf seinen Teller herab und sammelte die großen Krümel darauf ein, indem er die Gabel auf sie herabdrückte. Ich wusste nicht, was folgen würde. Jemandem gegenüberzusitzen, der eine andere Logik praktiziert, ja der, aus meiner Sicht, die Logik abgeschrieben hat und einem das als der Weisheit letzten Schluss verkauft, wie reagiert man darauf? Und zu diesem Kerl kroch Lisa ins Bett?

»Schauen Sie mich an«, sagte Paulini. »Ich finde, man sollte mir ansehen, in welch guter Form ich bin. Finden Sie nicht? Ich könnte also antworten: mein eigentliches Leben. Das will ich. Erst wenn man bereit ist, allem zu entsagen, erlangt man die Freiheit.«

Jetzt musste ich lachen. »Wenn das keine Buchweisheit ist …«

»Was zählt, ist die Tat. Denn jetzt erst bin ich ein wahrer Prinz Vogelfrei, nicht in der Bücherwelt, nicht im geistigen Leben, ich bin der richtige Prinz Vogelfrei, der nämlich, der tun und lassen kann, was ihm gefällt. Vorhin habe ich es noch als Bitte formuliert. Jetzt werde ich deutlich: Sie veröffentlichen nichts über mich. Punkt. Weil ich es nicht will. Punkt. Ich sage auch: Wenn ich es nicht will, veröffentlichen Sie gar nichts mehr, nie mehr. Aber so bedeutsam sind Sie nicht. Machen Sie nicht solche Augen. Was die Ajatollahs können, können wir schon lange. Nur dass wir vorher nicht so viel Gedöns machen. Sie brauchen das auch nicht zu glauben. So kleinlich bin ich nicht. Sie würden es spüren, nur kurz, wir quälen niemanden. Aber ich finde, Sie sollten es wissen.«

Was blieb mir jetzt anderes übrig, als aufzustehen und zu gehen? Das sagt sich so leicht. Es brauchte Kraft, es erforderte meine ganz Kraft, aufzustehen und von diesem Podest zu steigen. Einen Fuß vor den anderen zu setzen war bereits eine Wohltat. Dann nur noch das zweimalige Anschlagen der Glocke – und ich war frei.

Ich fuhr, ich hörte kein Radio, keine CD, ich wollte nichts sagen, ich wollte nichts hören, Stille. In dem Versuch, Lisa und Paulini zu verstehen, hatte ich mich selbst kleingemacht, mich kasteit, um mich in diese geistige Liliput-Welt zu zwängen, weil sie einen glauben machten, sie wären die wahren Riesen!

Ich hatte diesem Dresdner ein Denkmal setzen wollen, den Westlern zeigen, wo wahre Bildung lebte, und nebenbei auch meine Herkunft adeln. Ich hatte uns Ostlern die eigene Geschichte bewusst machen wollen. Aber ich hatte Paulini verkannt, verkannt, wozu ihn das, was wir an ihm bewundert hatten, prädestinierte: zum Herrschaftswahn, zur Überhebung, zum Blick von oben herab. Ich hatte ein Manuskript in den Sand gesetzt, aus Liebe zu Lisa, aus der Hoffnung auf eine Kontinuität meines Lebens. Aber auch ich war der Hybris erlegen. Denn was sonst als Selbstüberhebung und Anmaßung war meine Hoffnung gewesen, mein Schreiben für etwas einsetzen, für etwas benutzen zu können, auch wenn dieses Etwas die Liebe war. Was für ein Irrtum, was für ein Verrat! Wäre ich gläubig, ich müsste Gott für die Züchtigung danken, zähneklappernd, das Gesicht im Staub.

Sie werden erahnen, was in mir vorging. Ich rauschte in einem langen stillen Tunnel dahin. Schluss! – Das war mein einziger Gedanke. Schluss!

Als ich das Ortsschild von Berlin sah, war es, als flöge das Dach vom Wagen, und trotz Regen und Wolken sah ich die Sterne. Ich dachte an alles Mögliche, an meinen Termin beim Optiker, das Geburtstagsgeschenk für die ältere Tochter und daran, dass ich morgen auf dem Rückweg von diesen Besorgungen endlich beim Schuster vorbeigehen sollte, um meine braunen Budapester abzuholen. Es war an der Zeit, endlich ein neues Leben zu beginnen. Ohne Elisabeth Samten. Ohne Paulini-Erzählung. Was für eine Befreiung! Welch Freiheit!

Nach zwei Tagen war alles wie früher, nur schlimmer. Wie früher belauerte ich mein Telefon und mein Handy, wild entschlossen, Lisas Anruf zurückzuweisen. Wie früher versuchte ich, mich in Arbeit zu vergraben, wusste aber nicht, in welche. Wie früher weinte ich vor Wut und vor Sehnsucht. Wie früher lief ich durch die Stadt. Machte ich Rast, wurde ich ungeduldig, wenn meine Rechnung nicht schnell genug kam. Wie früher bemühte ich mich um Gleichmut, wenn ich die Wohnung betrat, wie früher zitterte die Hand, wenn ich das blinkende Telefon aufnahm, das eine hinterlassene Nachricht anzeigte. Aber Lisa rief nicht an. Sie wollte einfach nicht anrufen! Selbst wenn niemand ihr von meinem Besuch erzählt haben sollte, wäre es an der Zeit gewesen, mich anzurufen. Und jede Stunde, die sie mir ihren Anruf verweigerte, war ein Triumph Paulinis. Ein Sieg über mich. Sein Hohnlachen dröhnte mir bei Tag und Nacht in den Ohren. Hatte er Lisa verstoßen, um sie nun ganz zu gewinnen? Ich war innerlich erledigt, verstehen Sie? Wie sollte ich leben mit dieser Schmach? Und wohin mit meiner Liebe? Wie sie loswerden?

Neu war allein mein Mut, meinen Wünschen freien Lauf zu lassen. Ich könnte auch sagen, Zeit und Geld wurden mir gleichgültig. Sie werden es mir nicht glauben, aber ich fuhr in die Sächsische Schweiz. Ich fuhr einfach nur, weil ich es wollte. Zu Hause konnte Lisa jederzeit vor meiner Tür stehen, lieber war ich allein inmitten der Felsen und pilgerte auf unseren alten Wegen. Nein, das ist kein Widerspruch. Natürlich hätte ich auch woandershin fahren können, ins Riesengebirge, in die Hohe Tatra, die Alpen oder nach Sizilien oder Mallorca. Aber ich wollte in die Sächsische Schweiz! Wie soll ich das erklären? Es war so. Was soll daran unglaubwürdig sein? Zu gehen, schnell zu gehen war doch das Schönste. Diesmal hoffte ich nicht, irgendjemandem zu begegnen. Und ich bin auch niemandem begegnet. Trotzdem ging es gespenstisch zu. Erreichte ich eine Aussicht, hatte sich die Welt gedreht, allerdings, ohne mich mitzunehmen. Die Elbe floss stets auf der falschen Seite, der Lilienstein hatte mit dem Großen Winterberg rochiert, die Festung Königstein war geschleift worden und verschwunden. Unentwegt studierte ich die Karte, fragte nach dem Weg, wann immer ich jemanden traf, um nicht irrezugehen. Ein einziges Mal erlaubte ich mir, Lisas Spur zu verlassen. War es Erschöpfung, Faulheit, der Regen? Hatte mich ihr Sirenengesang gelockt? Ich zahlte fünf Euro und stieg in die Kirnitzschtalbahn, ich wollte zurück nach Bad Schandau. Von außen sind es noch immer die gleichen gelben Straßenbahnwagen, die früher überall fuhren. Auch innen ist alles wie damals. Was fehlt, sind allein die grünen Sitze. Die sind neu und hässlich. Alles andere ist restauriert und picobello, wie niemals gesehen. Ich saß im ersten Wagen, ich spähte hinaus in Fahrtrichtung und freute mich auf die Kurven, denn dann begannen die Räder singend zu kreischen. Wie schnell gewöhnt man sich wieder daran, nur unvorstellbar, dass einst alles so langsam schlich wie diese Bahn. Nahte die Kurve, schloss ich die Augen. Es rumpelte und kreischte betäubend laut, aber bereits vom nachfolgenden Wagen drang der Gesang viel gedämpfter zu mir. Der zweite war wiederum kein Vergleich zu dem dritten. Dessen Gesang kam schon aus der Ferne, der Klang war ein Bogen, das einstmals beherrschende Geräusch der Stadt, auf das ich tagsüber kaum achtete, das aber, erwachte ich allein und verloren im Dunkel, sich tröstlich über den Nachthimmel spannte. Im Gegensatz zum Pfiff der Lokomotiven, kündete das Heulen der Räder von Nähe, vom Dasein anderer Menschen, und sei es von dem der Straßenbahnfahrerin, die aufrecht auf ihrem Platz aushielt und, den Blick geradeaus gerichtet, erfüllte, was ihre Pflicht war, ganz gleich ob hinter ihr im Wagen Betrunkene grölten oder Schichtarbeiter schwiegen. Dies sollte ich, schoss es mir durch den Kopf, noch unbedingt einfügen in die Novelle – und erschrak.

Teil III

Vom Tod von Elisabeth Samten und Norbert Paulini habe ich mit Verspätung erfahren. Schon merkwürdig, dass mich niemand darauf hingewiesen hat. Dabei hatte ich sein Manuskript im Verlag vorgestellt. Schultze hat bis heute die Klarnamen nicht verändert – bis auf Lichtenhain, daraus war Sonnenhain geworden. Er hat sogar mir gegenüber von Sonnenhain gesprochen, fällt mir jetzt auf. Zumindest den Nachruf von Ilja Gräbendorf in der »Literarischen Welt« hätte jemand bemerken müssen, jemand im Verlag. Die kriegen sonst eigentlich alles mit. Schultze dachte, ich wisse davon, bis er mich am Telefon anschrie: »Sie sind tot! Weißt du das nicht?«

Ich habe mich entschuldigt und noch mal entschuldigt. Beinah hätte ich ihm kondoliert. Tränen sind immer ein Argument.

Schultze und ich sind per du. Nachdem er mir seine Paulini-Geschichte samt Lisa-Liebe und dem ganzen Hin und Her erzählt hatte, habe ich ihm das »du« vorgeschlagen, was ihn, glaube ich, gefreut hat.

Natürlich habe ich ihn nicht gefragt, was der Tod der beiden für sein Manuskript bedeutet. Nach seiner letzten Begegnung mit Paulini an Lisas Geburtstag erschien ihm das Geschriebene fragwürdig. Er habe dem Falschen gehuldigt, dem ganz Falschen. Es war nicht leicht gewesen, Schultze zur Weiterarbeit zu bewegen. Letztlich aber hatte ich ihn überzeugen können, indem ich erklärte, dass all das, was seiner Ansicht nach gegen den Text spreche, in meinen Augen gerade dafür spreche. Eben weil er überzeugt gewesen war, Paulini ein Denkmal setzen zu müssen und noch nichts, oder sagen wir, fast nichts von dessen Verrat geahnt habe, sei das bisher Geschriebene vollkommen brauchbar! Jetzt müsse er nur statt der ursprünglich geplanten drei oder vier Kapitel, drei oder vier andere Kapitel schreiben, in die seine neue Erfahrung einfließen müsse. Erst dadurch werde die Erzählung zur Novelle, und zwar zu einer Novelle unserer Zeit! Warum wolle er diese Steilvorlage nicht nutzen? Jetzt werde das konventionell Geschilderte, wenn auch schon für geschulte Leser durch die Überbetonung des Konventionellen von sich selbst distanziert, zur Leimrute, zur Falle für den bildungsbeflissenen, die Buchmenschen per se anhimmelnden Leser, der am Ende bestürzt erkennen müsse, wohin ihn sein kontextloser Ästhetizismus geführt habe. Im Grunde, sagte ich, habe er es gar nicht besser anstellen können – nehme man allein das Kunstwerk zum Maßstab und nicht die Bitternis seines Lebens, mit der er sein Meisterwerk zu bezahlen habe.

Natürlich habe ich ihn auch gefragt, ob er Angst habe, ob er durch Paulinis Drohung eingeschüchtert sei. Das wäre verständlich. Schultze wollte davon nichts wissen. Ich sollte das auch nicht unserem Verleger oder sonst wem sagen, überhaupt wünschte er, seine »Beichte«, wie er es nannte, solle unter uns bleiben. Ich war nicht gerade glücklich darüber, die Einzige zu sein, die davon wusste. Ich habe ihm geraten, Paulinis Drohung nicht auf die leichte Schulter zu nehmen und auf sich aufzupassen. Deshalb bedeutete die Nachricht von Paulinis Tod für mich vor allem Erleichterung.

Paulini und Lisa wurden erst sieben Tage nach ihrem Tod am Fuß der Goldsteinaussicht von Bergsteigern entdeckt. Die Körper der beiden wiesen Verletzungen auf, die als typisch für einen Sturz aus großer Höhe gelten. Die Polizei ging von einem tragischen Unfall aus, ermittelte aber in alle Richtungen, wie es in den Artikeln hieß, die sich offenbar übereinstimmend auf dieselbe Pressekonferenz bezogen. Eine der beiden Personen muss zu nah an den Abgrund geraten sein. Bei dem Versuch, zu helfen, sei auch die zweite Person verunglückt. Die beiden Leichen wurden nur zweieinhalb Meter voneinander entfernt und im etwa gleichen Abstand zum Felsen gefunden. Eine gemeinsame Selbsttötung, so die Polizei, sei nicht auszuschließen, aber nach jetzigem Kenntnisstand eher unwahrscheinlich. Ich weiß nicht, wen sie befragt haben, Livnjak zumindest nicht, was unverständlich ist. Und natürlich frage ich mich, warum ich mir überhaupt Gedanken mache, wenn diejenigen, die dafür bezahlt werden, es nicht tun. Schultze hat mir gegenüber die Goldsteinaussicht erwähnt, aber auch andere Berge oder Felsen, das besagt gar nichts. Die »Super-Illu« hat ein älteres Ehepaar aus Neukirch in Sachsen ausfindig gemacht, das am fraglichen Wochenende im Mai die Goldsteinaussicht besucht hat und bereit gewesen ist, sich an Ort und Stelle fotografieren zu lassen. Sie gaben an, ihr Gewissen erleichtern zu wollen. Denn am fraglichen Sonntag hätten sie auf dem Hinweg kurz hintereinander Schreie gehört, drei, vier Schreie, Schreckensschreie, Frau, Mann, so klar sei das nicht gewesen, keine Hilferufe, sonst wären sie ja schneller gegangen und hinzugeeilt. Und gleich danach sei es wieder still gewesen. Sie hätten gedacht, vielleicht seien es Jugendliche gewesen, die schreien grundlos, einfach so, aus Übermut. Nach dem Abstieg und einer Rast im Zeughaus seien sie gleich nach Hause gefahren. »Haben wir uns damit strafbar gemacht?«, wird der Mann zitiert.

Die Medien, also die regionalen, sprachen von einem tragischen Unfall. Kurz darauf erschienen die Nachrufe, die Paulini als Antiquar von Rang würdigten, der seit 1977 den unterschiedlichen geschäftlichen Herausforderungen getrotzt und jederzeit für das Recht seiner Leserinnen und Leser gestritten habe, lesen zu können, was sie lesen wollten. Die »Dresdner Neuesten Nachrichten« hatten verschiedene Weggefährten um persönliche Erinnerungen gebeten. Zwei davon endeten kritisch. Die eine stammte von der Buchhändlerin Marion Häfner (bei Schultze ist sie Lisas Freundin, die mit dem ewigen Mädchengesicht), die nicht nur von Resignation und Selbstzweifeln sprach, die Norbert Paulinis Begleiter in den letzten Jahren gewesen seien, sondern auch von zuletzt »unversöhnlicher Härte und Intoleranz«. Konkreter wurde sie leider nicht. Der andere Text stammte von Dr. Peter Scheffel, der Paulini einen »großen Leser« nannte, dessen heilige Hallen er beständig aufgesucht habe. Paulinis Äußerungen seien jedoch zunehmend eines gebildeten Menschen, der sich zeitlebens der Aufklärung verpflichtet gefühlt habe, unwürdig gewesen, weshalb er vor wenigen Monaten den Kontakt zu Norbert Paulini habe abbrechen müssen, nun aber bemüht sei, ihm angesichts des tragischen Unfalltodes ein dankbares Angedenken zu bewahren. Auch wenn ich nicht an Schultzes Darstellung gezweifelt hatte, war ich doch froh, sie hier bestätigt zu finden. Im »Börsenblatt« erschien eine kurze Würdigung, die Paulinis Geburtsjahr um zehn Jahre vorverlegte und deshalb glaubte, von einer Kindheit in der Kriegs- und unmittelbaren Nachkriegszeit sprechen zu müssen. Und dann eben Gräbendorfs »Abschiedsbrief an meinen Leser«. Ohne Schultzes Beschreibung des frühen Disputs zwischen Paulini und Gräbendorf hätte ich das Motto, das dem Essay vorangestellt war und von Calvino stammte, nicht verstanden: »Ich lese, also schreibt es.« Wahrscheinlich hatte Gräbendorf keine Gelegenheit mehr gehabt, es dem »reinen Leser« Paulini unter die Nase zu reiben. Der fiktive Brief setzte die Stationen seines Autors mit denen Paulinis in Beziehung und lief auf die Erkenntnis hinaus, dass Gräbendorf und Paulini, selbst wenn sie stets verschiedenen literarischen Göttern gehuldigt hätten, sich doch immer in zwei Grundüberzeugungen einig gewusst hätten, Paulini als Leser, Ilja Gräbendorf als Dramatiker und Essayist. Zum einen Novalis: »Die Poesie ist das echt absolut

Reelle. Je poetischer, je wahrer.« Zum anderen: »Es gibt nichts Wichtigeres, als in Freiheit zu leben!« – was immer er damit meint.

Für Lisa erschien eine gemeinsame Traueranzeige ihrer Kolleginnen und Kollegen in derselben Ausgabe der »Sächsischen Zeitung«, in der auch die Traueranzeige der Familie abgedruckt war. Unter ihrem Namen und dem Geburts- und Sterbejahr stand die Zeile: »Lisa, du fehlst uns«, darunter die Namen der Trauernden.

Das ist ungefähr das, was ich in den Tagen nach dem Anruf in Erfahrung bringen konnte.

Ich hatte unseren Verleger informiert. Er bestärkte mich darin, mich um Schultze zu kümmern. Als ich Schultze nach einer Woche wieder anrief, war ich gut vorbereitet.

Ich hatte mir auch Gedanken darüber gemacht, in welcher Version der Tod von Paulini und Elisabeth Samten in die Novelle integriert werden könnte. Er ermöglichte immerhin einen zweifachen Novellenschluss. Er aber musste davon anfangen zu sprechen, nicht ich. Zudem minderte der Tod der beiden die Gefahr von Klagen erheblich.

Schultze freute sich, mich zu hören. Er sagte es nicht nur, er klang tatsächlich erfreut. Auch er war von den »Dresdner Neuesten Nachrichten« eingeladen worden, sich zu Paulini zu äußern, was er mit dem Hinweis, dazu derzeit nicht in der Lage zu sein, abgelehnt hatte. Nicht mal der Tod der beiden habe ihm die ersehnte Befreiung verschafft. Im Gegenteil. Das Gefühl der Niederlage, so

Schultze, sei jetzt unumkehrbar. Er war weder zu Lisas noch zu Paulinis Begräbnis gefahren.

»Und wie geht es dir?«, fragte ich schließlich, »kannst du arbeiten?«

Er müsse sich nicht zur Arbeit zwingen. Arbeit sei die einzige Art von Konzentration, die es ihm erlaube, selbstbestimmt an Lisa und Paulini zu denken. Beim Schreiben seien sie Figuren. Das sei sehr hilfreich. Sowohl Gesellschaft als auch Lektüre oder Fernsehen seien als Ablenkung ungeeignet. Seine Wohnung verlasse er nur ungern, es sei also eine regelrecht ideale Atmosphäre, um zu arbeiten.

Als ich ihn fragte, ob ich seinen »Paulini« in der geplanten Vorschau belassen dürfte, antwortete er, dass er es nicht wisse.

Was dann geschah, kann ich nicht erklären. Wir hatten aufgelegt. Und erst da glaubte ich zu hören, wie er sagte: »Nicht mal der Tod der beiden hat mir die ersehnte Befreiung verschafft.«

Nicht mal der Tod der beiden hat mir die ersehnte Befreiung verschafft. Aber hat er das tatsächlich gesagt?

Wenn ich mir ein bestimmtes Sensorium erworben habe, ist es das für die Schwingungen und Klänge, die solch einen Satz begleiten. Und hatte ich mich nicht gleich gewundert über seine Wanderungen, die er noch nach der letzten Begegnung mit Paulini unternommen hatte? Seinen damaligen Bericht, seine »Beichte«, hatte ich sogar an dieser Stelle unterbrochen. Warum hatte er sich dieser Nähe ausgesetzt?

Ich sah mein Telefon an, als könnte es mir irgendetwas erklären. Ich war tatsächlich entschlossen gewesen, ihn wieder anzurufen. Aber was hätte ich gefragt?

Sollte ich etwa sehen, was niemand sah? Ich, die Westlerin? Oder wusste nur ich, dass er dort unterwegs gewesen war? Und warum verriet er es mir? Haben Lektoren eine Schweigepflicht?

Und mit welchem Wort sollte ich gegenüber den anderen im Verlag meinen Verdacht benennen? Vielleicht als Risiko? Aber erschienen nicht sogar die Memoiren von Mördern? Und sind es nicht gerade außerliterarische Umstände, die oft für den Erfolg eines Buches entscheidend sind?

Am nächsten Montag ließ mich mein Verleger wissen, Schultze am Freitag in Berlin im »Brot und Rosen« zum »Lunch« getroffen zu haben, also einen Tag nach unserem letzten Gespräch. Er sei zurückhaltend, ja beinah schüchtern gewesen. Mit ihm wäre Schultze zum ersten Mal seit einer Ewigkeit wieder in einem Restaurant gewesen.

»Und das Manuskript?«, fragte ich.

»Ich habe ihm geraten, sich Zeit zu lassen, viel Zeit«, sagte er.

Mich beruhigte seine Art. Sich in der Hierarchie einzurichten hilft mitunter tatsächlich. Ich meine das ehrlich. Mir gelang es gewissermaßen, Schultze und seinen Paulini mit den Augen unseres Verlegers zu sehen. Ein Sturm im Wasserglas. Ich hatte zwei weitere Manuskripte am Hals, eines davon über fünfhundert Seiten.

Bei unserem nächsten Telefonat – ich hatte mit ihm etwas wegen der Taschenbuchausgabe zu klären – verplauderten wir uns etwas. Er verbringe viel Zeit mit seinen Töchtern, mit ihnen falle es ihm leichter, das Haus zu verlassen. Sie machten Museumsbesuche, wobei sie jedes Mal feststellten, wie viel Geld sie mit einer Jahreskarte gespart hätten. Sie hätten kurz vor Ende der Saison noch die Gelegenheit genutzt, zweimal »Salomé«, einmal »Der Rosenkavalier« zu sehen. Für Richard Strauss habe er sich bisher – zu Unrecht, wie er nun fand – kaum interessiert. Insgesamt aber bessere sich sein Zustand, vor allem könne er jetzt weinen ... Selbst ein simples Telefonat mit seiner Krankenkasse, bei dem sich nach etlichen automatischen Ansagen eine Beraterin meldete und fragte, was sie für ihn tun könne, habe ihn in Tränen ausbrechen lassen.

Aber er hatte doch schon während unseres ersten Telefonats geweint! Ich hörte ihm weiter zu, wie er von dem alljährlichen Hausfest sprach, für das er einen Borschtsch gekocht habe. Wirklich lästig seien ihm die sich wiederholenden Ratschläge seiner Eltern und manch anderer, einen Therapeuten aufzusuchen.

»Es kann schon Situationen geben, in denen das vielleicht keine schlechte Idee ist, oder?«, fragte ich.

»In jenen Tiefen, in denen eine Erzählung entsteht«, beschied mich Schultze nach einer kurzen Pause, »hat ein Therapeut nichts verloren.«

Da war er wieder, der Ostmann, zumindest jene Seite, die mich nervt. Wir schwiegen.

»Was ich noch zu Protokoll geben wollte«, hörte ich Schultze dann sagen. »Am fraglichen Wochenende bin ich nicht in der Sächsischen Schweiz gewesen, auch nicht in den Tagen davor und auch nicht in den Tagen danach. Nur falls du mich mal danach fragen willst. Ich bin nicht dort gewesen, nicht, als es passiert ist.«

»Wie kommst du darauf, dass ich das fragen wollte?«, erwiderte ich. Schultze lenkte sofort ein. Es solle nichts Unausgesprochenes zwischen ihm und mir stehen. Wenn ich nicht die Absicht gehabt hätte, ihn danach zu fragen, umso besser, dann habe es hoffentlich auch nicht geschadet.

»Warum sollte es schaden?«, fragte ich mechanisch.

Irritierenderweise bestanden die Internet-Seiten Paulinis unverändert fort. Kein Hinweis auf dessen Tod, überhaupt kein Hinweis auf irgendeine Veränderung. Ich hatte mir probeweise ein Buch bestellt, eines von Gräbendorf, signiert und gewidmet, es war aber nicht vermerkt, wem die Widmung galt. Hatte Gräbendorf doch nicht alle aufgekauft? Es wurde um Vorkasse gebeten, unterzeichnet war die E-Mail von J.P. Livnjak. An ihn, muss ich gestehen, hatte ich überhaupt nicht gedacht.

Am Donnerstag machte ich mich auf den Weg zur Premiere meiner Autorin C.C. am Berliner Ensemble, die am Sonntagabend stattfinden sollte, – am Wochenende sind die Verbindungen zwischen München und Berlin eine Katastrophe, und arbeiten kann ich schließlich überall –, stieg in Leipzig aus, fuhr nach Dresden und nahm mir dort einen Mietwagen.

Ich wollte mir die Goldsteinaussicht ansehen und, falls möglich, das Antiquariat. Es ging alles leichter als gedacht. Schon gegen vierzehn Uhr war ich in Lichtenhain. Im Berghof hatten sie sogar ein Doppelzimmer frei mit Blick auf die Felsen, nur bezugsfertig war es noch nicht.

Deshalb fuhr ich gleich weiter. Das GPS führte mich in einem weiten Bogen über Sebnitz hinab ins Kirnitzschtal und zur Neumannsmühle, wo ich den Wagen abstellte. Näher kommt man als Tourist nicht heran. Auf einem breiten Weg lief ich in Richtung Zeughaus. Ich traf auf eine Gruppe, die ich erst nicht im Einzelnen wahrnahm, bis mir die beiden Männer in Stadtkleidung auffielen, der eine sogar im Jackett. Daneben unterhielt sich ein Mann um die vierzig mit einem älteren bärtigen Mann, der laut wiederholte, er habe keinen anderen Wunsch als Regen, Regen wünsche er sich! Der mit dem Jackett ließ mich nicht aus den Augen und schob sich vor den Rücken des jüngeren Mannes. Erst da verstand ich – er war einer der Bodyguards des Sächsischen Ministerpräsidenten, der hier pflichtschuldig kurz vor der Landtagswahl seinen Urlaub verbrachte.

Am Zeughaus trank ich etwas und nahm den steilen Anstieg. Jeans sind keine idealen Wanderhosen, aber auch kein Hinderungsgrund. Das wohl treffendste Bild der »Sächsischen Schweiz« steht in einem Brief von Kleist, der die Felsen hinter Königstein mit einem Meer von Erde vergleicht, als hätten da die Engel im Sand gespielt. Bei einem Regionaldichter fand ich die

Beschreibung einer Wanderung, in der er die Dunkelheit des Weges, über dem blauer Himmel steht, gedankenlos hinnimmt, um dann regelrecht zu erschrecken, als er die Felsen gewahrt, die sich hinter Moosen und Sträuchern, Fichten und Kiefern verbergen, als betrachteten sie ihn still. Ich zitiere sinngemäß. Mir ist es nicht so ergangen. Je höher ich kam, desto kahler wurden die Felsen. Aber selbst hier wuchsen auch noch auf den kleinsten Vorsprüngen Bäume und Bäumchen senkrecht wie Kerzenschmuck am Weihnachtsbaum empor. Ich hatte den Aufstieg unterschätzt. Oben angekommen, verlässt man den Wanderweg nach links und geht nicht weit auf einem leicht abwärts führenden Pfad. Plötzlich eröffnet sich eine Aussicht, die sich mit jedem Schritt weitet. Jetzt erst begriff ich: Sie haben hier oben überhaupt kein Geländer! Man steht völlig ungeschützt da in schwindelnder Höhe. Nur eine schräg am Abgrund wachsende Fichte, die ihre Nadeln halb auf das Plateau, halb ins Tal streut und deren Wurzeln wie Adern auf dem Handrücken eines alten Mannes sich an den Felsen klammern, hält den Blick auf, bevor es ihn in die Tiefe zieht. Auf der rechten Seite fristet ein Brombeerstrauch sein Dasein. Alles andere ist nackter Fels.

Die Steilwände der Felsengruppe gegenüber schließen mit auffallend regelmäßigen Bögen ab, zwei davon, die fast gleich groß aneinander grenzen, ähneln den gängigen Darstellungen der Gesetzestafeln des Moses. Man schaut in Richtung Osten oder Südosten. Das sollte als Beschreibung ausreichen. Ich nehme an, Schultze wird die Goldsteinaussicht zum Schauplatz machen. Aber von einer direkten Schilderung dessen, was auch immer hier geschehen sein muss und damit von einer Festlegung, würde ich abraten. Besser wäre es, auf literarische Vorbilder zurückzugreifen, Fontanes »Ellernklipp« oder Wellershoff, warum nicht, es gibt auch einen Fellini-Film mit der La-Strada-Hauptdarstellerin, sie entgeht dem Tod nur knapp. Da muss ich nachsehen, wahrscheinlich gibt's noch mehr.

Ich trat weit vor und fegte zur Sicherheit mit dem Fuß die Fichtennadeln beiseite. Hier sind sie abgestürzt, hinuntergefallen. Soweit ich sah, gibt es da unten nur Nadelgehölz, das meiste bereits krank und verdorrt, man nimmt es als verschiedenfarbige Streifen wahr.

Wer über diese Klippe gerät, hat nichts mehr, woran er oder sie sich klammern kann, auch wenn es da noch einen winzigen Vorsprung gibt, der aber selbst abschüssig ist. Erlebt man die drei oder vier oder fünf Sekunden freien Falls bei Bewusstsein? Spult sich der Lebensfilm ab? Spürt man noch den Stoß am Rücken? Bleibt Zeit, sich zu fragen, wer einem den Stoß versetzt hat? Könnte man dessen oder deren Namen rufen? Fällt einem das zu spät ein? Oder hat es einen Kampf gegeben? Paulini muss ein athletischer Mann gewesen sein, keiner, den man im Zweikampf überwand, ohne in irgendeiner Technik geschult zu sein. Es sei denn, man überraschte ihn. Schluss, aus! Ich wollte mir nicht vorstellen, was hier passiert war, was sich hier abgespielt hatte. Das stand mir auch gar nicht zu.

Zumindest auf der Aussicht finden sich keine Blumen oder Kränze, keine mit Steinen beschwerten Zettel oder Umschläge, nichts weist auf ihren Tod hin. Ich stand da, als müsste ich nun etwas tun. Aber wieso? Ich machte einen Ausflug, privat, ohne Dienstreiseauftrag, im Gepäck ein Manuskript von fünfhundertsiebzig Seiten. In einigem Abstand zum Abgrund setzte ich mich, das Gesicht zur Sonne gewandt, die Augen geschlossen, die Hände auf dem Sandstein. Ich dachte tatsächlich: »Wie sicher mich der Felsen trägt.« Wie konnte es sein, dass hier zwei Menschen ums Leben gekommen waren, und nichts, gar nichts, das darauf hindeutete, nichts, das eine Wiederholung ausgeschlossen hätte? Solche Gedanken gingen mir durch den Kopf und machten mich beklommen. Dann schreckte ich zusammen, als zwei Wanderer zwischen den Bäumen hervortraten. Die beiden Einheimischen grüßten freundlich und sahen sich um.

»Ganz alleene?«, fragte der eine. Er klang mitleidig. Wahrscheinlich hätten sie mich auf Händen den Weg zum Zeughaus hinabgetragen, wenn ich sie nur darum gebeten hätte. Doch als sie ganz vorn an der Aussicht standen, schlich ich mich in ihrem Rücken davon und sprang den Weg wieder hinab. Ich rastete auch nicht, mir wäre es peinlich gewesen, den beiden wieder zu begegnen. Ich hatte mich selbst verstimmt. Auf der Rückfahrt hielt ich am Antiquariat. Man muss die Adresse kennen, denn weder an der Ortseinfahrt noch auf dem kleinen Platz mit dem Briefkasten und dem Laden findet sich unter den grünen Schildern, die auf Restaurants, Pensionen, Wanderwege und Kirche hinweisen, eines für das Antiquariat. Steht man davor, könnte man es wegen der milchigen Tünche und dem Putz, der an den Hauskanten freiliegt, für ein unbewohntes Haus halten oder, der dichten Gardinen wegen, für die Behausung sehr alter Leute. Ich klingelte nochmals. Die leeren Blumenkästen vor den Fenstern hingen kaum einen halben Meter über dem dicken frischen Asphalt, der bis kurz vor die Hauswand reichte. Das Schild neben der Eingangstür wirkte amtlich, schwarz auf weiß:

Antiquariat Paulini
Vater & Sohn
Inh. Juso Podžan Livnjak
Versandantiquariat
Besuche nur nach Vereinbarung

Livnjak war nicht da, zumindest öffnete er nicht. Ich erreichte den Berghof völlig niedergeschlagen, bezog mein Zimmer und warf mich aufs Bett, wo ich kurz einschlief. Danach ließ ich mir das Essen aufs Zimmer bringen. Ich mag nicht in Gegenwart von Familien und Paaren allein essen. Ich setzte mich an das mitgebrachte Manuskript, das im ersten Teil einen Familienurlaub in Südfrankreich beschreibt, in dessen Folge die Beziehung des Paares in die Brüche geht. Kurz bevor ich ins Bett ging, sah ich mir die Wetterprognose für den folgenden Tag an, die für den Vormittag Regen verhieß. Alles sprach dafür, bereits morgen früh abzufahren und schon den Freitag in Berlin zur freien Verfügung zu haben. Diese Aussicht stimmte mich regelrecht heiter.

Nach einem traumlosen Tiefschlaf erwachte ich gegen fünf Uhr und arbeitete bis sieben. Beim Frühstück war ich die Erste und Einzige und unternahm dann bei schönstem Sonnenschein einen Spaziergang, um meinen Muskelkater zu kurieren. Über einen Feld- und Waldweg kam ich auf eine kleine Straße, die mich zum »Lichtenhainer Wasserfall« führte – zugleich die Endhaltestelle der mir durch Schultze bekannten Kirnitzschtalbahn. Vom Wasserfall aus nahm ich einen anderen Weg zurück, der kaum länger war, mich jedoch am Antiquariat vorbeiführen würde. Es begann zu regnen. Und gleich darauf geschah etwas, das offenbar auch Schultze erlebt hat oder wenigstens vom Hören und Sagen kennen muss. Es ist eine Anspielung im vorläufigen Schlusskapitel der ersten Fassung, beim Besuch der Kommissare. Kaum hatte ich den Anstieg aus dem Tal durch den Wald und den Feldweg hinter mir und ging auf der schmalen asphaltierten Straße, als ein Moped auf mich zuraste. Ich trat frühzeitig zur Seite. Der junge Kerl, ein Jugendlicher, sah starr geradeaus, als gäbe es mich nicht. Erst als er auf gleicher Höhe war, wurde ich gewahr: Statt eines Sturzhelms trug er einen Stahlhelm, einen Stahlhelm der Wehrmacht. Als er am Ende der Straße gewendet hatte und nun in entgegensetzter Richtung an mir vorbeipreschte, erkannte ich den Totenkopf auf dem T-Shirt. Ich fürchtete, er könnte erneut umkehren, und dabei wusste ich schon, dass es so kommen würde. Als er zum siebenten oder achten Mal an mir vorüberraste, hätte ich schreien mögen vor Wut und Scham. Querfeldein zu gehen verhinderten die Viehweiden und die Pferdekoppel. Warum war ich überhaupt hierher gefahren, was hatte ich hier zu suchen? Mahnte mich dieser berittene Bote, endlich umzukehren? Ich klingelte am Antiquariat, als suchte ich Schutz vor dem Regen. Ein kleiner weißer Opel von der Volkssolidarität parkte vor der Tür, den linken Außenspiegel hielt Klebeband zusammen.

Ich wollte schon ein zweites Mal klingeln, als sich eine zuvor von mir nicht bemerkte Luke auf Brusthöhe in der Tür öffnete, ein Augenpaar erschien. Es betrachtete mich eine Weile von unten her. Ich trat etwas zurück, ging sogar ein bisschen in die Knie und wischte mir den Regen aus dem Gesicht und lächelte. Die Augen verschwanden, der Schlüssel klackte, dann das Geräusch eines Riegels – er klemmte. Eine Frauenstimme rief etwas, und kurz darauf stand Juso Podžan Livnjak in der offenen Tür. Er sieht ungefähr so aus, wie ich ihn mir vorgestellt habe, das heißt, wie ihn Schultze beschrieben hat.

»Besitzen Sie keinen Schirm?«, fragte er, sah nach links und rechts und ließ mich ein. Es roch eigenartig, aber gut, ein bisschen nach Kardamom und frischer Wäsche.

Der Kontrast zwischen der Fassade und der hellen hohen Halle war tatsächlich überraschend. Ich registrierte gleich den ominösen Ledersessel und, als ich mich der Frau zuwandte – sie war es wohl gewesen, die mich durch die Luke betrachtet hatte –, auch den gläsernen Wasserkocher.

»Meine Frau«, sagte Livnjak. »Hatten wir einen Termin?«

»Nein«, sagte ich. Livnjaks Frau hat einen festen Händedruck, sie ist etwas größer als er und auch jünger, vielleicht Anfang fünfzig. Ich stellte mich als Schultzes Lektorin vor und gab ihr meine Visitenkarte.

Sie stieß einen Laut aus, eher verwundert als erschrocken. Livnjak zog die Augenbrauen hoch, was seine auf die Stirn geschobene Brille in Bewegung brachte.

»Nur mal die Haare rubbeln«, sagte sie, nahm ein dunkelgraues Handtuch aus dem Regal neben dem Waschbecken und reichte es mir.

Während ich ihrer Aufforderung folgte, verständigten sich die beiden in kurzen Sätzen auf Bosnisch, wie ich annahm. Ich trocknete mich gründlich ab, um ihnen etwas Zeit zu geben.

»Haben Sie vielleicht auch einen Kamm?«, fragte ich sie und hielt ihr das Handtuch hin. Ihre halblangen Haare waren gefärbt, kastanienrot, das betonte ihre helle Haut. Ihr Kopf schien beinah zu groß für ihren zierlichen Körper.

»Es gibt schönere Tage hier«, sagte sie und drückte mir nochmals die Hand. »Ich heiße Fadila.«

»Theresa«, sagte ich. Ich folgte ihr die wenigen Schritte vor das Waschbecken, über dem ein Spiegel hing. Sie säuberte den Kamm mit einem Stück von der Haushaltsrolle und gab ihn mir.

Da Livnjak noch immer keinen Ton von sich gegeben hatte, fragte ich, ob ich mich umsehen dürfe. Er machte eine sparsame Bewegung, die ich als Erlaubnis deutete.

Ich ging entlang der hohen Bücherfront zu dem Fenster auf der anderen Seite, das sind mindestens fünfzehn, sechzehn Meter, wenn nicht mehr. Die Aussicht ähnelt der aus meinem Hotelfenster, nur stehen hier ein paar große Birken, an denen sich Wind und Regen austobten. Die Felsen waren schon im Dunst verschwunden. War es nicht, als befände ich mich in alten Filmkulissen? Wie oft mochte Lisa an diesem Fenster mit Paulini gestanden haben? Hier hatte sie Schultze ins Ohr gesprochen, während Paulini den Blechkuchen aß und vielleicht schon etwas von dem Kommenden ahnte.

»Sie sind nicht angereist, um unsere Aussicht zu genießen, sondern um zu reden?« Beim letzten Wort dehnte Livnjak die erste Silbe und senkte die Stimme.

»Sie haben hier wohl nicht nur Freunde?«, fragte ich mit Blick zurück auf die Haustür.

Livnjak lächelte, Fadila sah ihren Mann an.

»Wir hatten einen versuchten Einbruch, alle hier kennen das.« Fadila sprach fast ohne Akzent. »Manchmal macht man uns aber auch Scherereien.«

»Scherereien?«, fragte ich.

»Julian«, sagte sie.

»Ach, Julian.« Livnjak machte eine Handbewegung, die wohl beschwichtigend gemeint war.

»Julian erpresst uns von Zeit zu Zeit«, sagte Fadila zu mir. »Aber darüber haben Juso und ich verschiedene Ansichten.«

»Sehen Sie, ohne Julian hätten wir das alles hier nicht, unsere Bücher, unser Dach überm Kopf, unsere schöne Aussicht – unsere normalerweise schöne Aussicht.«

»Wir haben das alles von Herrn Paulini«, erklärte Fadila. »Julian hat damit nichts zu tun.«

»Nur hat unser lieber Herr Paulini vergessen, das einem Notar mitzuteilen oder überhaupt schriftlich zu fixieren, weshalb Julian der Erbe war, und wir …«

»Niemand wollte die Bücher«, rief sie. »Was sollte Julian hier? Bücher verkaufen? Aber Juso – er gibt ihm, was er verlangt.«

»Darf ich dich daran erinnern, welche Vereinbarung ich mit ihm getroffen habe? Nur wenn er so gut ist und sich anmeldet, zu vernünftigen Zeiten erscheint und ein anständiges Benehmen an den Tag legt.« Livnjaks Arm ging dreimal auf und ab, als schlage er den Takt dazu. »Erst dann« – nun hob er den Zeigefinger, »geben wir ihm etwas ab von dem, was wir erübrigen können.«

»Sonst randaliert er«, sagte Fadila, die stets mich ansah, während Livnjak sich immer an seine Frau wandte.

»Julian hätte das alles meistbietend verkaufen können, verschleudern können, das weißt du.«

»Hätte er auch getan, wenn er gekonnt hätte. Wollen Sie Tee? Juso ist der Einzige, der in Sarajevo Tee getrunken hat. Von mir dürfen Sie nur Stampfkaffee erwarten, ich muss gleich los.«

Zu dritt kehrten wir zu der Kochnische am Eingang zurück. Nachdem ich mir Grünen Tee gewünscht hatte, blieben immer noch vier Büchsen zur Auswahl, in die hineinzuriechen mich Livnjak nötigte. Ich zeigte schließlich auf einen, der, wie er mir sofort erklärte, die letzten Wochen vor dem Pflücken im Schatten gereift war, ein japanischer. Er schaltete den selbstleuchtenden Wasserkocher an, der, als Schultze ihn mir gegenüber erwähnte, schon wie ein Fremdkörper gewirkt hatte, der er hier tatsächlich war.

Fadila fragte mich, was mich zu ihnen geführt habe und hielt mir eine dunkelgrüne Strickjacke hin, die über der Stuhllehne gehangen hatte.

»Sie beide sind vielleicht die Einzigen, die wissen, was ich wissen will«, hörte ich mich sagen, während ich ihre Jacke über die nasse Bluse zog.

»Und Sie wissen, was Sie wissen wollen?« Livnjak hatte sich halb zu mir umgedreht, er zog ein langes Thermometer aus einem Plastikgehäuse, sein Mund war ein Strich.

»Lassen Sie sich von unserem Philosophen nicht einschüchtern«, ermutigte mich Fadila und steuerte mit ausgestreckter rechter Hand auf mich zu, um sich zu verabschieden.

»Wollen Sie nicht bleiben?«, bat ich. Eigentlich wollte ich mit ihr reden. Aber sie musste sich, wie sie sagte, um ihre Alten kümmern. Zum dritten Mal gaben wir einander die Hand. Im Gehen wippte ihre Umhängetasche auf der Hüfte. Sie blieb vor Livnjak stehen. Sie sprach mit ihm, auf Bosnisch, ohne ihn anzusehen. Plötzlich nahm Livnjak ihr Gesicht in beide Hände, drehte es zu sich, reckte sich und gab ihr einen Kuss auf den Mund. Dann ging Fadila, ohne sich noch einmal umzudrehen, ohne einen weiteren Gruß, ohne den von Livnjak eilig ergriffenen Schirm eines Blickes zu würdigen.

»Eigentlich müsste ich es sein, der die Alten füttert, Fadila ist sogar Doktor, Doktor der Soziologie.«

»Und warum machen Sie es nicht?«

»Mich wollten sie nicht. Wer kann schon einen alten Mann gebrauchen.« Er schaltete den Wasserkocher ab. Durch eine kurze Berührung fiel seine Brille wie ein Visier von der Stirn vor die Augen. Er öffnete den Deckel des Kochers, lehnte sich zurück, um dem Dampf auszuweichen, tauchte das Thermometer ins Wasser und begann zu rühren.

»Ich überlege schon«, sagte er, »was Sie mich fragen wollen? Hat er Sie geschickt?«

»Ich wollte Sie kennenlernen.«

»Und dafür machen Sie so eine weite Reise?« Er sah mich spöttisch an.

»Ich wusste nicht, dass Sie das Antiquariat weiterführen. Ich habe mir ein Buch bei Ihnen bestellt, von Gräbendorf, signiert.«

»Ich weiß«, sagte Livnjak und nickte ausgiebig. »Das letzte Paulini-Exemplar. Gestern ist es auf die Reise gegangen. Kannten Sie ihn und Elisa?«

»Nur aus den Beschreibungen von Schultze«, sagte ich.

»Aus seinem Manuskript?«

»Ja, aus seinem Manuskript.«

»Schriftsteller dürfen lügen! In ihren Büchern dürfen sie das. Wer sich auf Homer beruft, auf Dante und Goethe …«

»Ist ein bisschen hochgegriffen? Oder meinen Sie das allgemein?«

»Oh, das sind nicht meine Worte. Ich wollte damit ausdrücken, er darf erfinden, er muss sogar erfinden. Was kümmert Sie, was ich dazu meine?« Livnjak nahm das Thermometer heraus und las die Temperatur ab. »Selbst wenn ich Ihnen alles sagte, was ich weiß, es würde Ihnen nicht helfen, ganz gleich, was Sie wissen wollen.«

Ich wiederholte, froh zu sein, mit ihm reden zu können. Ich würde, wenn möglich, die Bücher meiner Autoren immer zum Anlass nehmen, etwas von der Welt kennenzulernen. Ich sprach von dem Kleist-Vergleich für die Sächsische Schweiz, den Livnjak korrekt zitieren konnte, und wie es das Bild von dieser Region verändert hätte, wenn Kleist hier gewandert wäre. Was wäre Brandenburg ohne Fontane! Besonders sei die Situation allerdings wegen der von Schultze verwendeten Klarnamen und durch den Tod der Protagonisten. Die ganze Konstellation, das wolle ich gern zugeben, habe für mich auch etwas Unheimliches.

»Vielleicht sollte ich mich nicht darüber wundern, wer plötzlich alles mit mir sprechen will«, erwiderte Livnjak.

Ich fragte, auf wen er anspiele.

»Davon wollen Sie auch nichts gewusst haben? Sie können es sich aber denken.«

Ich verneinte und sagte, dass es mich überraschen würde, wenn er Schultze meine.

»Wirklich?« Livnjak wischte das Thermometer am Ärmel ab und steckte es zurück in das lange Gehäuse. Als er das Wasser langsam und aus großer Höhe in die Kanne mit dem Tee goß, sah er mich kurz an, als wollte er sich vergewissern, ob ich seinem Kunststück auch folgte. Den Rest schüttete er in eine andere Kanne und schwenkte sie aus.

»Ihr Schützling sagte, er wäre auf der Suche nach seinem Geschenk, nach der Uhr, seinem Geburtstagsgeschenk für Elisa. Er habe es hier liegen gelassen.«

Livnjak fixierte mich, als müsste mir dazu etwas einfallen.

»Von dieser Uhr weiß ich nichts«, sagte ich.

Das schien nicht die Antwort zu sein, die er erwartet hatte. Dann aber nickte er und wandte sich seiner Teeprozedur zu.

»Auch wenn ich die Autoren tatsächlich als meine Schützlinge betrachte«, sagte ich, »erwarte ich nicht, dass sie mir alles erzählen.«

»Es geht mich nichts an, aber als er das erste Mal hier auftauchte, an diesem Jubiläumsabend, ist er mit Volldampf auf Elisa los.« Livnjak machte eine Handbewegung, die das Geradlinige zeigen sollte. Er nannte es »Ehebruch vor aller Augen – Elisa war die Frau von Herrn Paulini, auch wenn die beiden darüber nicht sprachen.«

»Sind Sie sich sicher?«, fragte ich lauter, als mir lieb war.

Wieder nickte Livnjak. »Ich bin ja hier gewesen«, sagte er, »wie sollte ich das nicht wissen.«

Das war einleuchtend. Aber sollte denn Lisa über Jahre eine Farce inszeniert haben? Oder hatte Schultze in einer Traumwelt gelebt?

Livnjak goss das heiße Wasser aus.

»Ihr Schützling wollte mich glauben machen, Paulini wäre ein Mörder. Er habe Lisa auf dem Gewissen.«

»Und?«, fragte ich. »Eine Möglichkeit wäre es.«

»Sie haben Ihre Erfahrungen, ich habe meine. So ist es bei den Menschen. Sie haben es immer schwer, einander zu verstehen.« Livnjak schob die Brille wieder auf die Stirn.

»Aber was ist denn Paulini gewesen, wenn nicht gefährlich? Irre?«

»Warum wollen Sie einen Menschen mit einem Satz fassen, mit einem oder zwei oder drei Eigenschaftsworten? Wenn ich nun Sie fragte, wie Sie sich selbst beschreiben – fänden Sie das in Ordnung? Würden Sie mir die Berechtigung dazu erteilen?«

»Haben Sie nicht die Nachrufe gelesen?«, fragte ich. »Da bekommen Sie es doch schwarz auf weiß. Er hat, aus welchen Gründen auch immer, ein menschenverachtendes Verhalten an den Tag gelegt. Man kann das auch rechtsextrem nennen. Das darf man wohl festhalten.«

»Zwei Mal habe ich dieses Antiquariat als Kunde aufgesucht. Ganze zwei Mal!« Livnjak hält Zeige- und Mittelfinger leicht gespreizt nach oben. »Beim zweiten Mal hat er mich gefragt, ob ich bei ihm eintreten möchte. Aber ich bin doch schon bei Ihnen eingetreten, habe ich geantwortet.« Livnjak kneift die Augen zusammen und lacht stumm. »Er hat mir erst erklären müssen, was er damit hat sagen wollen. Wie hätte ich das ausschlagen können? Die zwei hat für Fadila und mich eine besondere Bedeutung …«

»Sie müssen doch gemerkt haben, dass er sich veränderte und irgendwann einen anderen Kopf hatte als vorher. Waren Sie nicht davon betroffen? Wieso stellt er ausgerechnet Sie ein? War er da noch gemäßigt? Hat er nicht versucht, Sie aus Deutschland zu vertreiben?«

»Trinken Sie, er lässt sich schon trinken.«

Livnjak hatte den Tee bereits eingeschenkt. Ich probierte.

»Und?«, fragte er.

Es schmeckte wirklich erstaunlich gut.

»Wenn die Polizei ihn schon besucht hat, müssen die doch eins und eins zusammenzählen! Einen wie Paulini darf man nicht unbeobachtet herumlaufen lassen. Sind Sie nie seinetwegen befragt worden?« Mir lag daran, dass wir nicht abschweiften.

»Aber es ist untersucht worden!« Livnjak macht wieder so eine Handbewegung, als würde er einen Stab in weiche Erde stecken. Oder wie ein Dirigent. »Bei mir allerdings ist niemand gewesen.«

»Reden wir von derselben Sache?«, fragte ich.

»Wir reden von derselben Sache«, bestätigte Livnjak.

»Warum verteidigen Sie Paulini?«, fragte ich.

»Wir haben Mörder gesehen, wir haben sie erlebt. Wir haben sogar mit Mördern zusammenleben müssen.

Ich bemerke das nicht gern.« Livnjak beugt sich vor und schenkt mir Tee nach.

»Sie wollen Paulini dankbar sein, aber das ändert nichts an der Sache.«

»Herr Paulini war kein schlechter Mensch.«

»Was ist ein schlechter Mensch?«, fragte ich.

»Um herauszufinden, was gut ist und was schlecht ist ... dafür brauchen wir unser ganzes Leben. Aber ob wir es herausfinden werden?«

»Wollen Sie deshalb auf Urteile verzichten? Und wie ist es Ihnen mit Lisa ergangen?«

»Wenn es Herrn Paulini je gelungen ist, jemanden zu lieben, dann Elisa.« Livnjak machte eine Pause. »Die Frage ist nur, ob er es selbst gewusst und sich eingestanden hat.«

»Seinen Sohn hat er nicht geliebt?«

»Für Julian hätte er alles getan, aber ob er ihn geliebt hat, das weiß ich nicht.«

»Sie wollen mir doch nicht weismachen, Sie glaubten an den tragischen Unfall?«

Livnjak zieht die Mundwinkel kurz nach unten. »Wer will das wissen? Nur der, der dabei gewesen ist.«

»Und?«, drang ich in ihn.

»Meiner Meinung nach war es wahrscheinlich kein Unfall.«

»Warum nicht Paulini? Erklären Sie es mir! Liebe ist kein Hinderungsgrund!«

»Sie meinen, jemanden mit in den Tod zu reißen, das wäre Liebe? Nein, das ist etwas anderes.«

»Vielleicht wollte sich Lisa trennen? Vielleicht wollte sie zu dem ›Ehebrecher‹, wie Sie ihn nennen? Objektiv gesehen, ich meine von außen, spräche gewissermaßen alles dafür.«

Livnjak zuckte mit den Schultern. »Lisa hat Herrn Paulini nicht verlassen. Sie hat nicht mal das Geschenk ausgepackt. Und zu Ihrem Schützling ist sie auch nicht, also?«

»Vielleicht hat Paulini das Geschenk unterschlagen? Und was sollte es sonst gewesen sein? Selbstmord? Ein gemeinsamer Selbstmord?«

»Sehen Sie, ich kenne Herrn Paulini und Elisa, seit wir hier sind ... Ich habe Herrn Paulini und Elisa gekannt.«

»Deshalb frage ich Sie! Das ist doch das Schlimmste. Sie glauben, jemanden zu kennen, Sie vertrauen ihm ohne Wenn und Aber, und dann ist es ein Trugbild. Und bei Paulini dasselbe.«

»Wir haben viel gestritten. Und manchmal hat er dumme Scherze gemacht, wirklich dumme. Aber jedes Mal kam Herr Paulini hinter mir her und wollte, dass ich bleibe. Einer musste schließlich die Arbeit verrichten.«

»Sie unterschätzen Paulini. Das ist gefährlich. Und glauben Sie mir, mich hat niemand geschickt. Und ganz sicher nicht Schultze.«

»Was wollen Sie? Ihr Rätsel kann ich Ihnen nicht lösen. Ich habe hier gearbeitet, für beinah nichts. Herr Paulini hat das Arbeiten nicht erfunden, um eine Redewendung zu benutzen. Vielleicht war er früher anders.

Seit ich hier gearbeitet habe, jedenfalls nicht. Er saß vorm Computer, wenn ich morgens kam, und wenn ich abends ging, saß er immer noch dort. Da war nichts mit Büchern oder Geschäft. Ich habe Fadilas Computer mitgebracht, um die Bestellungen bearbeiten zu können. Natürlich hat er sich aufgespielt. Wer nichts macht, muss sich aufspielen.«

Ich sagte, Paulini abzusprechen, dass er ein Leser gewesen sei, ein Kenner, einer, dessen Leben der Literatur gewidmet war, täte ihm unrecht und verharmlose zugleich seine böse Wendung. »Da gab es eine Fallhöhe«, sagte ich. »Diese Fallhöhe macht mir Angst.«

»Sie haben mich gefragt, und ich antworte. Hier draußen ist man aufeinander angewiesen. Ich habe oft versucht, mit ihm über Bücher zu sprechen …«

»Und?«

»Manchmal hat er mich gefragt, ob ich auch dieses oder jenes kenne. Das erinnere ihn daran … Ich weiß nicht mal, was er geliebt hat oder gehasst. Wissen Sie es?«

»Deutsche Autoren offenbar. Selbst ich könnte Ihnen einige aufzählen. Aber ich weiß vor allem, dass sich Paulini radikalisiert hat, dass er …«

»Nicht dieses Wort, bitte!«, fuhr Livnjak auf. »Sie sind Lektorin, ich bitte Sie!«

»Sie haben die Nachrufe gelesen! Die engsten Freunde wollten nichts mehr mit ihm zu tun haben! Dass Sie ihm dankbar sind, ist klar. Aber einer wie Paulini hat auch gegen Sie und Ihre Frau gearbeitet! Warum sehen Sie das nicht!« Wir drehten uns im Kreis.

»Zu mir hat Herr Paulini gesagt: Juso, wenn ich mal sterbe, übernimmst du. Lieber Herr Paulini, habe ich gesagt, bitte vergessen Sie nicht, dass ich zwei Jahre älter bin als Sie. Ich habe ihn immer daran erinnern müssen, dass ich älter war als er.«

»Und?«

»Ich habe geantwortet, dass ich meine Aufgabe darin sehe, die Bücher zu beschützen. In Sarajevo ist es mir nicht gelungen und zu Hause in Livno auch nicht. Woanders wollte man entweder mich nicht oder Fadila nicht. Nun ist das hier meine Bibliothek.«

»Soviel ich weiß, hat Ihr Herr Paulini den Laden feilgeboten, er bedeutete ihm nichts mehr, er wollte die Tat, die Aktion!«

»Niemand will die Bücher – und die Schulden. Schulden gab es mit jedem Jahr mehr.«

»Sie begleichen seine Schulden?«

»Sonst säße ich nicht hier. Wir leben von Fadilas Geld. Den Tee schicken uns Freunde aus Hamburg.«

»Und was hat Paulini gemeint, wenn er von ›Tat‹ und ›Aktion‹ sprach?«

»Herr Paulini hat viel geredet. Er hat sehr viel geredet – und immer laut, wie Sie vielleicht wissen. Ob er etwas zusammen mit Julian und denen, die hier manchmal rumsaßen, getan oder geplant hat? Kann sein. Er hat die teuren Bücher viel zu schnell, also viel zu billig verkauft. Das kann etwas bedeuten, das muss es nicht.«

»Wollen Sie denn behaupten«, fragte ich, »Lisa habe ihn umgebracht? Hat sie das Ungeheuer in den Abgrund gestürzt, und er sie mitgerissen? Sie hat das Opfer gebracht und die Welt von ihm befreit? Das bleibt doch übrig, wenn es kein Unfall war und nicht Paulini.«

Livnjak schüttelte den Kopf. Er lächelte. »Sie hat um ihn gekämpft.«

»Wie darf ich das verstehen?«

»Sie hat versucht, die beiden zu versöhnen, Herrn Paulini mit Ihrem Schützling, seine Welt mit dieser. Beiden hat sie die Hölle heiß gemacht, immer wieder.«

»Sagen Sie mir einfach, lieber Herr Livnjak, was Ihrer Meinung nach da oben passiert ist! Und noch mal: Mich hat niemand geschickt!« Gut möglich, dass Livnjak meine Angst, meine verzweifelte Erwartung, mit der ich fragte, gespürt hat.

»Manchmal lassen sich Unterschiede sehr einfach beschreiben«, erwiderte er. »Sie wissen nicht, was Sie wissen wollen. Oder verheimlichen es vor mir, was leider auf dasselbe zuläuft. Ich hingegen weiß, was ich nicht wissen will.«

»Und Sie wissen …?«

»Was auch Sie wissen sollten. Dass es noch andere Möglichkeiten gibt, als jene, nach denen Sie mich fragen.«

Livnjak streckte den Arm nach seiner Schale aus und trank, wobei er für einen Moment die Augen schloss. »Ihr Tee wird kalt«, sagte er dann.

»Meinen Sie Julian? Aus Eifersucht? Einer seiner rechtsradikalen Kameraden?«

»Damit kann ich Ihnen nicht dienen, wie sollte ich auch«, sagt Livnjak.

»Kann es sein, dass Sie Unschuldige verdächtigen, um diese Bagage zu schützen?«, fuhr ich ihn an.

»Sie sind zu Gast, oder wollen auch Sie mir mitteilen, dass ich es wäre, der hier zu Gast ist, wie es Ihrem Schützling plötzlich in den Sinn gekommen ist.«

Mir war, als würden wir einander zum ersten Mal in die Augen sehen.

»Fadila hat mich gewarnt«, fuhr er fort. »Sie hat gesagt, ich sollte den Mund halten, falls die Sprache darauf kommt. Unter allen Umständen den Mund halten. Keine Verdächtigungen. Aber manchmal passieren die Dinge eben, was sie nicht besser oder schlechter macht, als wenn wir das Motiv kennen würden. Ich habe nie begriffen, was das Motiv gewesen sein soll, uns mit Kanonen zu bombardieren und mit Präzisionsgewehren abzuknallen oder zum Krüppel zu schießen. In unserer Welt immer die Ursache für eine Wirkung zu finden, das ist schwer geworden. Er hat sicherlich ein Alibi, Ihr Schützling. Er ist kein dummer Mensch. Ein unbescholtener und rechtschaffener Mensch verfügt immer über ein Alibi. Ihr Schützling wanderte in jenen Tagen bestimmt woanders, die Sächsische Schweiz ist groß. Aber vielleicht war er auch zufällig hier.«

Der Raum schien den letzten Satz verschluckt zu haben, so still war es plötzlich. Selbst von draußen drang kein Laut herein.

»Ich könne mir gar nicht vorstellen, wie erpicht manche hier auf einen bestimmten Verdacht wären, hat mich Ihr Schützling wissen lassen. Ihr Schützling meinte, wenn ich ihn verdächtige, werde er, also Ihr Schützling, mich verdächtigen. Sie werden verstehen, dass ich das nicht gern gehört habe. Vor allem wegen Fadila täte es mir leid. Wir haben vor hierzubleiben. Eigentlich haben wir das vor. Ist das noch immer eine menschliche Welt, wenn kein Platz ist für all die Schwachsichtigen und Schüchternen, die lieber über die Welt nachdenken, als sie zu erobern? Wo finden Leute wie wir Zuflucht?«

»Das kann ich nicht glauben«, sagte ich. Ich hätte auch sagen können, ich darf es nicht glauben.

»Es brauche nur eine kleine Prise Verdacht, meinte Ihr Schützling«, Livnjak tat, als lasse er Salz zwischen den Fingerkuppen herabrieseln, »nur eine Prise, ich wisse ja, was eine Prise sei, eine Prise Verdacht würze die Stimmung gewaltig, sagte Ihr Schützling.«

Ich schüttelte einfach nur den Kopf. Jetzt, da er endlich sagte, was ich wissen wollte, ertrug ich es nicht.

»Solange Herr Paulini lebte, waren wir geschützt. Seit seinem Tod steht alles in Frage, kein Testament, nichts. Wir erwähnten das bereits. Ich möchte, dass Sie das auch wissen. Was Ihr Schützling behauptet, sind Kopfgeburten, was ich ihm auch sagte, worauf Ihr Schützling erwiderte, ob es mir lieber wäre, wenn er mit dem Bauch denken würde. Ich würde ganz sicher nicht wissen wollen … Und so weiter und so fort.«

Mir war eisig. Livnjak quälte mich mehr als der Stahlhelm-Kerl auf seinem Moped.

»Wie immer und überall«, hörte ich Livnjak sagen, »alles rechtschaffene Menschen. Alles rechtschaffene

Menschen«, wiederholte er und erhob sich. »Es regnet nicht mehr. Jetzt werden Sie nicht mehr nass.«

Die Birken im Vordergrund leuchteten hellgrün wie auf einer Bühne, deren Hintergrund in dunklem Blaugrau verharrte. Erst als ich nach der Schale griff, um den Tee auszutrinken, bemerkte ich das Zittern meiner Hände.

»Ihr Schützling hat mir gedroht. Und ich, Juso Podžan Livnjak aus Livno, musste ihm zuhören, wie er sagte: ›Vergiss niemals, wer darüber entscheidet, welche Wahrheit in mein Buch gelangt.‹ So hat Ihr Schützling mit mir gesprochen.«

Wie sehr wünschte ich mir, dies alles wäre nur ein Fiebertraum! Unter Livnjaks Augen zog ich den Reißverschluss von Fadilas Strickjacke bis ganz nach oben, bis hinauf zum Kinn.

»Ich sage Ihnen das auch«, fügte Livnjak plötzlich hinzu, »damit Sie wissen, mit wem Sie sich anlegen, falls Sie sich mit Ihrem Schützling anlegen.«

Ich wollte, da ich nun zu gehen hatte, mit einem klaren Satz von ihm scheiden. Ich sagte etwas, wovon ich nicht weiß, ob Livnjak es richtig verstanden hat. Ich sagte, er, Juso Podžan Livnjak aus Livno, stehe nicht allein. Ich dachte, es wäre klar, was ich damit meinte.

»Inshallah«, erwiderte er. »Oder wie wir hier zu sagen pflegen: so Gott will.« Livnjak klang bitter, fast höhnisch. Seine Hände waren dabei leicht erhoben. Während die Linke allmählich herabsank, wies seine Rechte in Richtung der Tür.

Danksagung

Ich danke Thomas Fritz für seine uneigennützig Ideen verschenkende Hilfe.

Und ich danke Dževad Karahasan für seinen Roman »Der Trost des Nachthimmels«, dem Juso Podžan Livnjak entstammt.

I. S.